あの女

真梨幸子

幻冬舎文庫

あの女

目次

この部屋は、本当にお勧めですよ。周りを遮るものが一切ございませんから、日当たり良好、特に、朝日が素晴らしいのです。朝日に照らされた街並みを眺めながらとる朝食は、それはそれは極上のひとときとなるでしょう。

なにしろ、最上階の四十階。ここから眺める街並みは箱庭のようで、そして人は蟻のようでございます。そう、神の視点になった気分を味わうことができるでしょう。

ご存知ですか？　人は高いところに常時いると、それだけで自信を得ることができるのだそうです。そして、知らず知らずのうちに成功者としての立ち居振る舞いを身につけるのだとか。意地悪な人は、それを「中身のない万能感」だの「偽りの優越感」などと揶揄《やゆ》しますが、それは、ただの妬《ねた》みです。そんなことを言う人ほど、高層に上ると、尊大になるものです。

そうですか。お気に召しましたか。

では、早速、本契約の書類を調《ととの》えましょう。

え？　私が不動産屋になったきっかけですか？

五年前、大学を卒業してもぶらぶらしていた私に手を焼いていた父が、知人が営む不動産屋に押し込んだんです。大学時代に宅建の資格はとっていましたので、どうせならそれを活用しろっていうのです。はじめはいやでしたね。私はそもそもサービス業には向いていないんです。宅建をとったのだって、就職活動に役に立つぞと友人に誘われてなんとなく受けた試験がたまたま合格したってだけで、不動産になんか、ひとつも興味がありませんでした。

しかしですね、人間の特性というものは分からないものです。私はどうやら、不動産屋に向いていたようでした。自分でも驚きなのですが、仕事が苦にならないんです。むしろ、楽しいんですよね。アルバイトもいろいろしましたが、どれも一ヶ月もすると鬱《うつ》状態になるほど仕事がいやになったのに。しかし、この仕事には、どうしてか、〝やりがい〟を感じてしまうのです。天職？……そんな大袈裟《おおげさ》なものではありませんけどね。

さて。では、本題に戻りましょうか。……ああ、その前に。

お話ししておかなくてはならない項目がございます。

心理的瑕疵《かし》物件、というのはご存知でしょうか。

いわゆる、訳あり物件ってやつです。自殺とか殺人などの事件があった物件や、幽霊などの悪い噂がある物件のことで、つまり、心理的にいやーな感じがする物件のことです。

以前は、訳ありであることを伏せて紹介することも多かったのですが、今は、事前に告知する義務がありますので、包み隠さず、お客様にご説明いたします。

ただし、その物件が事故後一度でも入居実績があれば、告知義務はなくなります。つまり、事故物件である履歴がクリアされるんですよ。それを悪用して、ロンダリングするような業者もありまして。社員や知人に依頼してその物件に短期間入居してもらい、告知義務を回避しようっていうんです。

しかし、私はそういうのはどうも好みません。それに、不動産ロンダリングは、法的にはグレーです。判決では否認されています。いえいえ、それ以前に、良心の問題です。やはり、包み隠さず、情報は開示すべきでしょう。

結果から申しますと、このマンションは、心理的瑕疵物件でございます。このマンションに、老女の幽霊が出るというのです。

……その幽霊、一部では阿部定《あべさだ》だという人もいて。阿部定、ご存知ですか？　何度も映画や小説になった伝説的な人です。……ええ、そうです、愛人を殺害して、その局部を切り取ったという。性器が〝局部〟と表現されるようになったのは、この事件がきっかけだそうですよ。ネットの受け売りですが。

どうしてそんな噂が流れたかというと、ある映画が原因なのだそうです。〝ところざわきたん〟という映画。ご存知ですか？　自分が阿部定だと思っている年老いた娼婦を描いた作品らしいのですが。ああ、そうですか。知りませんか。まあ、仕方ありませんね。メジャーな映画館ではかかったことがない、全国の公民館などを巡回する自主映画だそうですから。一度、私の地元にも上映案内のチラシが貼られていたことがあって。見に行こうと思ったのですが、そのチラシがあまりにおどろおどろしくて、やめてしまいました。でも、見に行かなくてよかったです。なんでも、本物の死体が映っているんだとか。一種のスナッフ映画《ムービー》なんでしょうかね……。

で、その映画の舞台になったのが、このマンションだというのです。

ま、根も葉もない噂に過ぎませんが。

ああ、でも。

このマンションには、実は、もうひとつ〝いわく〟がありまして。

これは、噂でもなければ都市伝説でもない、本当にあった話なのですが。

……一九九九年に実際にあったことなんですけれどね――。

第一章

四〇一二号室の女

1

〈一九九九年十一月〉

なにかの気配を感じて、はっと振り返った。

三芳珠美《みよしたまみ》は、所沢に戻ってきたところだった。新宿のカメラ屋で買い物を済まし、その品々が詰まった紙袋が、右腕に軽い痛みを連続的に与え続けている。

また、視線を感じて、振り返る。

しかし無表情の乗降客がごった返すだけで、珠美は追い立てられるように、改札を飛び出した。

時計を見ると、約束の時間まであと十分もない。住まいであるマンションはすぐそこだが、部屋に戻っている時間はない。珠美は観念したかのように、紙袋を持ち直した。

所沢駅西口のロータリーを抜けて、小金井街道に出、そのまま北側に進路をとると、やがてダイエーが見えてくる。

ダイエーを過ぎてしばらく歩くと、ファルマン通り交差点と呼ばれるスクランブル交差点に出る。北側に延びる通りが飛行機新道、航空記念公園に続く道だ。

　そして、西側に続く通りが銀座通り商店街と呼ばれる区域で、かつては豪奢な蔵を構えた商店や、市役所、警察署など主要な公的機関も鎮座していた所沢の中心地であった。無論、今も所沢の中心ではあるのだが、市役所も警察署もとうの昔にここにはなく、今はその人通りはお世辞にも多いとはいえない。昔の面影を残す蔵造りの家屋もちらほら見かけるが、ほとんどがシャッターを閉めている。まさに、シャッター街の一歩手前。

　が、このままでは終わらないとばかりに、現在、タワーマンションの街として生まれ変わろうとしている。同じ蔵の町として知られる川越とはまるきり正反対の道を選択したこの判断は正しかったのかどうかは分からない。今のところ、タワーマンションは三つ。しかしこれは序の口で、来年も再来年も、次々とマンションが建つ予定だという。

　タワーマンションを見上げ、珠美は思う。

　新旧がこれほどまでに曖昧に共存している街は、そうそうない。

　例えば、絢爛《けんらん》たるタワーマンションが建ち並ぶ小金井街道と平行して流れる東川、その川向こうはまったくの別世界だ。Qマンションの裏側、三メートルあるかないかの橋を渡ると、とたんに空気が変わる。それはどこか懐かしい昭和の匂いが漂う雑然とした町並みだ。

かつて、そこは裏町と呼ばれたという。

そう、そこは――――。

所沢駅から歩いて十五分ほどの古い寺で、珠美は田中加代《たなかかよ》を待っていた。

寺は薬王寺といった。南北朝の武将新田義宗所縁《ゆかり》の寺で、その案内板には、武蔵野合戦に敗れた義宗が再起を図りここ所沢に潜伏するも挙兵は果たせず、そのまま隠れ家のお堂で薬師如来を彫り続け、落命したという伝説が記されている。なぜ〝伝説〟かというと、正式な歴史の年表には、新田義宗は三十七歳のときに群馬県の『うつぶしの森』で戦死したことになっているからだ。が、あるいは、そちらのほうが伝説なのかもしれない。裏と表は、それを見る位置によって、どちらとも真実となるものだ。

そんなことを思っていると、加代が現れた。いつものマスクをしてニット帽を深々とかぶり、カートを押しながらとぼとぼと歩いてくる。そういえば、この人は何歳なのだろう？年齢を聞いたことがない。見た目は一般でいう〝おばあさん〟だ。

加代とは、かれこれ、一年の馴染みだ。ここからさらに西に十五分ほど歩いたところに行きつけの古本屋があり、加代はそこでときどき店番の手伝いをしている。小さな古本屋だが、扱っている本はバラエティに富み、しかもどれもベストセラーからは程遠い類《たぐ》いの本で、珠美の好奇心を揺さぶるにはもってこいのラインナップだ。もうすべてチェックしたと思っても、次に行くと、必ず新しいものが入っている。その目新しさといったら、新刊を並べた書店をも凌駕《りょうが》する。

先週は、それこそ好奇心がぶんぶんと揺さぶられるものが入荷していた。アルバムだ。写真を貼る、あのアルバムだ。どこをどう見ても、個人の、しかも有名でもなんでもない一般人の写真が貼り付けてある、アルバムだ。

「こんなものまで、扱っているんですか？」

珠美は、そのときはじめてこの老女と会話を交わした。老女は人見知りの性質《たち》なのか、それともそのマスクが邪魔をしているのか、それまでは本を買っても言葉を交わすことなく、会計するだけだった。しかし、その日は、話が弾んだ。

「時々、古い写真を売りたいって人がいるんですよ。古い写真だと、コレクターとかが買ってくれるんです。あと、役所の人とか出版社の人とかも、買いに来るんです」

「なるほど。所沢は、航空発祥の地ですものね。古い写真は、歴史的価値があるんでしょうね」

「そう。写真によっては結構いい値がつくんです。だから、わたしも、写真を持ち込んでみようかなって。ここの店主が、売れたら七割をくれるっていうもんですから」

「大切な思い出を売るんですか？」

「思い出？」

老女の目が、笑った気がした。「わたしぐらいの歳になると、思い出なんて、そう重要なものでもないんですよ。わたしはこの先長くないですからね、写真なんか持っていても邪魔なだけなんです。昔を懐かしむような時期はとっくに過ぎてしまいました」

「そういうものですか」

「わたしも今日、写真を何枚か、持ってきたんですよ。でも、ばら売りよりも年代ごとに分類してアルバムに貼り付けたほうが、いい値がつくっていうものですから、今、仕分けをしていたんです」

老女は、番台に、数枚の写真を広げた。それらはすべて白黒で、風景や人物の服装からいって、終戦直後のものらしかった。珠美は、その一枚を摘み上げた。

「その写真は昭和二十一年の所沢ですよ」老女が解説をはじめた。「今のダイエーがあるところで、撮られたものです」

写真には、アメリカ兵と思《おぼ》しき軍人が写っている。

「終戦直後は、ＧＩさんがたくさんいたんですって」

「ＧＩ？」

「進駐軍ですよ。アメリカの」

「ああ、進駐軍。……これは？」

次に珠美が手にしたのは、きらびやかな服装をした若い女性が舞台のようなところでポーズをとっている写真だった。

「これは、ファッションショー。当時は、頻繁にファッションショーが開かれていたんですよ。ダイエーの周りにも、洋装店がたくさんあったんです」

「へー、そうなんですか」

老女が語る昔の所沢は、どれも珠美の好奇心を激しく揺さぶった。特に興味をひいたのが、遊郭《ゆうかく》の風景写真だった。無表情な女郎たちが、死んだ鰯《いわし》のような目で、客を待っている。

「所沢にも、遊郭があったんですか？」珠美の声が、アイドルに声援を送るファンのように甲高く響く。

「遊郭、興味あるの？」

「実家の近くに、風俗街があって。それで興味を持ったんです。でも、知りませんでした。所沢にも遊郭があったなんて。川越や八王子の遊郭跡には行ったことあるんですが」

「陸軍の飛行場がありましたからね。軍人さんを慰めるために、花街ができたそうですよ。昔は織物問屋街としても栄えてましたから、花街以外にも、いろんな娯楽施設があったんです。演芸場でしょ、カフェでしょ、プールでしょ――」

話はつきなかったが、いよいよ閉店時間となった。

「あの、もっとお話を伺えますか？」

「え？　でも……」老女は、柱の時計を見た。

「今日でなくていいんです。別の日にでも。いえ、実は私、ちょっと小説を書いていまして。所沢に越してきたのは二年前なんですけれど、所沢を舞台にした話を書きたいと思っていたんです」

「小説家……先生なんですか？」

「先生なんて大袈裟なものではありませんが」

「あの、……失礼ですが、おいくつ？」

「今年で、二十八歳です」

老女の視線が、珠美の顔を隅々まで撫でる。やっぱり、気になっているのは年齢ではないようだ。

「小説家に、見えませんか？」珠美は苦笑いを浮かべた。

「ええ、……まあ」

「なんに、見えますか？」

「外国の……前衛音楽家？」

珠美の苦笑が、くだけた笑みに変わる。そして、金色に染めた自身の髪を無造作に撫で付けた。

「顔は、バリバリの日本人ですけどね」

「その鼻についているのは、どうなっているの？　いえね、前から気になっていたんですよ」

言われて、珠美は、自慢のルビーの鼻ピアスを人差し指ではじいた。

「実は、これ、貼り付けてあるだけなんです」

嘘だったが、老女に鼻ピアスの仕組みを説明するのは少しハードルが高い気がした。本当のことを言って距離を置かれるのもまずい。

「そうなの！　貼り付けてあるだけなの」

案の定、老女は安堵の表情を見せた。しかし、すぐに、その表情は硬くなった。「それで、所沢を舞台にした小説をお書きになる？」

「はい。ですから、お話を――」

「でも、所沢なんて、大して、おもしろくないですよ。おもしろかったら、もっといろんな人がすでに作品にしてますでしょう？　でも、ありませんよね」

言われて、珠美は頭を振った。「そんなことありません、トトロは所沢が舞台ですよね？」

「トトロ？」

「アニメーション映画ですが」

「あーあ」老女は、深く頷いた。

「トトロが好きで、所沢に越してきたんです」

「そうなの？」

珠美は、老女の視線を思わず避けた。確かにトトロは嫌いではないが、ここに越してきた理由のすべてではない。ただ、あまりにみんなが「なぜ、所沢？」と訊《き》くから、「トトロ」を引き合いに出している。

「せっかく縁あって所沢に住んでいるんですから、もっとこの街のことを知りたいと思いまして」珠美は、早口でまくしたてた。「ぜひ、お話をお聞かせください。できたら、写真ももっといろいろ見せてください。売るおつもりなら、ぜひ、私に売ってください。私、古い写真にとても興味があるんです。特に、風俗関係のものを集めているんです。私に直接売ってくだされば、言い値で引き取ります。五千円でも、一万でも」

珠美の迫力に圧《お》されたのか、それとも写真を言い値で買い取るという言葉が効いたのか、老女は、「いいですよ。なら、来週の水曜日。その日は、お休みだから」と、承諾した。

「では、私の部屋でどうですか。私、駅前のマンションに住んでいるんです」

「いえ、人様のお部屋に上がるのは苦手ですから」

「では、そちらに伺いましょうか？」

「いえ、人様にお見せできるような家ではございませんので」

「では――」

「来週の水曜日、午後二時に、薬王寺でお待ちしています」

「薬王寺？」

「お醬油屋さんの近くの」

「ああ、旧市役所の近くにある。分かりました。……ところで、お名前を伺っていいですか？

私は、三芳珠美と申します」

珠美は、財布から名刺を取り出した。いつかの出版社主催のパーティのときに、編集者に言われて慌てて作った手作り名刺だ。

「……あなた、あのタワーマンションに？」

「ええ」

「四〇一二号室？」

「ええ、……そうですけど」

老女はしばし名刺を眺めていたが、はっと顔を上げると、「わたしは、田中加代。田んぼの田に、まん中の中、そして、加えるの加に、時代の代です」

田中加代。

……どこかで、聞いたことがあるような。どこだったろう。……どこ？

家に戻ると、珠美は早速パソコンを立ち上げ、ネットに繋げると〝田中加代〟という文字を検索してみた。ありふれた名前だが、それほど多くの同姓同名は見当たらず、その人物もすぐに探し当てることができた。

これだ。

田中加代。

胸騒ぎに似た興奮で、呼吸が荒くなる。

ただの、同姓同名？　そうよ、同姓同名よ。だって、この人が生きていたとしたら、今年で九十四歳。あの店番のおばあさんも高齢だけれど、さすがに九十歳は超えてないだろう。せいぜい、七十代前半だ。でも、なんとなく、面影はある。その目元。逮捕された直後に撮られた写真の笑顔とどこか似ている。

いや、考えすぎだ。この人は、端整だけれどこれといって特徴のない顔だ。そして、古本屋の店番のおばあさんも、これといった特徴はない。

でも、話を聞く価値はある。田中加代。この名前を名乗ることで、好奇の目で見られることも多々あったはずだ。

なにしろ、この人は何度も映画化されるほどの有名人。しかも、その名を有名にした事件を起こしたときに使用していた偽名が、田中加代。

そして、今日。古本屋の店番、田中加代は、約束どおりに薬王寺に現れた。門前で足を止めると、

「三芳先生のエッセイ集、読みましたよ」

と、加代は言った。

「え？」右手の紙袋が、腕に食い込む。珠美は、曖昧な笑みを浮かべた。あのエッセイ集は、やりすぎたかもしれないと、今では少し後悔している。内輪の集まりで話題にするには格好のネタだが、さすがに公にするには、ギリギリのネタだ。

「なかなか、おもしろく読みました。あのエッセイ集の中に出てくる人たちは、実際にいる人なんですか？」

「ええ、まあ」

「旦那さんの浮気に逆上した妻のお話がおもしろかったですね。あれは、本当のことなの？」

「ええ。私の知人の夫婦のことを書いたんです」

「先生は、本当に、文才がおありで。おもしろくて、あっというまに読んでしまいました」

「ありがとうございます」

「でも、書かれた本人や、そのご家族のことを思うと、ちょっと気の毒のような気もしますが」

「まあ、でも、固有名詞は出してませんので」

「そういう問題でしょうか。……ところで、お荷物、重そうですね」加代の視線が紙袋に飛んだ。

「ああ、大丈夫です。フィルムなんで、見た目ほど重くないんです」

「フィルム？」

「8ミリフィルムです」

「あら、お若いのに、8ミリ？」

「高校時代からの趣味なんです」

「もう、とっくの昔になくなったと思ってましたよ」

「確かに、使用されることはほとんどなくなりました。フィルムを扱っているお店もほとんどなくて。新宿のカメラ屋まで行かないと、手に入らないんです。でも、だからといって、絶滅したわけじゃないんですよ。私みたいに、中古屋でカメラを手に入れて、回している人は少なからずいます。上映会なんかも、開かれているんですよ」

「ほー、そうなんですか。今でも」

「今度、ぜひ、加代さんも撮らせてください」

「わたしを？」

「はい。本当は、今日、カメラを持ってこようと思ったんです。加代さんを撮りたくて。だから、フィルムを買ってきたんですけどね。でも、電車が遅延しちゃって、部屋まで取りに行く時間がなくて――」

「小説家さんて、カメラが趣味な方、多いですよね。でも、いまだに8ミリっていうのは、あまり聞きませんが」

「ええ……まあ。よく言われます」

「8ミリですか。懐かしいですね。昔は、近所の旦那がよく回していましたっけ。……ちょっと、歩きましょうかね」

加代は、のろりと一歩を踏み出した。

しかし、その足取りはしっかりとしており、なにか確固とした意思が感じられる。

「わたし、昔はこの辺に住んでいたんですよ」

加代の右人差し指が、西を指す。そこには、この街で最初の高層マンションが聳《そび》えている。

「あのマンションがあった場所ですか？」

加代は、ゆっくりと首を横に振った。

「違います。あのマンションの裏側、横丁を入って右側に折れて橋を渡って――」

「もしかして、遊郭？」

「そうです。裏町って呼ばれてました」

「うらまち……」

「表裏の〝裏〟に〝町〟です」

「裏の町ですか」

「そう。日陰の町ってことですよ」

寺門を出ると、加代は左側に体を向けた。白い建物と門が見える。古い建物だが、大正モダンを髣髴《ほうふつ》させる洋風な佇《たたず》まいだ。

「ここは、青物市場。戦争がはじまるまでは、たくさんの食べ物が売られていて、ここに来るのが楽しみだったんです。立派な将校さんやら青い目の軍人さんやらもいて、まるで異国にいるようでした。でも、ここもあと数年もすれば、マンションになるんでしょうね」

マスクの隙間から生き生きと言葉が零《こぼ》れる。この人にとってこの界隈はまさにテリトリーなのかもしれない。ここにいるときだけは、存在を主張することができる。が、そこから一歩出ると、とたんに弱気になる。昔の遊女がまさにそうだったのではないだろうか。自由に外出することが許されなかった遊女たちにとって、外の世界は憧れであると同時に、畏《おそ》れだったのかもしれない。……この人、やっぱり、遊女？

珠美の疑問に応えるかのように、加代の足が止まった。見上げると、すぐそこには高層マンション。どうやら、ここはマンションの裏側らしい。川沿いに古い家屋が見える。なかなか趣きのある家屋だ。

「あれはS屋さん。ここら辺で一番の妓楼《ぎろう》です」

「当時の建物ですか？」

「はい。当時の建物が残っているのは、もう、ここだけなんです」

「もしかして、ここに加代さんは――」

「いいえ、ここじゃございません」

言うと、老女はくるりと方向を変えた。そこは住宅密集地で、今風の家で埋め尽くされている。……いや、そうでもない。よくよく見ると、古い家があちこちに見られる。どれも老朽化は激しいが、かつてはそれなりの風格をかもし出していたのだろう、それぞれ窓枠や屋根に、意匠が凝らされている。

「ここにあった、小さな料亭。〝旭屋〟が、わたしの――」

加代が指差したその場所は、しかし、今は駐車場になっていた。

「ここに、〝旭屋〟という店があったんですか？」

「そう、〝旭屋〟。〝らいじんぐさん〟」

らいじんぐさん？

「そう。らいじんぐさん」

加代は、そして、なにか歌を口ずさみはじめた。その内容はほとんど聞き取れなかったが、メロディは聞き覚えがある。

「あの、……もしかして、〝朝日のあたる家〟というアメリカの歌と関係ありますか？」

珠美が言うと、加代は首をかしげた。

「〝朝日のあたる家〟なんていう歌は存じません。〝はうす　おぶ　ざ　らいじんぐさん〟という歌なら存じておりますが」

「ザ　ハウス　オブ　ザ　ライジング　サン。それが、まさに〝朝日のあたる家〟ですよ！」

珠美は、なにか嬉しくなって、声を上げた。好きなナンバーだ。確か、もとはアメリカの民謡で、いろんなアーティストがカバーしている。

「わたしのいい人が、教えてくれた歌です」

「いい人？　恋人ですか」

「ナイショ」

「でも、なんで、旭屋をライジングサンって？」

「その歌は、ニューオリンズの朝日楼という娼館で働く娼婦を歌ったものだって、あの人は教えてくれました」

「そうなんですか？　てっきり、少年院に送られた少年の歌かと思っていた」

「それは、……えっと、あに……ま……」

「ジ・アニマルズ？」

「ああ、そう。あにまるず。あにまるずっていうバンドが歌っているのは、少年院。でも、本当は、娼館の歌なんですって」

「詳しいですね！」

「わたしのいい人が教えてくれたんです」

「いつ頃の話ですか？」

「ナイショ」

「その人は、加代さんのお客さんだった人なんですか？」

加代の顔色が変わった。珠美は、はっと、口をつぐむ。昔の商売のことはできれば封印したいと思っているはずだ、なのに、〝客〟だなんて。……言葉が過ぎた。

「すみません……」

「三芳さん、あなた、なにか勘違いしていますね」

「え？」

「旭屋は、そういう商売はしていませんよ。ただの、お料理を出す料亭。堅気《かたぎ》のお店です。わたしは、旭屋の一人娘でした」加代は、足元を指差した。「ちょうど、ここが境。あっちは遊郭街でしたが、こっちは、堅気なんです。昔は将校さんの下宿屋がたくさんありました」

「あ、……そうなんですか」

珠美は、なにかバツの悪い気分になって、場違いな笑いを浮かべた。

加代が、珠美の心を見透かすように、じっとこちらを窺《うかが》っている。あなた、考えすぎですよ。そんなことを言いたげに、視線が笑っている。

そう、考えすぎ。いつもの悪い癖だ。職業柄とはいえ。

どう考えても、この人は、ただの同姓同名。あの殺人者とはまったく関係ない人だ。だって、あの殺人者が、所沢に住んでいたなんていう記述はどこにもなかった。ましてや、料亭の一人娘でもない。

「三芳さん、あなた、わたしの名前を気にしているのね」

「え？」

「あの事件の犯人が犯行当時名乗っていた名前と、同じだって」

「え、ええ？」

ずばり言い当てられて、珠美の声は裏返った。「あ……あの事件って？」そして惚《とぼ》けてみたが、我ながらの茶番に、頰が熱くなる。

それを察したのか、加代の言葉が途切れた。珠美も無言で、加代の後を追った。やがて加代のカートがゆっくりと止まる。

そこは、袋小路だった。

加代の視線が、どこか遠くを捉える。珠美もそれを追ったが、あるのは、灰色の空。黒みを帯びた雲が地上に向かって沈み込んでいる。

「……三芳さん、写真を買ってくださるとおっしゃいましたね」

「ええ、まあ」

「なら、この写真を、買ってください」

加代は、一枚の写真を取り出した。カラー写真だが、痛々しいほどに色褪《いろあ》せている。

「ええ、まあ」頷いてみたが、正直、その写真は珠美が考えているようなものではなかった。もっと、所沢の風俗が分かるような写真、特に遊郭関係の写真が欲しかった。遊郭は、学生時代からの、珠美のライフワークだ。今までも、全国各地を歩いては、遊郭の名残りをフィルムに収めている。

「ええ、もちろん、買わせていただきますが、もっと他には……」

「これを、買ってください。買ってくれると、おっしゃいましたよね？」

「あ、はい。分かりました」仕方ない。確かに言い値で買うと言ったのはこっちだ。珠美は観念して訊いた。「……おいくらで？」

「五十万円で、買ってください」

「五十万円？」

いきなり、何を？　冗談？　しかし、加代の目はにこりともせず、じっとこちらを見ている。黒目は白色に濁り、白目も黄ばんでいる。

――私は、とんでもない人と関わってしまったのではないだろうか？

珠美は、後ずさりながら言った。

「ええ、確かに、写真を言い値で買わせてくださいとは言いましたが、これ一枚で五十万円というのは――」

湿った風が、頬を撫でる。雨がやってくる。珠美は、紙袋を胸に抱えた。

「でも、あなたは、きっとこの写真が必要になると思いますよ」

「なぜですか？」

「だって——」

加代は、にやりと笑うと、続けた。

「だって、きっと、あなたのエッセイのネタになりますよ」

加代が、血走った目で、じりじりと近づいてくる。珠美は、後ずさった。

「だって、その写真の中の一人は、あのエッセイの——」

やっぱり、この人、ヤバい人だ。

「あ、すみません。私、もう帰らないと。今から、仕事があるんです」

「そうなの？」加代が、珠美の袖を摑む。

「本当です。新聞の対談の仕事。今から、対談相手と新聞社の関係者が部屋に来るんです。だから、行かなくちゃ」

「なら、買う気になったら、また、連絡ちょうだい。これ、わたしの自宅の電話番号」

2

やっぱり、誰かが私を見ている。珠美は、振り返った。

「それで、どうしたの、それから」

担当編集者の西岡健司《にしおかけんじ》が、ビールを一口すると、言った。

商店街から横道に入った居酒屋。開店したばかりのようで、客は珠美と西岡だけだった。酒とつまみがひととおり揃い、珠美もビールを、半分ほど喉に流し込んだ。

「え？　なんの話してたっけ？」

「だから、先週、取材したっていう古本屋のおばあさんの話。写真を売りつけられそうになったって。で、買ったの？」

「五十万円よ？　バカバカしくて、そのまま帰ったわよ」

「今の君だったら、五十万円ぐらい、はした金でしょ。売れっ子なんだから」

「それでも、あんな写真に五十万円だなんて、バカバカしい」

珠美は、同年代の友人と接するときのように、くだけた調子で言った。

西岡はひと回り近く年上だが、その芸人のようなメガネと人懐っこいしゃべりのせいで、ついついタメ口になる。どんなに構えていても、その惚けた顔を見ているとつい、心を許してしまうのだ。まさに人たらしの見本のような男だ。

「でも、どうしてそのおばあさん、その写真をそんな高値で売ろうと思ったんだろうね」

「さあ。……でも、なにか気になることを言っていたのよね。エッセイのネタになるとかなんとか」

「どんな写真だったの？」

「カラーだったからそんなに古い写真ではないと思うんだけど。神社の写真。……なんか、赤ん坊とその両親らしいふたりが写っていた。たぶん、あれはお宮参りのときの写真ね」そう、撮り損なったような、ぼけぼけの写真。あんな写真にどんな価値があるというのか。

「まったく。なんで、私の周りには、金の亡者みたいなやつばかり集まるのかしら。先月は兄からお金を無心されて、先週は、対談中に時計が盗まれた」

「時計？　あの、八十万したっていう？」

「そう。ほんと、いやんなる。私のもとに集まる人は、みんな最低。このままじゃ、人間不信になっちゃう」

「そもそも、君は人間なんか信用してないだろう」

「そんなこと、ないよ。私だって、人間のきれいな部分を見たいと思っている。でも、見えるのは、いやな部分ばかり。まったく」珠美は、揚げ出し豆腐の衣を割り箸の先で弄《いじ》りながら、続けた。「……ところでさ、……怒ってる？」

「え？」

「だから、奥さん。怒ってる？」

「あ……あ」

西岡の苦笑が、痛々しい。この様子だと、かなりぎくしゃくしてしまったようだ。

先月発行されたエッセイ集に、珠美は何人かの女性を登場させている。どれも、実際に自分が接した人物、または見聞きした人物だ。もちろん、実名は伏せてある。さらに、それらはすべて夢の中で出会った人物という設定にしておいた。が、本人またはその人物を知る人ならば、誰のことを書いているか分かるだろう。

その中で、西岡の妻について触れた章がある。西岡が愚痴交じりで語る、あねさん女房の素行があまりにおもしろくて、それを文章にしてみたのだ。夫の浮気に怒り狂い陰部を噛み切ろうとしたとか、毎日のように狂言自殺を試みては周囲をはらはらさせているとか、とにかく、誰かに話さないではいられない、いかれた嫁なのだ。話によると、西岡は、大学生の頃、今の嫁とできちゃった結婚をしたらしい。信じられない話だが、嫁が筆下ろしの相手らしく、そのせいか、いまだにがっつり尻に敷かれている。それだけならまだしも、嫁の病的な嫉妬に西岡は日々悩まされているという。

その鬼嫁には、一度、会ったことがある。なにかのパーティだったか。世の中に対して底知れぬ恨みを抱いているような、険のある目つきをしていた。顔のつくりは悪くなかったが、性格の悪さが滲み出ているような、陰鬱とした印象。肌荒れなのかところどころ瘡蓋《かさぶた》のような痕があり、その歯並びもガタガタで、それも印象をますます暗くした。とにかく、第一印象は、酷《ひど》く悪かった。……なんで西岡さん、こんな人と結婚したんだろう？　できちゃった結婚というから、きっと、なにかの拍子で間違って、関係を持ってしまったのだろう。本当にお気の毒。……そんな思いをエッセイにしたのだ。もちろん、名前はうやむやにしておいたが、知っている人ならばピンとくるだろう。

西岡には申し訳ないと思うが、おいしいネタが転がっていたら、拾わない手はない。拾わないとしたら、それはもう、作家でもなんでもない。どんなに恨まれようと顰蹙《ひんしゅく》を買おうと、ネタを拾いそれを口にして咀嚼《そしゃく》して、別の形にして捻り出すのが作家の性《さが》だ。

「嫁はまだしも、娘がな――」

「娘さんも、読んじゃった？」

「そりゃそうだよ。君の本は、必ず読んでいる」

「そっか。娘さんも読んじゃったか。……何歳だったたっけ？」

「高校二年生」

「多感な年頃だね」

「口もきいてくれない」

西岡は、ネクタイの端を、まるで赤ん坊の頭を愛撫するように、撫で付けた。ダックスフント柄のネクタイ。「父の日のプレゼントなんだよ」とニヤつきながら言っていたのを聞いたのは、一度や二度ではない。このたらし男は、娘には弱いらしい。

「西岡さんには悪いことしたけどさ、でも、売り上げはいいみたい。先週、一万部の重版の報せがあった。累積、三万部だって」珠美は他人事《ひとごと》のように言った。

「一ヶ月も経たないうちに、三万部！　エッセイでそれだけ出れば、大ヒットだね！」

「おかげさまで」

「僕のネタを晒したんだから、そのお礼はきっちりさせてもらうよ」

「もちろん。書きますよ、とびきりのやつを」

「どんな内容？」

「今考えているのは、所沢を舞台にしたやつ。ほら、以前、西岡さん、言っていたじゃない。所沢を舞台にしたらって」

「うん。でも、前はそんなの興味ないって」

「まあ、そのときはね。でも、二年ちょっと暮らしてみて、所沢もおもしろいかな……って。それにね」珠美は、おもちゃを見つけた子供のようににやりと笑った。「知ってた？　所沢って、かつては遊郭があったんだって」

「裏町のこと？」

「あれ？　知ってた？」

「だから、書いてみたらって勧めたんだけど」

「なんだ。だったら、はじめに言ってくれればよかったのに、遊郭のこと」

それから珠美は、頭の中にあるプロットを身振り手振りを交じえて熱く語った。西岡は大きく息を吐き出すと、言った。

「いいじゃない！　それ、傑作になるよ」

「でしょう？」

「僕にも、所沢関係のおもしろいネタがあるんだ」

「どんな？」

「ものすごい、ネタだ」

「だから、どんな？」

「阿部定って知っている？」

「え？」

「なんだ、知らないの？　阿部定っていうのは――」

「もちろん知っているわよ。昭和の猟奇殺人事件の有名人じゃない。阿部定関連の本は、読み漁ったよ」

「阿部定が、所沢にいたとしたら？」

「へ？」

西岡が突然、昨日まで自分が考えていたことと同じようなことを言い出したものだから、珠美の声はひっくり返った。

「だから、所沢の遊郭に、阿部定がいたとしたら？」

「なによ、唐突に。なにかの都市伝説？　少なくとも、私が読んだ本では、阿部定が所沢にいたなんて形跡はないよ？」

そうだ、あれから阿部定に関する書籍を改めてひっくり返してみたが、所沢なんて一文字だって出てこなかった。なのに、西岡の興味津々の顔は、ますますこちらに近づいてくる。

「でも、阿部定は偽名を使って、あちこちに潜伏していたっていうじゃない。刑務所を出所した戦時中は、別人になりすまして結婚までしていたって」

「うん。警察から与えられた偽名を使ってね。そのときに使っていた偽名が、確か、吉井昌子」

「で、犯行当時、使用していた偽名が、田中加代」

田中加代。その名前が西岡の口から飛び出して、珠美の声はまたまたひっくり返った。

「ええ、そうよ。だから？」

「僕の知人の話なんだけど、……田中加代という名前の親族がいるらしい」

「え？」

「その人、全国のちょんの間を渡り歩いていたらしくて、阿部定だと偽って、客をとっていたというんだ。阿部定は超有名人だからね、かなり客がついたらしいよ」

「なるほど。有名人をかたって商売していたのね。よくある話よ。じゃ、その田中加代っていう名前も、嘘なんじゃないの？」

「いや、それは本当らしい。その名前のおかげで、ある時期、いろいろと面倒なことになったらしいよ。なにしろ、かつて阿部定はマスコミの格好の餌食だったからね。彼女をネタにしたカストリ誌は数知れず、有名作家も競って彼女をモデルに作品を生み出した。生きながらに伝説になった希代のファムファタール。そんな阿部定が使用していた偽名と同じ名前ってだけで、変ないやがらせもされたとか」

「で、開き直って、自分が阿部定だと言い出したとか？」

「かもな。いずれにしても、その人、所沢出身なんだ。だから——」

ちょっと、待って。その田中加代って、……まさか、あの古本屋の店番のおばあさん？

「西岡さん、そのネタって、出処《でどこ》は？　知人って誰？」

「……うん、実は、知人というか——」

それから、西岡は、三十分ほどかけて、田中加代にまつわる話を聞かせた。加代が貞淑な主婦から娼婦に堕ち、そして町田のちょんの間に流れるまでの半生記。その内容はひどく悲惨で、しかし滑稽でもあり、まさに、自分が書こうとしている小説の骨格として相応《ふさわ》しい、泥臭いものだった。

「やっぱり、あの古本屋のおばあさんのことだ、その人」

珠美は、猿のように無暗に手を叩《たた》きながら目を輝かした。「あの人にそんな過去があったなんて、おもしろすぎ。うん、それ、もらった」

「え？」

「それ、今度の小説に盛り込む。もちろん、いいでしょう？　だから、話したんでしょう？」

「う……ん、まあ、そうだけど」

自分で言い出したくせに、西岡は苦笑いを浮かべた。

こういうところが、西岡をいまいち信用できない点だ。話を振るだけ振って、こちらが乗り気になると、途端に、一歩引く。要するに、ずるいのだ。いつでも、安全な場所を確認して、そこに避難することを忘れない。

「書くわよ。もう、タイトルも、決めてんだから」

「どんな？」

安易に答えたくなかったが、酔いのせいもあって、珠美の口から言葉がだらだらと零れる。

「メインタイトルは、〝野老澤《ところざわ》奇《き》譚《たん》〟。で、サブタイトルは〝朝日のあたる家〟」

「朝日のあたる家？　うん、いいんじゃない。あれは、もともと、ニューオリンズの朝日楼という娼館で働く娼婦を歌ったものなんだ」

「そうなの？　てっきり、少年院に送られた少年の歌かと思っていた」あれ？　この会話、どこかで。

「それは、アニマルズ版ね」

ああ、そうだ、あの加代さんとまったく同じやりとりをした。

「ね、西岡さん、古本屋の店番、……田中加代さんと実際に会ったこと、あるの？」

「え？」

「会ったこと、あるんでしょ？」

「うん、……実は」

それから西岡は、酔いが回ったせいか、ここ数ヶ月に起きた出来事をすべて吐き出した。

「うそ、マジで？　それ、ウケる！」珠美は手を叩きながら、声を張り上げた。「それって、あんた、すごすぎ」

「酔った末のことなんだ」

「だからって。……それも、もらった。小説にするわよ？　いい？」

「いや、それは勘弁してくれよ。シャレにならない。ほんと、これだけは——」

「ううん、書く。こんなおいしい話、見過ごせない」

「他のネタならいくらでも書いていいけど、これだけは。……ああ、なんだって、僕、話しちゃったんだろう、よりによって、君に」

「もう話しちゃったんだから、観念しなさいよ」

「う……ん」西岡はハの字の眉毛をさらに情けなく垂れ下げながら、「まあ、いいか」と歯切れ悪く承諾した。

「じゃ、書いていいの？　さっき、話してくれたネタも込みで」

「ああ、いいよ、もうこうなったら、書いちゃって。その代わり、傑作を頼むよ。それで、今度こそN賞を獲ろう！　N賞」

「そうね」しかし、珠美は、それまでのハイテンションが嘘のように、肩をすくめると、ビールを飲み干した。

「なに？　欲しくないの？」

「別に、……どうでもいい。でも」

珠美の頭に、先週の対談のシーンが蘇った。同時期にデビューした、女流作家。ヘドロのようなドロドロとした感情を持て余していながら、そんなことひとつも考えたことなんてないというような表情で、始終、小首をかしげていた、ぶりっこおばさん。「ここのアップルパイ、おいしいんですよ」などと言いながら、持参した焼き菓子をかいがいしくスタッフに配り、挙句の果てには、「お茶、淹《い》れましょうか」などと勝手に人のキッチンにずかずかと入り込み、「あら、ティーバッグしかないんですね。アールグレイの茶葉、買ってくればよかった」などと抜かしやがった、図々しいばばあ。

「私がN賞を獲れば、死ぬほど悔しがる人がたくさんいるでしょ。だから、欲しいとは思っている」珠美は、いやみたっぷりに吐き出した。

「なに、それ」

「賞なんて関係ありません、そんなものはひとつも気にしてません、読者に感動を与えられればそれで十分です……なんて言っている作家様たちの澄ました顔が、嫉妬と悔しさで見る見る歪んでいく様子を見たいのよ」

「君は、相変わらず、底意地が悪い」

「その底意地の悪さが、今のところ、私の唯一のモチベーションだもん。それがなくなったら、もう小説なんか書く必要ないもん」

「じゃ、人に死ぬほど嫉妬されるために、小説を書いているの？」

「そ。嫉妬されるのって、たまらない。ぞくぞくする。このぞくぞくこそが、私の……あ」

またた、また、誰かの視線を感じた。

「……誰かに、見られている」声を潜めた珠美を、西岡は笑い飛ばした。

「そりゃ、見るでしょ！　だって、その金髪に鼻ピアスだよ？」西岡が、小学生のように珠美の頭を指した。

「なによ。今の時代、別に珍しいことじゃないよ。街には、金髪に鼻ピーの子なんてうじゃうじゃいるじゃない」西岡の指を撥ね除けたものの、その手には力が入ってない。「……なんか、ここ数日、ずっと誰かの視線を感じるんだよね。昨日なんか、無言電話もあって。変なメールもきたし。……ネットの掲示板で、すっごい悪口も見つけちゃったし」

「へー。嫉妬はいいけど、悪口はさすがにいやなんだ。でも、嫉妬に悪口はつきもんだよ。そんだけ、嫉妬されているってことじゃない？」

「嫉妬と恨みは違うよ」

「恨み？」

「そ。嫉妬している姿はただのお笑いだけど、恨みは、さすがに、シャレになんない」珠美は、お化け屋敷を前にした人のように大袈裟に体を震わせると、二の腕をさすった。「今、一番私を恨んでいるのは、やっぱり西岡さんの奥さん？　それとも――」

「まあ……、もう、その話はいいよ。酒がまずくなる」西岡は、三度、苦笑いを浮かべた。

「そんなことより」そして、組んでいた足を元に戻し、姿勢を正した。「あの作品、読んでいただけました？」

いきなりの敬語に、珠美は再び吹き出しそうになった。が、西岡の真剣な表情に免じて、笑い飛ばして終わらすことはしなかった。

「あー、根岸桜子《ねぎしさくらこ》のやつ？」まさに先週、対談した相手だ。

「そう。あの作品、文庫化したいんだよ。でも、親本があまり売れなかったので、今のままじゃちょっと出せない。でも、三芳先生の推薦文を帯に載せることができれば、営業も納得してくれると」

いつのまにか、「さん」から「先生」になっている。それだけで西岡の熱意は十分に伝わってくるが、それに簡単にほだされるわけにはいかない。自分の主張を通さなければ。

「そうね。……でも、悪いけど、私、あまり、好きじゃない、ああいうの。よく分からなかった」

「ああいうのって？」

「マスターベーション的な作品」

ソーセージの盛り合わせを運んできた店員が、ちらっとこちらを見る。年若い女性が口にする単語ではない。しかし、本当にマスターベーションのような作品だったのだ。つまり、優等生の自己満足的な作品。読者のことはまったく考えずに、ひたすら自身の満足と快感だけを満たす作品。

「マスターベーションか……」

西岡は、ジョッキをテーブルに置くと再びかたく腕を組んだ。

「でも、世の中には、他人のマスターベーションを見るのが好きって人がある程度いるもんでしょ。だから、あれはあれでいいんじゃないのかな？　僕は好きだけど」

「でも、私はパス。ああいうの、苦手。なんというか、……頭がおかしくなりそう。現実と幻想がごっちゃになっていくあの感じ。薬漬けの人のたわ言を聞いているみたい。わけわかんない」

「そこが、いいんじゃない。現実と幻想のはざま。まさに、純文学だ」

「純文学……というより、純文学もどき？　ただの、支離滅裂なナルシストの話にしか見えないけど」

「僕は、ナルシシズム、大いに結構だと思うけれど」

「ただの、自己満足よ。他人に読ませようなんてひとつも思ってないような、傲慢な文体」

「自己満足？　傲慢？　いいじゃないですか。自分が満足できない作品に、どんな意味があるんだろう？」

それから、彼の独演がしばらく続いた。自己満足と芸術と、これからの文学の行方。はじまったと、珠美は思った。西岡は、もともとは純文学畑にいた人間だ。そこに十数年も浸かっていたせいで、思考が時折、別次元に捻《ね》じれてしまう。

「ずいぶん、ご熱心なのね」珠美は、西岡の弁を遮った。「でも、公私混同が過ぎると、火傷《やけど》するわよ」

「公私混同だなんて。僕は、純粋に、根岸桜子の作品を推しているだけだよ」

「ふーん」

珠美は、再び根岸桜子の顔を思い浮かべた。

デビューした時期はほぼ同じだが、自分より七歳上の三十五歳。立派なおばさんだが、しかし、歳よりは若く見える。

とりたてて特徴のある顔ではないが、いや、だからこそ、男好きのする顔だと思った。すっぴんに見える顔は、実はそういうふうに見えるように丹念にメイクされたものだし、ナチュラルに見えるその髪も実はゆるいパーマとダークブラウンのカラーリングで計算されて仕上げたものだし、控えめなアクセサリーも流行後れの服装も、すべて計算ずくだ。男が心を許すポイントを憎たらしいほど知り尽くしている。その仕草もしゃべりかたも、すべてだ。

先週の対談も、彼女は終始、控えめで健気で楚々《そそ》とした新人作家という体《てい》を貫き通した。しかし、その実、女優並みにヘアメイクとスタイリストをつけて、一時間以上かけて自身を作り上げていたのだ。

昨日、その様子は新聞の夕刊に掲載されたが、その写真を見たとき、珠美は吐き気を覚えた。痛いアイドルのように可憐に微笑む根岸桜子、一方、自分は大口を開けてバカ笑い。なんで、わざわざ、このシーンを？　だが、それも仕方なかった。根岸桜子は頷くか小声でぼそりぼそりしゃべるかだけ。どのシーンを切り取っても、菩薩のように微笑んでいる絵になるだろう。一方、おとなしい根岸桜子の分まで、大笑いしたり、場を盛り上げる役に回されたのは、自分だった。

忘れもしない。——賞なんて関係ありません、そんなものはひとつも気にしてません、読者に感動を与えられればそれで十分です。……そう言ったのは、まさにこいつだ。あの余裕ぶっこいた横顔を思い出すだけで鳥肌が立つ。

根岸桜子は小説家をしながらメーカーのＯＬをやっているが、なるほど、いかにもＯＬの制服が似合うタイプだ。ランチの時間、財布とポーチを抱えて気の合う同僚ときゃっきゃっとカフェレストランに向かう姿が恐ろしいほど似合う女。職場のおじ様にも可愛がってもらっているのだろう。しかし、その制服を脱げば——。いや、たぶん、それも計算のうちだろう。清楚に振る舞いながら、ちらりと胸元を見せるのも忘れない。それが、根岸桜子というキャラクターに違いない。実際、この西岡だって、彼女にこんなに肩入れしている。……あんなおばさんに。あんな、自意識過剰なおばさんに。

「いずれにしても、推薦文は書けない」

珠美は、言い放った。

西岡の眉毛が、情けなく垂れる。

「どうしても？」

「どうしても。それに、私のような小娘に推薦文を書いてもらっても、喜ばないでしょ、あのおばさん」

「おばさんて……」

「そんなことより、新作よ。私、今、ものすごくぞわぞわしているんだ。居ても立ってもいられないって感じ。今すぐにでも取り掛かりたい。……ね、明日、早速取材をはじめない？まずは、航空公園ね。うん、冒頭は、あの公園からはじめましょう。公園の俯瞰《ふかん》からはじまるの。そう、飛行機から見た風景よ。現在の航空公園から、過去の飛行場にオーバーラップ。そして次のシーンは、……タワーマンションの陰に埋もれた裏町の風景。今と過去をカットバックさせて。……それから、あの古本屋のフルショット。ひとりの女がフレームインしてきて、古本屋の扉を開けるの。すると、そこには老女が座っていて。……そう、その老女の独白から、物語ははじまるのよ。インタビュー形式がいいわね。ドキュメンタリータッチで。うん、それがいい。……そうよ、田中加代さんにも、改めて話を訊きたいわね。先週は腰砕けになっちゃったけど、今度は、きっちり向かい合う。なんだったら、あの意味不明な写真だって買うわよ。五十万でも、百万でも。そうそう、電話番号、教えてもらってたんだ」

珠美は、息を弾ませながら、携帯電話の電話帳を開いた。

一方、西岡は、システム手帳を捲《めく》った。

「加代さん、出ない」

しかし、珠美は、意気揚々と引き続き携帯のボタンを押した。

「もしかしたら、まだ古本屋にいるのかも――」

珠美は、頰をピンク色に染めながら、一方的にしゃべり続ける。「……えっ、そうなんですか。加代さん、いらっしゃらないんですか。……はい、あの店番のおばあさんのこと、いろいろ知りたいんです。田中加代って本名なんですか？　阿部定って知ってます？　はい、そうです、局部をちょんぎった。あの人、もしかしたら……、え、うそ、あの店番のおばあさん、以前は町田にいたんですか？　もしかして、南口？　だったら、もしかして……」

散々しゃべり倒した後、珠美は鼻息も荒く、携帯電話を折り畳んだ。

「古本屋のオーナーがつかまった。せっかくなんで、会うことにした。あのおばさん、おしゃべりだから、いろいろと聞けるかも」

が、西岡は、システム手帳を見ながらうんうんと唸り続けている。

「明日か。明日の二十二日は、打ち合わせが入っているんだよ。午後一時までには、社に戻ってなくちゃ」

「誰と、打ち合わせ？」言いながら珠美は、西岡のシステム手帳を奪い取った。そこには、根岸桜子の名前。「ふーん。あのおばさんと打ち合わせ」

「そう、だから、明日は――」

「なら、朝から、航空公園に行こうよ。私も午後から、古本屋のオーナーと約束があるから、航空公園は午前中に済ませて。七時から行けば、四時間は撮影できる」

「撮影？」

「このネタ、まずはフィルムに起こしてみるつもり。映画にして、コンクールに出品したいの。東京フィルム大賞」

「東京フィルム大賞？　インディーズの？」

「そう」

「趣味もほどほどにしないと」

「私にとって、小説のほうが趣味なの。映画のほうが本業」そう言い切ると、珠美は最後のビールを飲み干した。「ああ、なんだか、わくわくしてきた。きっと、すごい作品になるよ。だから、明日、七時に、航空公園、よろしく」

「七時って……」

「じゃ、決まり」

「いや、朝の七時は……、だって、今から家に戻ったとして——」西岡は腕時計を確かめると、小さく息を吐き出した。「二時間も寝られない」

「だったら、帰らなきゃいいじゃない」

3

「この部屋は、どう？　気に入っている？」

珠美の脚の間に顔を埋めながら、西岡は言った。

「……もう、いいよ」

「え？」

「どうせ、シャワー浴びるんだから、そんなに丁寧に拭かなくても」

「ああ、そうだね。でも、あと少しだから」

珠美の性器をティッシュで拭う彼の息が、しゃべるたびに敏感な部分をくすぐる。それをおもしろがっているのか、彼は唇を近づけて、ときにはふーっと息を吐きながら、そこにティッシュを当て続けた。

「あ」

声が漏れた。西岡の歯が、そこを噛んでいる。

「ああ、また汚れちゃったね。やってもやっても、キリがないな」

珠美は、自身の手で口を押さえ込んだ。しかし声を止めることはできず、その苛立ちで目尻からまた、涙が落ちた。

部屋に入ったとたん求めてきた西岡に、珠美はシャワーを浴びたいと懇願した。駄目だという彼に、ならせめてウォシュレットを使わせて、とお願いすると、スカートをまくられて、レギンスとショーツを一気に下ろされて、そのままベッドの縁に座らされて、脚の間に頭を押し込まれた。「僕が、きれいにしてあげるよ」言いながら、西岡は外陰部を舐めあげ、同時にティッシュで隅々を拭っていった。

それから十五分は経っているだろうか、ティッシュは、もう何枚引き抜かれたのだろうか。

「なかなかきれいにならないな。君は、いやらしいんだよ」

彼の頭部にも、細かい汗が次々と浮かび上がる。生え際はすでに汗でびっしょりで、ところどころ髪が妙な具合に跳ね上がっている。珠美は、それを撫で付けた。白髪が一本、指に絡まる。

「やっぱり、君は若いな。毛だって、こんなに若々しい」ちくりと、小さい痛みが点った。彼が陰毛の一本を引っ張っている。

「はじめてのときは、きれいなピンク色だったんだけどな。こんなにいやらしい色になっちゃって。いったい、何人の男をくわえてきたんだ？」

ああ、もっと言って。もっともっと卑猥に、もっともっと下品に、もっともっと、容赦なく。

珠美は、腰を浮かせて、彼の頭を抱え込んだ。それに応えて、西岡はさらに酷い言葉を吐き続けた。鼻の奥から意識が徐々に遠のいていく。珠美は、自分でもよく分からないいやらしい声を立て続けに上げ、そして、ベッドに倒れ込んだ。珠美は、西岡の首にしがみついた。

そして、いつもの言葉を口にした。

――私を殺してください。お願い、このまま、殺して。

じじじじじ。

三脚のカメラのセルフタイマーが作動をはじめた。

珠美が、先ほどセッティングした8ミリカメラだ。この8ミリフィルムは三分。

じじじじ。

この音がしているとき、珠美はますます淫《みだ》らに狂う。

「お願いします、お願いします、私をこのまま殺して……」


――ああ、どうぞ、殺してください。できるだけ残虐な方法で。……誰もが目を閉じ、耳を塞ぎたくなるような方法で、私を殺してください。……私の死がいつか伝説になって、見物人がごったがえす見世物になってくれれば。……四肢が引きちぎられ、内臓が抉《えぐ》られ。両目をくりぬかれ、皮を剝がれ、首を切断され、乳房は獣に食われ、性器はどぶに捨てられ。……そんな方法で、殺してください。そうすれば、私は、満足です。生まれてきて、よかったと、はじめて思えます――。


「あ、フィルム、終わった」

乳房に乗っかる頭を叩き落とすと、珠美は反動をつけて起き上がった。下着とレギンスが、きれいに畳まれてサイドテーブルに置いてある。服は、ワードローブの中、ハンガーにかけられていた。西岡の仕業だ。

まったく、この男は。女がくすぐられるツボを、憎たらしいほど心得ている。このままでは、本気で好きになりそうだ。いや、好きになってみようか。この男を、完全にあの女から奪い取ってみようか。

ベッドの上では、西岡が呑気に鼾《いびき》を立てている。

自分の男が、他の女のベッドでこんな風に無防備に寝入っていることを知ったら、あの女はどうするだろうか。

きっと、タクシーを飛ばしてでも、あの女はここまで乗り込んでくるだろう。

ああ、見てみたい。嫉妬に狂い我を失い口汚く罵るあの女の姿を。その姿を、うんと高いところから見下ろしてみたい。そして、足蹴《あしげ》にしてやりたい。

「悔しかったら、ここまで来てみなさいよ」

そういいながら、あのすました顔を踏んづけてやりたい。そして、カメラを向けるのよ。いやがるあの女の顔を、とことん撮ってやるの。いい画《え》が撮れるわ。嫉妬の炎でケロイドだらけになった、女の醜い姿。

ああ、ぞくぞくする。考えただけで、体中がかっかと火照る。

今、何時？　朝の六時。なら、もうあの女、起きているわね。

珠美は西岡の鞄から携帯電話を引きずり出すと、その名前を表示させた。

三芳珠美。懐かしいですね。私が高校生の頃、とても流行りました。彼女の本、何冊か読んだことありますよ。

実を申しますと、この三芳珠美が住んでいた部屋が、今回、ご紹介する物件なのでございます。

え？　三芳珠美をご存知ない？　まあ、それも仕方ありませんね。彼女はあの事件以来――。

いえ、その前に、もうひとつ、ご説明しなくてはいけない項目があります。

この部屋のそもそもの、オーナーについてです。

それは、一九九四年に遡るのですが。……すみません、説明がいったりきたりして。しかし、これは告知義務ですので、どうしてもお話ししておかなくてはなりません。どうか、しばらくお付き合いください。

4

〈一九九四年　秋〉

誰？

〝朝日のあたる家〟のメロディが響く。

マグカップの中身がびくりと波打ち、掌の錠剤がフローリングの床に滑り落ちた。

わたし、寝てた？

ああ、そうだ、なにか、夢を見ていた。目頭を揉みながら、祥子は頭をそろそろと上げた。

テーブルには、書きかけの日記。

電話機が、ヒステリックに点滅しながら、〝朝日のあたる家〟の姦《かしま》しいメロディを吐き出している。

ああ、苛々する。この曲って、こんなだったかしら？　アレンジ、おかしいんじゃないのかしら。そもそも、なんでこんな曲を呼び出し音に使おうとしたのか。でも、彼は結構気に入っている。変えても変えても、いつのまにか、この曲に戻っている。結局、わたしのほうが根負けしてしまったけれど、やっぱり苦手だ。彼が気紛れでこの曲を入れてからもう一年も経つのに、いまだに鳴りはじめのとき、心臓が少しだけ縮み上がる。そのあと軽い緊張感が足に落ち、早く受話器を取らなくてはと、足早になる。

受話器に手を伸ばした途端、メロディは止まった。時計を見てみると、九時を回ったところだ。きっと、勧誘の電話だろう。この時間を狙ってかけてくる業者は多い。夫と子供を送り出し、流し台の食器を片付け洗濯も終わらせて、ちょっとくつろいでいる主婦を狙っているのだろう。「ったく」はしたないと思いつつ、祥子は、小さく舌打ちした。

テーブルに戻ると、錠剤をいつもより多く喉に流し込み、ほっと一息つく。そして、目を閉じて、胸を撫でながら、十、数えた。お呪《まじな》いのようなもので、こうすれば、薬の効能が倍にも増すような気がする。

よし。大丈夫。今日も一日、大丈夫。さあ、頑張れ。

それからいつもの習慣で玄関まで行くと、ドアポストから新聞を引き抜く。

今日は随分と厚い。チラシがたっぷりと入っている。しかし、チラシには、ワクワクするような情報はなかった。「初恋の人探します」というコピーの興信所のチラシが珍しいぐらいで、あとは分譲マンションの案内やら墓地の案内やら。スーパーの特売チラシも入っていたが、どれもたいして安くはない。新聞の記事も、特に気を引くものはなく、番組欄も、似たり寄ったりのタイトルとコピーが並んでいるだけだ。

また、〝朝日のあたる家〟。間違いない、勧誘の電話だ。でも、このまま無視していたら、いつまでもこのメロディが鳴り響く。祥子は、受話器をとった。

「わたくし、興信所の者です」

受話器から、癖のある早口が聞こえてきた。女の声だ。トーンを上げて懸命に声を若作りしているが、……たぶん、中年のおばさんだ。

「興信所？」

「はい。あなたに確認していただきたいことがございまして。よろしかったら直接お会いしたいのですが——」女は、息継ぎなしで、一気に用件を吐き出した。このままだと、なにか重要なことまで一方的に決められてしまいそうで、祥子は、タイミングを見計らって、言葉を挟んだ。

「どういうことですか？」

興信所といえば、信用調査、または素行調査だ。わたし、いつのまにか、誰かに調査されていた？　彼？

「いえいえ違います。平たく言えば尋ね人の依頼です」

「尋ね人？　わたしが？　誰の？」

「ですから、そのことについて詳しくお話ししたいのですが。そちらにお邪魔したほうがよろしいでしょうか、それとも」

「わたしが、そちらに伺います」


二時間後、祥子は約束どおり、その事務所に到着した。

駅裏の雑居ビル、一階二階には街金融が入っており、エレベーターを待っていると、明細書を握り締めた二人の男女とすれ違った。まったくの他人同士のようだが、その仕草も容貌もよく似ていた。金を借りる人間というのは、同じような容貌になるのか、それとも同じような容貌だから金を借りるのか。

エレベーターが到着すると、きつい整髪剤の女性が一人、降りてきた。エレベーターの各階案内を見てみると、最上階には美容サロンが入っているようだ。四階が目的の興信所、〝4〟のボタンを押す。

「お待ちしておりました」

エレベーターのドアが開くと、いきなりのオフィス。少し気を抜いていた祥子は、ぽかんと、若い女性の案内を受けた。ソファに座らされ、お茶を出される。テーブルにはすでに書類が用意されていた。

「お待たせしました」

五十手前だろうか、黒いスーツのギスギスと痩せた中年の女性が現れた。「わたくしがこの所長です」と言いながら、名刺を差し出す。その甲高い早口は、間違いない、電話をかけてきた女だ。名刺には、〝小野崎光子《おのざきみつこ》〟とある。

「では、早速――」

「本当に、素行調査ではないんですね？」

「え？」

「わたし、昔、素行調査されたことがあるんです」

「そうなんですか？」

「はい。……父に」

口に出してみて、祥子は改めて、父の異常な心配性が恥ずかしくなってきた。自分の娘の素行を調査する父親だなんて、この女性はなんと思うだろうか？

「珍しいことではないですよ」小野崎所長は言った。「素行調査のほとんどが、身内または肉親が対象です」

「そう……なんですか？」

「中には、ご自身の素行調査を依頼される方もいらっしゃいます」

「自分の……調査ですか？」

「自分が、世間ではどのように思われているのかお知りになりたいのです」

「そうですか」

「あなたは、お知りになりたくないですか？　ご自分の評判を」

「え？」

「気になったことはないですか？」

「……特には」

「なら、このまま気になされないほうがいいでしょう。それが一番です」

「はあ」

「では、本題に――」

「……ちなみに」

「え？」

「素行調査には、いくらぐらいかかるものでしょう？」

「え？」戸惑いながらも、小野崎所長は、料金表を広げた。「素行調査といいましても、いろいろとメニューがございます。メニューによって料金も異なりますので、ご相談させてください」

料金表に書かれた数字は、結構な額だった。一番安いプランでも、基本料金三十万円。別途、成功報酬が二十五万円。

「あの。このプランの場合は……」祥子は、一番安いプランを指差した。松竹梅でいうところの、梅だ。

「このプランですと、三回尾行して、相手の素行を調査いたします。期間は二週間です」

「二週間の間に、三回、ですか？」

「はい。調査の目的がはっきりしていて相手の動きが明確な場合はこのプランがお勧めですが、目的によっては、この回数では調査しきれない場合もあるかと思います」

だからといって、竹にあたるプランだと料金が高すぎる。松にいたっては、論外だ。

「どなたか、素行調査したい相手がいるのですか？」

「え？」

言われて、彼の顔が浮かんだ。わたしは慌てて、頭を振った。

「いえいえ、あくまで、ちょっとした好奇心です。話のネタにでも……と思いまして」

「では、本題に行かせてもらってよろしいでしょうか」

小野崎所長は、もうこれ以上横道には逸らせないとばかりに、姿勢を正した。

そして、報告書の束を、クリアファイルから引き抜いた。

「わたくしどもが行っていたのは、あなたの所在調査です」

「所在調査？」

「我々の主な調査には大きく分けて三つありまして。ひとつは行動調査。対象者を尾行して、その人の行動を調査します。浮気調査や素行調査などがその代表例です。ふたつ目が身元調査です。対象者の評判やクレジットなどの借入れ額、勤務先、家族構成、本籍地などを調べるものです。そして三つ目が所在調査です」

「どういうときに、所在調査なんかするものなんですか？」

「主に、失踪者や家出人の所在を追跡する調査ですが――」

「わたし、家出も失踪もしてませんが？」

「ええ、もちろんです。あなたの場合は、ちょっと特殊でして。つまりですね、結論から申せば、あなたは法定相続人だと確認されたというわけです」小野崎所長は、報告書の一枚を引き抜いた。戸籍謄本のようだ。

「法定相続人？」

「……ああ、あなた、さそり座ですね」戸籍謄本を見ながら、小野崎所長が、いきなりそんなことを言った。

「は？」

「あ、いいえ、すみません。私もさそり座の女なんですよ」

「は？」

「いえいえ、すみません。本題に戻りましょう。……所沢市はご存知ですか？」

「ええ」

「今、所沢では再開発が行われていまして、タワーマンションの建設も予定されているのですが、建設予定地の中で、所有者不在の土地がございまして。登記簿に記載されている所有者はとうの昔に亡くなられていて、その方の法定相続人の所在を確認して欲しいというのが、今回の依頼なのです」小野崎所長は、一気にまくしたてた。

「つまり、……わたしがその法定相続人？」

「はい。いろいろ調査した結果、あなたのみ、生存が確認されました。よかったですね」

「え？」

「所沢の一等地に建つタワーマンションの一角が、あなたのものになるんですよ」

「は？」

「ですから、タワーマンションの地権者用住居のひとつが、あなたのものになるんです」

「タワーマンションの地権者用……」

「所沢は、いいところですよ。これからますます発展しますよ。羨ましいです。ぜひ、現地を見てきてください。きっと、気に入りますよ」

「なんだか、よく分からないのですが。……これは、夢ですか？」

「夢？　違いますよ。現実ですよ！　ほら、この四〇一二号室が、あなたの部屋です」

小野崎所長は、図面を広げた。

ああ、なんて素敵な部屋。

「3LDK、一一〇平米。素晴らしい部屋ですよ。リビングだけでも、四〇平米ですからね。眺めもきっと素晴らしいのでしょうね。狭山丘陵と秩父連山。狭山丘陵はまさに、トトロの舞台になった場所です。きっと夢のようなところなんでしょうね」

夢。やっぱり、夢なのね。

わたしに、そんな幸運が当たるはずない。

そう、これは夢なんだ。

つまり、この四〇一二号室は、もともとは地権者用の部屋だったのです。このマンションを建てるために買収された土地の持ち主たちのための部屋。それらの部屋は最上階だったり角部屋だったりと、マンションの中でも特に条件のいい部屋が割り当てられているとのことです。

四〇一二号室は、その中でも上位クラスの部屋なのですが、ここにどうして三芳珠美が住むようになったのか。その経緯は分かりかねますが、しかし、三芳珠美もあの部屋に入らなければ、あんな事件に巻き込まれなくて済んだのでは……と思うと、残念でなりません。

実は……、私、彼女のファンだったんですよね。

だから、あのニュースを耳にしたときは、本当に驚きました。

そう、それは一九九九年十一月のことです。すがすがしい秋晴れの午後、私は地元の映画館で、「マトリックス」を見る予定でした――。

第二章

小説を書く女

5

〈一九九九年十一月〉

「なんて、個性的な顔。その顔をフィルムに焼き付けてあげる。そら、そら、そら、どアップで撮ってあげるわよ。そら！」

「よして」

「おばさん、怖い顔。もっと、笑ってくださいよ」

「だから、やめて、カメラをこちらに向けないで、撮らないで、やめてってば！」

「遠慮しないでいいんですよ。本当はもっと撮って欲しいんでしょう？　もっともっと目立ちたいんでしょう？　せっかくおしゃれしてきたんですからね、それを撮って欲しいんでしょう？」

「やめて！」

＋

がくっと肘が崩れて、頭ごと、テーブルに落ちた。どうやら、頬杖をついた状態で眠ってしまったらしい。夢まで見ていた。いやな夢。あの子の夢。三芳珠美の夢。

口元の唾液を拭い、頭を軽く振ると、根岸桜子はゆっくりとテーブルから頭をもたげた。

ここは喜多川書房社内のカフェテラス。雑誌に載せる短編の打ち合わせをする予定で、馴染みの編集者を待っているところだ。

いつもの窓際の席。この窓際は、憎たらしいほどに心地いい。まずはBGMがいけない。このヒーリング系の音楽はどんな不眠症も蹴散らすほどの威力だし、本来なら煩《うるさ》いだけの人の声や靴音やカップの擦れる音などのノイズまでが小波《さざなみ》のように空気にしっとりと溶け込む。そして、この午後の日差し。窓の外の寒々しい街路樹に、暖色系のまだら模様が軽やかに踊る。

ここにいると、必ずウトウトがはじまる。でも、寝ちゃ駄目。腕時計を見てみると、もう、十五分も過ぎている。あの人にしては、珍しい。時間にだけは正確なのに。桜子は、まだほんのり温かいハーブティを飲み干した。

「根岸先生、お待たせしました」

中年のメガネ男がこちらに向かって小走りで近寄ってくる。今日の仕事相手、西岡だ。昭和三十五年生まれと聞いているから、今年で三十九歳か。が、もっと老けて見える。その独特なファッションがいけないのだろう。相変わらずのセンスの欠片《かけら》もないネクタイ。無数の小さなダックスフントがストライプ柄を作っている。そして、なんて情けない顔。その眉毛もいけないのだ。捨て犬にマジックで悪戯《いたずら》書きしたような眉毛、ハの字に垂れ下がっている。風にそよぐ綿帽子のような天然パーマもいけない。見ているほうがやるせない気分になる。

……この人を見ていると、泣きたくなる。

「今日は、会社のほうは大丈夫だったんですか？」

走り寄る姿は、そのネクタイの柄そのままだ。まさに、ダックスフント。舌を垂れ下げながら、ただ一目散に玉ころを追いかけるダックスフント。このまま逃げたら、この人は、尻尾を振りながら追いかけてくるだろうか。確かめてみたい気分にもなったが、桜子はそこに座ったまま、応えた。

「ええ、今日は、午後半休をとりましたので」

本音を言えば、今日は片付けなくてはいけない仕事が山ほどあった。それを派遣社員や後輩に押し付けた格好となったので、たぶん、相当反感を買っている。「作家業のほうが有意義な仕事ですもの。だから、〝雑務〟は私たちに任せてください」なんていういやみまで言われた。それも仕方ない、先週も、新聞社の対談の仕事が入って、早退した。

肩身の狭い心持ちでここまで来たことを思い切り吐露してみたい衝動にも駆られたが、それはぐっと呑み込んだ。

「申し訳ございません、こんな時間しか空いてなくて」西岡は取ってつけたように、ぺこりと頭を下げた。その様子では、ひとつも〝申し訳ない〟とは思っていないだろう。

「いえいえ」本音を喉の奥に仕舞い込みながら、桜子はしおらしく、首をかすかに振ってみせた。

「そうそう。根岸先生、引っ越しはもうお済みなんですか？　前に、引っ越すとか言ってましたけど」西岡は、手にしていた分厚いシステム手帳をテーブルに置くと、自身の体もようやく椅子に落とした。

「ええ、この週末に、引っ越す予定です」

「新居は、どこだって言ってましたっけ？」

「日野市です」

「日野市？　僕も、学生時代に日野に住んでましたよ。日野駅からバスで十分ぐらいの、フィルム工場の近くで……」

「いえいえ、日野市といっても、万願寺のほうなんです。だから、中央線ではなくて、京王線を……」

「万願寺？」システム手帳の線路図を広げながら、西岡。「京王線にそんな駅、ありましたっけ？」

「いえ、最寄りの駅は、高幡不動で……」

「ああ、高幡不動。学生時代、よく行きましたよ。なかなか、いいところですよね」

「ですから」ああ、この人とはいつでもそうだ。話が嚙み合わない。「最寄りの駅は高幡不動ですが、住所は万願寺。駅までは結構あるんです。自転車を使っても、二十分ぐらいはかかるんです」もどかしくて、つい早口になる。

「そんなに？」なのに、西岡はのんびりと言った。「……なんでまた、そこに？ あ、もしかして、マンションでも買いました？」

西岡の問いに、桜子は無言で笑みだけ浮かべた。

マンションでも買いました？ まるで、ダイコンでも買いました？ というように、気軽に言う。マンションなんて、そうそう買えるはずないじゃない。アパートの契約が切れたから、引っ越しただけ。職場に近くて家賃が安くて間取りがまあまあなところを探していたら、万願寺なんていうところまで飛ばされただけ。不動産屋のお勧めに従ってみたけれど、どうにもこうにも交通の便が悪い。確かに、職場には近くなったけれど、都心に出ようものなら、ちょっとした遠出になってしまう。

「マンションなんて、一生かかっても、買えません」桜子は、自嘲の笑みを浮かべたままで、余所《よそ》行きの声で言った。

「そんなことないですよ。作品がヒットすれば」

作品がヒットする？　そんなこと、少しも思ってないくせに。ほら、彼の口元が、わざとらしく歪んでいる。笑おうとして、うまくいかなかった証だ。次はどんな言葉で取り繕おうか、唇が探っている。

「あ、でも」何か話題を思いついたようだ。西岡は、手を叩きながら言った。「あの辺、モノレールが開通しましたよね、去年」

「ええ。上北台から立川北までは。でも、うちのほうには、まだなんです」

「まだ、全面開通じゃないんでしたっけ。でも、そのうち、多摩センターまで開通しますよね？」

「ええ、来年」

「じゃ、もうすぐじゃないですか」

そりゃ、モノレールが全通すれば、多少、便利になる。不動産屋もそれを強くアピールしていた。それでも、駅まで徒歩で十五分以上は歩かなくてはならない。そんなことをここで愚痴ったところで仕方ないので、「ええ、そうですね。モノレールができたら、便利になりますね」と、言っておく。

「そう、便利になりますよ。だって、立川と多摩センターが繋がるんですから。多摩センター、行ったことあります？　僕は、一度だけ、ありますよ。ほら、なんでしたっけ。……そうそう、サンリオピューロランド。娘にせがまれて――」

しかし西岡ははっと言葉を止めると、聞き取れない独り言をつぶやきながら、特に目的もない様子でシステム手帳を捲る。その一ページ。

野老澤。

そんな文字が、大きく書き殴られていた。

「これ、トコロザワって読むんですよ」西岡が得意げに言った。

「トコロザワ？　あの、西武線の？　西武ドームがある？」

「そう。埼玉県の所沢。昔は、この〝野老澤〟という文字が当てられていたようですよ。所沢は、行ったこと、あります？」

「ええ、まあ。……一度だけですけど」

「そうですか。……僕も、昨日、行ったばかりです、所沢。打ち合わせに。あの辺はアレですね、再開発が物凄いスピードで進んでいる割には、適当な喫茶店とかカフェとか全然ないですね。仕方なく、古い居酒屋で打ち合わせですよ」

頬が強張る。なにか、喉の奥がちくちくする。西岡とは一年の付き合いになるが、一度もそっちから来てくれたことはなかった。いつも、私のほうがこうやって出向く。しかも、いつだって西岡の都合に合わせて。だから、仕事だって休むことになる。が、ランクが上の作家ならば、たとえそれがどんなに若年の小娘でも編集者自ら訪ねるのだ。作家の都合に合わせて。

——つまり、今の私は、ランクの底辺にいるということだ。

これは僻《ひが》みでも被害妄想でもない、れっきとした現実だった。分かっている、分かっているが、やはり、それを目の当たりにすると、喉の奥がちくちくする。桜子は喉を右手でそっとさすると、何気ない調子を取り繕った。

「どなたですか？　どなたが所沢に住んでいるんですか？」

「三芳珠美さん」

と、西岡は、なんのためらいもなく、その名前を出した。桜子の体が、ぴりぴりと強張る。

これは、夢の続き？　確かめるように、桜子は努めて淡々と言った。

「やっぱり、三芳珠美さん」

「そう、三芳珠美さん」

「彼女のマンション、先週、行ってきました」

「ああ、そういえば、対談したんですよね」

「はじめは新聞社でする予定だったんですが、当日、いきなり変更になって。三芳さんが、自宅でやりたいって。だから、早退したんです。うちの会社から所沢まで、遠かったもんで」

「それは、大変でしたね」

「ええ、大変でした。あの人、ずっとカメラを回していて。やめてって言っても、やめてくれなくて」

「ああ、カメラは彼女の趣味だから。僕もしょっちゅう、撮られている」

「本当に、自由な方ですよね、三芳さんは」

「その自由さが、彼女の最大の武器だ」

ああ、もう、面倒臭い。いったい、いつまで三芳珠美の話が続くのかしら。桜子は、前髪の先を指に絡めた。あのときも、対談のときもそうだった。対談というより、三芳珠美の単独インタビュー。私はおまけですらなかった。対談をしきる司会役のライターも三芳珠美も、それが当然とばかりに私を下座に追いやり、私も私で太鼓持ちのような役割に甘んじた。……ああ、思い出したくもない。

桜子はシステム手帳をこれ見よがしに開くと、打ち合わせの開始を促した。しかし、西岡は桜子のサインなど無視し、話を続けた。

「あのマンションは、本当にいいですよね。素晴らしい眺めだ」

ええ、おっしゃる通り。素晴らしいマンションだった。きっと、あれを自慢したくて、予定を変更してまで、自宅に呼び出したんだ。賃貸だとは言っていたが、三芳珠美は、今年で二十八歳。なのに、なんなの、あの超高級マンションは？……はっ、さすがはベストセラー作家様は違うわね！

「私は、三芳さんと違って、高層マンションとは、全然縁がありませんから。私は、三階建ての築十年の1LDK、家賃六万五千円の安マンションです。それでも私にとっては精いっぱいなんです」言いながら、僻みっぽさがまるまると言葉に表れているなと思った。桜子は一呼吸置くと、少々語調を落とした。

「売れっ子ですよね、三芳珠美さん。……そういえば、新刊のエッセイも、K書店の売り上げランキングでトップ10《テン》内に入ってますね。著者の写真もたくさん貼られていました。そう、新聞でも早速話題になってましたね。やっぱり、売れっ子は違いますね」

二回目の〝売れっ子〟が出てきたとき、桜子は、口をつぐんだ。これ以上話したら、十回も二十回も〝売れっ子〟と言いそうだ。なのに、今度は西岡が話題を繋いだ。

「三芳さんには、今、所沢を舞台にした小説を書いていただいているんです」

「……所沢を舞台にした？」

「あれは、傑作になりますよ。今度こそ、N賞を獲りますよ」

「そうですか。N賞ですか」

三芳珠美は、もうすでに二度、候補になっている。今度こそはと言われている。

一方、私は……。


三芳珠美。

桜子の人生で、これほどまでに憎たらしく思った人もいない。憎たらしい？　いや、それとも違う。嫉妬？　それも正確ではない。痛み。そう、痛みだ。三芳珠美という存在そのものが、桜子の精神に、体の隅々に、安堵の時間にすら、痛みをもたらす。まさかこんな歳になって、こんな感情を身につけようとは。

もともと自分は淡白な性質で、人のものを欲しがったり、人を羨ましがったり、人に執着することはほとんどなかった。人間関係で神経を削るとか、恋愛で身を削るとか、そういう面倒もほとんど経験することなく、だから大きなトラブルを引き寄せることなく、平坦な道を黙々と歩いてきた。

三年前までは。

三年前の三十二歳のとき、桜子は小説新人賞に入賞し、デビューのきっかけを手にした。特に小説家になりたかったわけではない。なにしろ、仕事は順調だったし生活も充実していた。小説家になるという選択肢なんて、考えたこともなかった。ただ、日記代わりに小説のようなものを書いていた。それを投稿しようと思い立ったのは、ただの好奇心だ。私はどのぐらいのレベルにあるのだろう？　それを確かめてみたくなった。職場の同僚が貸してくれた懸賞専門雑誌が、背中を押した。ありとあらゆる懸賞情報が掲載されていたその雑誌には、もちろん、小説新人賞の募集データも溢れていた。桜子は直近の締め切りで、規定枚数も適当なひとつに印を付けると、早速、原稿用紙を購入、清書作業に没頭した。だが、原稿用紙の束を袋に詰めて郵便局に持っていったところで、そんな好奇心もあっというまに薄れた。一週間も経つと、投稿したことすら忘れていた。

電話があったのは、三年前の六月の中頃。夜の十一時過ぎだった。こんな時間にかかってくる電話は滅多にない。実家でなにかあったのだろうか？　前にもやっぱり深夜に電話があった。そのときは、父が急死したときだった。まさか、母になにか？　それとも、会社でなにかトラブルがあった？　計算違いしたかしら、入力ミスをしたかしら？　まさか、火事とか？　最後に退室したのは私だ。戸締りになにか不都合があった？　不吉な予感があっというまに桜子の頭をいっぱいにし、電話機の点滅を見つめるばかり。六回目のコールのとき、桜子はようやく受話器を握り締めた。

それは、男性の声だった。

「最終候補に残りました」

それを言われたとき、はじめはその意味がよく分からなかった。

「最終候補です」

しかし二回目にそう言われたとき、それまで忘れていたいろんなことが洪水のように押し寄せ、桜子の思考を一気に刺激した。

「最終候補？」鸚鵡《おうむ》返《がえ》しで聞き返したとき、ようやく理解した。その後、どのような会話があったのかはよく覚えていない。ただ、いろんな感情がないまぜになって、桜子は檻の中の熊のように、意味もなく部屋の中を歩き回った。その混乱を一言で表せば「歓喜」ということになるのであろう。歓喜のピークは、一ヶ月後にやってきた。

「入賞しました」そう、電話をもらったときの喜びは、喩《たと》えようがなかった。天にも昇るという言葉がある意味を、はじめて知った。

が、難儀はその後に待ち構えていた。

その後、書き直しに次ぐ書き直しで、一年をとられた。その間に、別の出版社が主催している文芸新人賞が発表され、受賞した女性はその年の暮れには無事デビューを果たし、その小説は大変な話題になり十万部のヒットとなった。その半年後にようやく刊行された桜子の作品は、初版六千部。重版はかからないまま、一ヶ月後には書店から消えた。誇張しているわけではない、本当に消えたのだ。桜子は地元の書店と通勤途中の書店、そして職場近くの書店に毎日通い、処女作の行方を見守ったが、どの書店でも二週間で平積み台から棚に移され、一ヶ月経つとその棚からも消えた。一瞬、売れたのか？　とも思ったが、ある書店のレジ横で、自分の本が段ボール箱に乱暴に捨て置かれている場面を目撃したとき、ああ、なるほど、これが返本というやつかと、桜子は乾ききった笑いを浮かべるしかなかった。

一方、十万部のヒットとなった例の小説はいつまでも平台に山と積まれ、ＰＯＰも大きく派手だった。次々と客が手にし、買っていく。まったくもってバカバカしく意味のないことだが、桜子は、職場近くの書店に絞って、昼休みごとにその売れ行きを観察したことがある。前日の在庫が、今日はどれだけ減っているのか。それをメモって、勤務中にこっそり表計算ソフトに入力してみる。その作業は一ヶ月間続いた。確かに、彼女の本は売れていた。一日平均十三冊。一ヶ月で約四百冊。途中、三回も補充があり、奥付を見ると、もう十刷りに達していた。誰もが認める、ヒット作。新聞や雑誌に掲載された書評はどれも大絶賛。「超大型新人誕生」だの「十年に一度の大傑作」だの「間違いなく今年№１」だの。著者のインタビューもあちこちで見た。はじめて見たのは大手新聞の記事で、顔写真も大きく載っていた。

さして美しいとも魅力的とも思わなかったが、「かわいらしい」だの「美人」だの、歯が浮くような言葉で褒めちぎっている。

それが、三芳珠美だった。デビュー当時、二十五歳。天才作家の誕生と、どのメディアもここぞとばかり話題にした。

三芳珠美の陰で、桜子の作品は散々だった。いったいいくら売れたのか。たぶん、ほとんどが返本されて廃棄処分となったのだろう。名のある新人賞の受賞作として、一応は書評もちらほら出たが、どれも絶賛からは程遠いものだった。「可能性は秘めている」だの「次に期待したい」だの。

三芳珠美と桜子は、それからも差が広がりっぱなしだった。三芳珠美は新作を出すたびに話題となり、N賞の候補にもなった。メディアの露出もさらに多くなり、サイン会、トークショーの企画もひっきりなし、文壇での交友関係も着実に広げているようだった。一方、桜子は、書いても書いても、ボツ。運良く書籍になっても、三千部。各メディアの書評にも上がらず、一部の書店にしか配本されない。「ペンネーム変えて、まったく別人としてデビューしなおしたほうがいいかもしれない」などと、あからさまな戦力外宣告を受けたこともあった。原稿を渡したきり、連絡がとれなくなった編集者もいた。ヘアメイクとスタイリストを頼んでも、「うちではもう無理です。自費でお願いします」なんて、けんもほろろに断られた。

デビューから三年。三芳珠美はますます輝き、桜子はますます縮こまっていく。

三芳珠美なんか、無視すればいい。なのに、あの子のことが気になって仕方がない。あの子の評判を知りたくて仕方がない。三芳珠美を誰かが褒めれば、その人まで嫌いになってしまう。三芳珠美を誰かが貶《おとし》めれば、無関心を装いながらもついついわくわくしてしまう。三芳珠美の悪口をネットで見つけたときは、その日一日気分がいい。

それらの行為は必ず深い自己嫌悪をもたらし、桜子は自傷行為を繰り返す少女のように、完治しない痛みに毎夜支配された。

三芳珠美なんか、いなくなればいい。

桜子がそう具体的に考えるようになったのは、一年前だ。喜多川書房から短編執筆の依頼があり、そのときついた担当が、まさに目の前の男で、三芳珠美をデビューさせた担当編集者だった。天然なのかそれともワザとなのか、この人はことあるごとに三芳珠美の話題を出しては、桜子の神経を衰弱させた。

他にも数社の出版社と仕事をしたが、どういうわけか、すべての担当が三芳珠美も担当していた。

「まあ、それは仕方ないのかも。だって、あなたの作風と三芳珠美は、なんかカブっているもん」

いつだったか、職場の同僚の酒井《さかい》さんがそんなことを言った。

「カブっている？」意外な指摘に、桜子の声は裏返った。どこが？　どこがあの女とカブるのよ。どこが！

しかし、桜子は言葉を押し込むと、澄ました笑みを浮かべた。

「どの辺が、カブるの？」

「う……ん。なんていうのかな。もちろん、キャラ的には全然別物なんだけど」

そりゃ、そうよ。私、三芳珠美みたいな痛いキャラじゃないし、あんな変なファッションもしないし、あんなに露骨な目立ちたがり屋のガキじゃない。私は、いたって普通の大人だ。普通の人が普通の感性で普通の女性たちの機微を描く。これが、私の作風。それがいいと、ちゃんと評価してくれる人もたくさんいる。一方、三芳珠美は。

「確かに、作風もキャラも全然違うんだけど、なんか、カブるんだよね。うまく言えないけど。……根っ子が同じというか。なんていうか、同じお題を、それぞれまったく違うテイストで料理しているっていうか。三芳珠美は破天荒の方向で、あなたは優等生の方向で。出版社としては、同じような作家は二人もいらないのよ。だから、わざと、あなたと彼女を比較して天秤にかけてんじゃないの？」同僚は酒が相当回っていたようで、その毒舌もくるくるよく滑った。「天秤にかけて、どっちが先につぶれるか試しているのよ」

「どっちが先にって、売り上げ、話題からいったら、私がつぶれるのは明らかよ」酒のせいで、桜子の僻み虫も、きゃんきゃんきゃんよく泣いた。「デビューの時点で、差がつきすぎ。私なんて――」

「そんなに差があるとは思わないけれど」

嘘だ。あっちは本を出すたびに話題になり、今回の新刊だって、早速新聞の書評に取り上げられた。一方、私は今回も失敗だった。だって、担当編集者からはなんの連絡もないもの。またまた、初版で終わるんだ。……悔しい。

世間は、どうして、三芳珠美みたいな野蛮で下世話なものを求めるの？　あんなの、毒にしかならない。文章だって子供騙し、構成だって粗い。要するに、稚拙。世間って、本当にバカだ。読者って、本当に見る目がない。セックスや欲望を刺激的に書けば、みんな飛びつく。そうよ、大衆は、所詮、低俗なものを好むのよ。それと、プロフィールね。本の中身なんか関係ないのかもしれない、大衆の購買力を刺激するのは、作家自身のプロフィールなんだ。若さ、容姿、メディアの露出度、そして特異な経歴。三芳珠美は、それらをすべて持っている。だから、あんなくだらない小説でも高層マンションに住める身分になったのよ。

なのに、私はどう？　三十歳を過ぎたただのＯＬってだけで、誰からも注目されない。どんなに丁寧に真面目に書いても、初版止まり！　どんなに身を削って書いても、買ってくれるのは三千人もいない。三芳珠美はとっくの昔に専業作家になったというのに、私は相変わらず、二足の草鞋《わらじ》を履き続けるのよ。これから先もね！　四十になっても五十になっても、ひたすらデータを入力し続けるのよ。派遣に陰口を叩かれながら、疎まれながら、私は感情を殺しながら、ただひたすらキーを叩く。それでも、この仕事が嫌いなわけじゃない。我慢していれば、生活は保障されている。小説家なんかにならなければ、十分に満足していた。

でも――。

「三芳珠美がいなかったら、もしかしたらあなたがその位置にいたかもね」

同僚は何気なく言ったが、その言葉は桜子の中に深い意味を投げかけた。

三芳珠美がいなければ。

私が売れっ子になり、注目され、賞の候補になる？

ううん、違う。もちろんそういう欲もあるけれど、私が欲しいのは、以前のような平穏な日常。あの頃は、それが少々退屈でもあったけど、今思えば、なんと安穏として幸福な日々だったことか。他人の売り上げや評判を気にすることなく、淡々と、人の道を歩んでいた。なら、小説なんかやめればいいじゃないか。小説家なんてやっているから、あんな小娘に対してしなくていい嫉妬でのた打ち回る。小説なんかとっととやめて、本来の仕事をまっとうすればいい。

しかし、気がつけば、桜子はすっかり泥沼にはまっていた。小説家という地獄の泥沼に。

それは一見、エメラルド色に輝く美しい水面、でも、そこに一歩でも足を踏み入れたのなら、亡者たちの手があちこちから伸びてきて、泥の底に引きずり込む。泥の底は、針の山。三芳珠美という名前が刻まれた無数の針が体中に突き刺さり、血の涙を流す。その涙もまた猛毒。喉に目に耳に入り込み、内側からじくじくと心を腐敗させる。言葉を発しようとすれば三芳珠美の名前が出そうになり、何かを見ようとすれば三芳珠美の名前を見、耳を傾ければ三芳珠美の名前を聞いてしまう。そのたびに、桜子は激痛でみっともなく蹲《うずくま》る。

三芳珠美がいなければ。

この痛さから解放されるのに。

三芳珠美がいなければ。

三芳珠美の顔がいくつも浮かんでいる。三芳珠美の写真入りのPOPだ。

三芳珠美がいなければ。

POPが、重力にまけてぱらりと、床に落ちる。足元に転がる、三芳珠美の顔。

こいつさえいなければ。こいつさえ、いなければ！　死ね！

騒々しいメロディが流れてきた。

西岡の携帯の着信メロディだ。

これが流れると、なにか苛つく。どこかで聞いたことがあるのにどうしても思い出せない。なんだったろうなんだったろう。あ、思い出しそう……と顔を上げたところで、いつも止まる。

しかし、今日は、いつもより長く流れている。

「西岡さんの携帯では？」

言うと、西岡は慌てて携帯電話を引っ張り出し、まずはディスプレイを確認した。

西岡の顔に、苦笑いが浮かぶ。この表情、以前にも見たことがある。そのときは、奥さんからの電話だった。たぶん、今回もそうだろう。

西岡は、こそこそと席を立つと、ウインドウのほうを向きながら、携帯電話を耳に当てた。

あまりいい知らせではないようだ。西岡の表情は、ここから見ても青ざめている。

気は確かか……

いいから、やめろ……

バカ、やめろ、落ち着け……

西岡の声が、途切れ途切れに聞こえてくる。

奥さん、また、逆上しちゃったのね。桜子の顔にも苦笑いが浮かんだ。西岡の妻の狂言自殺は有名だ。三芳珠美がそのことをおもしろおかしくエッセイに書いたものだから、少なくとも数万人の知るところだ。

あのエッセイは、どのぐらい売れているのかしら。テレビでも紹介されていたから、かなり売れているはず。二万部？　三万部？　視界に、影が落ちてきた。いつもの、頭痛がくる。バッグからいつもの薬を引っ張り出すと、桜子はそれを口に押し込んだ。

「あ、停電？」

どこからか、そんな声がした。

本当だ。電気が、すべて落ちている。テラス窓から差し込む午後の日差しだけが、妙に生々しい。時計を見ると、十三時四十二分。

「信号も消えている」

その声に従って窓の外を見ると、通りの信号がひとつも点灯していない。

「携帯、切れやがった」

チョコレートブラウンの携帯電話を缶ジュースのように上下に振りながら、西岡が舌打ちする。

舌打ちは、あちらこちらから聞こえてきた。ＢＧＭも消えてしまったらしい、それまでの小波のようなノイズが一転、苛々と不安の鼓動に変わる。

「あ」西岡が、前方に視線を定めた。

見ると、栗色のショートヘアの女性が、真っ赤な携帯電話を握り締めながら興奮した闘牛の形相で近づいてくる。西岡の同僚の前原《まえはら》女史だ。前に一度、紹介されたことがある。

「ちょっと、ちょっと」と彼女は、挨拶もそこそこに、西岡の隣に陣取った。その息は少々荒く、唇は早く誰かとこの話題を共有したいという欲望が滲んでいた。しかし、一応の礼儀は身につけているようで、「あら」と桜子のほうを見た。「こちらは?」と尋ねる女史に、「根岸桜子さんです」と、西岡が簡単に紹介する。女史は、「はじめまして」と言うべきなのか「こんにちは」と言うべきなのか迷っているようだったが、

「で、どうかした? 慌てて」

と、西岡が話を引き戻したので、桜子の存在は軽く吹き飛ばされた。

「そうそう、大変よ、大変なのよ」前原女史は胸の前で両手をゆらゆら揺らし、次にその両手を胸の上で交差させた。「三芳珠美先生が病院に運ばれたらしいの。重傷だって」

え?

「さっき、連絡があってね」言いながら前原女史は、手にした携帯電話のボタンを大袈裟な素振りで押して言った。「ったく、やっぱり、繋がらない。途中で切れちゃって、それから

全然、繋がらないのよ！」

「そんなことより、三芳さん、重傷って。……まさか、亡くなった？」西岡の顔が土偶のように強張っている。こんな表情を見るのははじめてだ。どんなときでも、福笑いのオカメのようにニヤついているのに。

「いや、亡くなってはないけど。でも、絶望的みたい。……ああ、もう、やっぱり、繋がらない！」前原女史は、携帯電話をテーブルに叩き付けた。

絶望的？

桜子は、咄嗟に、右手で口元を押さえた。どういうわけか、唇が震えている。

今、私はどんな顔をしているのだろう？　まさか、笑ってないよね？

こういうときって、どんな顔をすればいいんだろう？　まずは驚き？　そして、悲しみ？

それって、どんな顔？

どうしよう、私、どんな顔をすればいいの？

駄目だ、唇の震えが手に伝染した。

西岡と前原女史の視線が桜子に集まる。

どうしよう、どうしよう、どうしよう。

私、絶対、笑ってる。

「大規模停電だってさ」

どこからか、そんな声が聞こえてきた。見ると、携帯ラジオのイヤホンを耳に押し込みながら、男性がまるで預言者のようにすっくと立った。

それからしばらくして非常灯が点灯し、カフェ内はとりあえずは元どおりに復元されたが、人々のざわめきはますます混乱へと傾いていった。

「エレベーターに閉じ込められているやつがいるって」

「地下鉄有楽町線が止まっているらしい。西武池袋線、東武東上線、武蔵野線も、ダメ」

「サーバーもダウン、仕事になんないよ」

「水道も止まったよ。トイレ、まじでヤバい」

「固定電話も、アウト」

聞こえてくるのは、不安要素ばかりだった。

そんな右往左往で一時間ほど過ぎた頃、先ほどの預言者風の男が、やはりイヤホンを耳に押し込みながら、叫んだ。

「埼玉のほうで、飛行機が墜落だって！」

埼玉のどこ？　桜子の腰がふいに浮く。

「所沢のほうみたいだ」

所沢？　西岡と前原女史の視線がかち合った。

「所沢って、……三芳さんのお宅も所沢よね？」

前原女史の問いに、西岡が、ゆっくりと頷く。

桜子は再び、口元を押さえ込んだ。

一九九九年の十一月の停電。覚えていらっしゃいますか？　かなり大規模な停電で、ニュースによると、東京都区内、多摩地域、埼玉県の南部などで合計約八十万世帯が停電したとか。

停電の原因は、特別高圧送電線が入間川の河川敷横断箇所で断線したためだそうです。入間川の河川敷には自衛隊機が墜落しており、これが、高圧送電線を切断したのだそうです。墜落した自衛隊機は航空自衛隊入間基地所属のT33型ジェット練習機。この事故で死亡したのは乗員二名で、他に負傷者はいなかった。もっとも、墜落した場所の近くは市街地で、一歩間違えれば大惨事になっていたところでした。

当時、私は高校生で、「あ、ノストラダムスの大予言、来た！」と、大変興奮いたしました。

ノストラダムスの大予言、ご存知ですか？

そうそう。七の月に天からなにかが降ってきて、人類が滅亡するってやつです。月こそ違えど、とうとう、地球滅亡のときが来た！　と、わくわくしたものです。

人類が滅亡したほうがいいのかって？

そういうわけではありませんが、でも、なんというか、十代の多感な時期ってどこかで、〝滅亡〟に憧れているところありませんか？　その日を待っているというか。思いどおりにならないこんな世の中なら、なくなってしまえ、リセットしてしまえって。当時、家がちょっとゴタゴタしていまして。私、投げやりだったんですよ。今思えば、なんとも痛々しい幼稚な考えです。

とはいえ、当時の私は、本当に信じていたんですよ。一九九九年で人生が終わるって。なのに、その年の十一月の大停電はあっというまに復旧して、夜にはいつもの日常に戻っていました。そして一九九九年は呆気なく過ぎてしまい、なんというか、ゴールを見失ったマラソンランナーのような心境でしたね。いったい、どこまで走ればいいの？　みたいな。そしたら、二〇〇〇年問題というのが持ち上がってきまして。世界中のコンピューターが狂って、大変なことになるというじゃないですか！　飛行機が落ちたり、停電したりして、地球が滅亡するとかなんとか。……でも、結局、二〇〇〇年も何事もなく過ぎ、またまた、呆気なく二十一世紀を迎えてしまった。私はというと大学に落ちて浪人生。お先真っ暗でしたね。こんなもやもやした状態で平均寿命まで生きなきゃいけないのかって。そんなことを思っていたら、今度は太陽嵐の危機が迫っているというじゃないですか。

十一年周期で太陽の黒点が最も多くなるんですが、そのとき巨大な太陽フレアが発生して、凄まじいプラズマが地球に向けて吐き出される。それが発生するのが、二〇〇〇年とも二〇〇一年とも言われている……というんですよ。なんだかよく分かりませんが、飛行機が落ちたり、大停電があったりして、人類は滅亡するんだとか。

なにか、おかしいですね。

二〇〇〇年問題も太陽嵐問題も、どちらも飛行機が落ちて、停電するという。どうやら、〝滅亡〟というイメージは、飛行機墜落と大停電に集約されるようです。そういえば、ノストラダムスも、空からなにかが降ってくると言っていましたね。それが、滅亡の合図だと。ならば、一九九九年の十一月二十二日がまさにそれだったんじゃないかと、私は思うんです。

だって、飛行機が墜落して、大停電があった。信号が消灯するほどの停電なんて、滅多にないですよ。

――もしかして、あのときに、本当に地球は滅亡したのかもしれない。そして、今は、すべて幻なのかもしれない。それとも、私が元いた世界は消え去り、私は、他の世界に飛ばされた。

SFでいう、パラレルワールドってやつです。当時、そういう小説をよく読んでいましたから。

でも、どうせパラレルワールドに飛ばされるならば、もっと都合のいい世界に飛ばされればよかったのに……なんて思ってみたり。私はなにかしらで成功して、富と名声を得て、方々から羨望の眼差しを浴びせられる……そんな世界に。

……すみません。ただのたわ言です。こんな都合のいい話は、滅多にございません。

ただ。

まったくないわけでもございません。

一九九九年の大停電を境に、人生が一変した人物も、少なからず存在するのです――。

6

〈二〇〇〇年三月〉

三芳珠美。

あの子は、どうしているのだろう。

ダリヤとスイートピーの花束を弄びながら、根岸桜子はぼんやりとそんなことを考えていた。

あの大停電の日、彼女は事故に巻き込まれた。

喜多川書房の前原女史が言うには、「絶望的」な状態だという。停電のせいで救急車両の到着が遅れ、ようやくたどり着いた病院でもいちいち処置が後手に回り、そのせいで、彼女の脳機能の一部は失われた。その状態をもっと詳しく知りたくもあったが、それをあからさまに訊くのは、さすがに憚《はばか》られた。それに、桜子はすでに満足していた。

そう、桜子は三芳珠美の不幸を喜んでいた。自分でも驚いている。なんて卑劣な人間なのか。自身を責めてもみたが、喜びをかき消すことはできない。口元が勝手に綻び、目がきらきらと輝き、頬がほんのりと紅潮するのを止めることはできなかった。そして、桜子は呟くのだった。

これで、〝痛み〟から解放された。

そして、今。あの停電から四ヶ月が過ぎようとしていた。

思えば、停電があった一九九九年十一月二十二日は、自分にとってターニングポイントだったのかもしれない。あの日を境に、私の境遇は大きく変わった。

まずは、絶版寸前だったデビュー作が突然売れ出した。人気女優がある雑誌で「お気に入りの本」として紹介してくれたのがきっかけだ。デビュー作は早速重版がかかり一ヶ月もしないうちに二万部が刷られ、三ヶ月目には五万部を超えた。メディアの露出も増え、そのおかげで他の本にも重版がかかり、複数の出版社から仕事を依頼され、現在、エッセイの連載を二本抱えている。

四ヶ月前までは考えもしなかった。まさか、自分にこんな運命が待っていようとは。

うんうん、本来はこうあるべきだったのよ。真面目にコツコツと書き上げた小説が、私を裏切るはずないのだもの。世間もようやくそれに気がついたんだわ。

でも、それも今だから言えることで、四ヶ月前の自分がどれほどみじめだったか。どんな思いで、このオフィスに通い続けていたか。「あの人、小説家なんだって、でも、全然本屋であの人の本を見かけない。嘘なのかもね」なんていうヒソヒソ話を聞いたのは一度や二度じゃない。「ね、本当に本、出しているの？」などと直接訊いてきた度胸のある人もいた。仕舞いには、虚言癖のあるおかしな人扱い。

人と接するのが心底億劫《おっくう》になった。通勤電車の中で同僚とばったり会うのを避けるために、職場近くにわざわざ引っ越し自転車通勤に切り替えてみたり、昼休みにいろいろと訊かれるのがいやで、雨の日も風の日も猛暑の日ですら、隣町の公園までてくてく歩き、ひとり、ランチをとってみたり。帰りは帰りで、なにかの拍子に飲みに誘われることがないように、終業のベルが鳴ると一目散に帰路につくか、または誰よりも遅くまで残業した。まさに、孤立だ。日陰の身だ。それまではそれなりの交友もあったし、同僚とのおしゃべりも楽しんでいたのに、作家デビューしてからは、ただの気難しい孤独なお局様に成り下がってしまった。心は半ば壊死《えし》し、正常な判断がつかない日々が続いた。相談したくても父はすでになく、母も二年前に亡くなった。親しい親戚も友人もいない。だから、あんなやつに付け込まれてしまった……。

桜子は、大きく頭を振った。あのことは忘れるの。あんな、みじめな出来事は。だって、もう明日からは、私はここに来なくていいんだし、あいつの顔を見ることもないんだ。

そう。桜子はようやく二足の草鞋の生活から卒業し、そして今、職場の歓送会がはじまろうとしている。

終礼のときに渡された花束はまるで花嫁のブーケのようにかわいらしく、これはきっと、新人のあの子のセレクトだろうなどと考えているうちに、福田《ふくだ》部長の挨拶がはじまった。桜子は、目を逸らした。

こんな男の声なんか聞きたくない。早く終われ、終われ。

なのに、部長の話は長かった。

彼は、まるで長年面倒をみてきた部下を送り出すかのような馴れ馴れしい口調で桜子を褒めちぎる。「素晴らしい傑作」だの「見事な才能」だの、よくもまあ歯が浮くような言葉が次々と出てくるもんだ、桜子はそっと舌打ちした。


「あーあ、羨ましいな」

乾杯が終わり、それぞれの席について談笑がはじまったところで、隣に座る同僚が、呟いた。桜子よりひとつ年上の派遣社員、酒井だ。気さくな人……というか、少々テンションが高い人で、桜子が孤立していたときも果敢に声をかけてくれていた。

「羨ましいって？」桜子は、小娘のように小首をかしげた。

「だって、夢の印税生活じゃない」

「そんな優雅なものじゃないですよ」シーザーサラダを取り分けながら、桜子はぎこちなく笑った。「なんだかんだ言って、この業界は水商売。来年はさっぱり売れなくなって、また勤めに出ているかも」

そう。ここで油断してはならない。こんなことで有頂天になっていてはいけない。……分かってはいるが、それでも、つい、口角が上がる。

「大丈夫よ。あなただったら、これからますます上に行くわよ。ね、ちょっと、手相を見せてみて」

え？　言われて、桜子は半信半疑で手のひらを彼女に差し出した。酒井さんは、「最近、手相を勉強しているのよ……」などと言いながら、桜子が差し出した手をぐいと引き寄せた。

「ほら、やっぱり、運気が上がっている。人気線も出ているし、金運線も出ている。……すごい。天下をとる相よ」

「そうなんですか？　前に、街の占い師に手相を観てもらったときは、受難がたくさん待ち受けているって言われましたけど」

「だから、運命が変わったのよ」

運命が変わった？　確かに、そうなのかも。

だって、あまりにも、うまく行きすぎている、私の人生。まるで、夢のようだ。こうなって欲しいと思う方向に、進んでいる。本が売れて、あちこちからインタビューの依頼が来て、編集者がこぞって私のご機嫌を伺って、どこにいってもちやほやされる。それらは、すべて、私が渇望していたことばかりだ。夢でもいいから、一度でいいから、そんな素敵な体験をしてみたい。

でも、それらは夢でも一度きりでもなく、現実となった。

そう、私は、今、こんなに素敵な世界を生きている。

——ほら、見て。みんなが私を中心にして輪を作ってくれている。みんなが私を注目している。みんなが、私に拍手をしている。みんなが、私を羨ましがっている。

私は、ダリヤとスイートピーの花束を花嫁のように高く掲げた。

それが欲しいと、みんなが手を差し伸べる。

そんなに欲しいの？　なら、少しなら分けてあげる、私のこの運命を、私の才能を。ほら、だから、みんな、もっと欲しがって、もっと求めて。

特別な私を、羨ましがって。

「でも」

酒井さんが、私の高揚感に水をさす。

「根岸さん、最近、ちょっと顔色が悪いから……健康には気をつけてね。それに――」

「そうそう、なんか、疲れているみたいだから、あんまり、無理するなよ」

いつのまに割り込んできたのか、名前の知らない男性社員までそんなことを言った。確かに、ちょっと頭痛がするけれど、これは、苦手なお酒を飲んだから。そう、お酒のせい。なのに、酒井さんも男性社員も、しつこく、「大丈夫？　大丈夫？」と私を病人扱いする。

……これが、嫉妬というもの？　そうか、これが、妬みなのね。私の門出に、どうしてもケチをつけたいのね。

見ると、酒井さんと男性社員の顔が、ひどく歪んでいる。これが、嫉妬の只中にいる人の顔ね。きっと、四ヶ月前までは、私もこんな顔をしていた。

そう、三芳珠美を思い出しては、こんな顔をしていたんだ。

三芳珠美。ほら、今も、その名前を思い浮かべただけで、喉の奥が痛む。頭の芯がチリチリと不穏な音を立てる。医者に相談したら、一種のヒステリー症だと診断するだろう。そして、この症状を治すには、ひとつしかないと。

あの子より優位に立つこと。

だから、私は、あなたより、きっと幸せになってみせる。あなたより、成功してみせる。この痛みがなくなるまで。その名前を口にしても、痛みを感じなくなるまで。

珠美、あなたが欲しがっていたものを、私がすべて手に入れるわ。

あなたが欲しがっていたものは、「特別」な「何者か」。そうでしょう？　対談のとき、あなたはあんなに突っ張っていたけど、その根の浅はかさは丸分かりだったわ。あなたはただ、特別な何者かになって他人よりちょっと優位に立ちたいだけの、ガキだった。そう、闇雲に背伸びしている痛々しい中学生と同じよ。

ならば私は、あなたよりもっと優位な「何者か」になって、あなたを封印するわ。「何者か」がなんなのかは分からないけれど、とにかく、人が羨むような、憧れられるような、そんな存在。

例えば……。

都心の一等地に家を構え、私の意見を訊きに人々が訪れ、私のことを褒めちぎる記事が頻繁に朝刊に載り、私を賞賛する声が毎日届き、私の歓心を買おうと人々が競って私の顔色を窺う。でも、決していやみな成功者にはならない。私はハイブランドのワンピースをまるでローブランドのように着崩したふうに着こなし、ヘアスタイルもメイクもお金はかけるけどさりげなく、でも、ネイルには誰が見てもそれと分かるように本物のダイヤモンドをちりばめる。

その一方で、私は普通に恋愛して普通に結婚して普通に奥さんして普通に出産して、普通の幸せを味わう。

そして、ファッション誌のインタビューで、私はこう答えるのよ。

「いろいろ試行錯誤しましたけど、やっぱり普通が、一番です。普通の日常こそが、幸せです」

でも、その普通を手に入れるには、まずは「何者か」にならなくちゃね。私自身が特別な「何者か」になることで、私はようやく「普通」を享受することができるのよ。

そう、珠美、あなたが欲しがっていたのは、特別な「普通」。芸術家気取りで突っ張っていたけれど、あなたが欲しかったのは所詮、その程度の俗っぽい見栄なのよ。私と同じなのよ。

そうでしょ、珠美。

実に羨ましいお話です。諦めかけていた人生が、突然好転する。そんなことが本当にあるんですね。

もしかして、私にも？　いえいえ、そういう幸運は、誰の身にも起こることではありません。運命というのは、決して、平等ではないのですから。

そう。幸運を手に入れた人がいる一方、不運のどん底に突き落とされる人もいるのです。

7

……、…、…………、……、……。

……、…、…………、……、……。


ぶーん、ぶーん、ぶーん、ちっち、ちっち、ちっち、ちっち、うぉーん、うぉーん、うぉーん、つっとるるる、つっとるるる、つっとるるる……。


なんの音だろう。

聞いたことがあるような、ないような。遠いような近いような。青い空が一瞬過《よ》ぎって、そして、暗転した。

誰か、そこにいる？　わたしを見ている？　誰？

右手を差し伸べて、それに触れてみる。

しかし、感覚はまったくなかった。いつもの朝のように目を開けてみたが、闇が深まるばかりだ。いや、そもそも、目を開けているのだろうか。

目を開けるってなんだろう？　上瞼を下瞼から剝がして、眼球を剝き出しにすること。そんな理屈を繰り返し思いながら、目を開けるという行為を実行してみるが、なかなか、うまくいかない。眼球をぐりぐりと動かそうとしても、その実感がない。

どうして？　わたしの目、どうなっているの？　そういえば、泣き腫らした翌日、なかなか目が開かなかったことがあった。それだろうか？　泣き腫らした覚えはないが。

ならばと、いつものように、指を動かしてみる。右手の中指だ。なぜその指かは分からないが、昔からの習慣だ。まずは右手中指に力を入れて、それが動くことを確認する。それからゆっくりと腕を上げて、おでこに右手もろとも叩きつけるのだ。なぜ、おでこなのかは分からない。でも、たぶん、それがわたしの習慣なのだ。

「そうか、……四ヶ月か」

唐突に、そんな声が聞こえてきた。わたしは、右手を宙に遊ばせながら、おでこを探す。

「そう。あれから、もう、……四ヶ月」

四ヶ月？　あれからって、どこから？

この声は誰？　声は二種類。一人は男性、一人は女性。聞き覚えはない。……ある？　どこかで聞いたかもしれない。いや、確かに聞いたことがある。ああ、でも、思い出せない。

あなたたち、どなたでしたっけ？　宙で遊ぶ右手を元の位置に戻して、目を開けてみる。

ああ、そうだ。わたしは先ほどから目を開けようとしているのだ。でも、開かない。いや、開いているのかもしれないが、闇が貼りついているばかりなのだ。明かりを、誰か明かりを！　暗くて、何も見えない。そこに、誰かいるんでしょう？　誰？　誰？　そもそも、わたしのおでこはどこ？　全然、感覚がないのはなぜ！　冷たいの？　熱いの？　普通なの？　どっちなの？

ね。

わたしのおでこは、どこ？

………、…、…………、………、………。

………、…、…………、………、………。

なるほど。そういうことか。

わたしが、今のわたしの状況と状態を知るには、時間はかからなかった。

まずは、わたしがなにかしらの悲劇的なアクシデントで入院していること。これは、男と女の二人の会話から知った。わたしは、かなりのダメージを受けたらしい。次に、わたしは四ヶ月間、意識がないこと。これは、男と女の二人組と入れ違いに入ってきた三人組の会話で知った。三人組のうち、一人は医師で、二人は看護婦のようだった。

この三人組は、他にもいろいろなことを教えてくれた。看護婦たちが質問し、それに答える形で、医師らしき男が答える。

どうやらわたしは、他の病院から移されてきたらしい。この三人の会話は、前の病院から送られてきたデータの確認のようだ。

「典型的な、遷延性意識障害だ。大脳と小脳の著しい萎縮がみられる。四肢麻痺、自力での体動不可。脳幹反射も認められない」

「脳幹反応消失……ですか」

要するにわたしは、植物状態であるという。両手両足はもちろん、全身のどの部位も自力で動かすことはできず、光にも反応せず、網膜にはなにも映さず、耳も聞こえず、声を出すことも、咳をすることも、えずくこともできない。胃に穴が開けられ、二十四時間、そこから栄養と水分を供給されている。排泄はオムツで対応。

それらはあまりに衝撃的で信じがたい、絶望的な内容であった。ただ、それらが自分に当てはまる不幸だという実感はまるでなかった。

なぜなら、わたしはこうして意識はあるし、なにより、聞くことができた。医師は、わたしの意識はなくありとあらゆる感覚もなく、もちろん聴覚もなく、「植物状態」だと信じて疑っていない。だが、繰り返すが、わたしはこうして意識があるし、医師の声も看護婦の声も、聞くことができる。「植物状態」だなんて、他の人のことではないか？　四肢麻痺？　嘘だ。わたしは、こうやって右手を動かしている。そして、おでこを探している。

しかし、医師の言葉がまるっきりの作り事ではないことは、わたしは薄々気がついている。なにしろ、暗闇には一向に光は差さず、思っていることを声にすることができず、おでこの位置が一向に分からない。

……、…、……、……、……。

……、…、……、……、……。

この状況、何かに似ている。そうだ。昔見た、なんとかっていう映画の主人公だ。なんだったろう。あの映画。戦争に行った若者の話。日本の映画ではなかった。白黒だった。いや、カラーだったかもしれない。いずれにしても、深夜放送で見た映画だ。

なんていうタイトルだっただろう。その主人公は、砲弾によって両手両足を失い、目をつぶされ、鼻と耳を削《そ》がれ、口を失って言葉を奪われた。でも、彼には意識はあった。傍《はた》からは肉の塊となった植物状態の彼ではあるが、意識はまったく損なわれていなかった。彼は、その唯一残された意識をよりどころに絶望と闘い、そして過去と現在と未来を行き来する。あの映画は、確か、反戦がテーマだった。戦争なんて愚かしいことを起こすと、こんな悲劇が生まれる。逆をいえば、戦争なんか起こさなければ、こんな悲劇は生まれない。だとしたら、そんな主張はまったくあてにならない。なぜなら、わたしがこんな状況になったのは、少なくとも「戦争」が理由ではないからだ。戦争なんか起きなくても、悲劇はどんな人にでも降りかかる。

ああ、なんていうタイトルだっただろう。あの映画。主人公の名前は、なんていっただろう。

名前？　そういえば。

……わたしはなんていう名前だっただろう？

わたしは……誰？

第三章

夢を見る女

まったく痛ましい話じゃないですか。

誰かが幸運を摑んだ裏には、誰かの不運がある。幸運と不運というのは、もしかしたら同じ量だけ存在していて、どちらかに傾くというのは許されないのかもしれません。常にプラスマイナスの調整が行われている……。そう考えると、なにやら幸運というのが恐ろしくなります。その代償を誰が払っているのか。

実は、私の知人に、植物状態の者がおります。植物状態の患者というのは、病院にとってはお荷物で、三ヶ月ごとに退院を迫られます。そのたびに、転院。病院としては、なるべく短期患者を受け入れてベッドの回転をよくしたいのです。でなければ、損するんだとか。なのに、植物状態の患者は典型的な長期入院患者、つまり社会的入院患者で、「一人の植物状態患者がベッドを占領することで、何人もの患者が死に追いやられる」とまで言う医者もおりました。

その知人に意識がないことだけが幸いです。仮に意識があって、自分がこんなお荷物扱いされていると知ったら、どんなに絶望するでしょう。でも、本当に意識はないのでしょうか？　夢ぐらい見ているんじゃないだろうか？　そんなことを、その知人を見るたびに思います。せめて、夢ぐらいは見ていて欲しいと。

ところで、「明晰夢《めいせきむ》」というのをご存知ですか？　明晰夢とは夢を夢だと自覚して、自分の思いどおりに夢を操作《コントロール》することなのだそうです。

夢を見ているとき、それが夢だと自覚するところから明晰夢ははじまるらしいのですが、それが案外難しいのです。どんなに破綻した夢であっても、それが夢だと気づくことはほぼありません。私も試したことがあります。眠りの手前までは「夢を操作する」ことを意識しているのですが、いつのまにかそんな意識は外れ、気がつくと悪夢にうなされた状態で覚醒していました。

でも、「夢だと意識」する訓練を続けると、「明晰夢」を見ることができるようになるのだといいます。しかしですね、そこまでして夢を操作したとしても、所詮は夢です。なんの意味があるのでしょうか？

……意味はあるんでしょうね、たぶん。明晰夢を見ることで、少なくとも悪夢から解放されるのですから。悪夢は現実世界をも蝕む無意識の中に巣食う〝蟲《むし》〟だと言う人もいます。それを放っておくと、蟲が精神をそして肉体を食いちぎり、ついには死に至るのだというのです。

……なんの話をしていたのでしたっけ？

ああ、そうです。告知義務。

とりあえずは、私どもがお伝えしなくてはならない四〇一二号室の情報は、すべてお話しいたしました。なにかご質問はございますか？

え？　彼女たちのその後が気になりますか。

分かりました。私が把握している範囲で、お話しいたしましょう。

お時間は大丈夫ですか？　少々、長くなるかもしれませんが――。

8

……、…、…………、……、……。

……、…、…………、……、……。

みよしたまみ。

暗闇の中、「みよしたまみ」という文字が、遠くで点滅するネオンボードのように浮かび上がる。

みよしたまみ。

これが、わたしの名前？

みよし、たまみ。……三芳珠美。

体のどこかが、ちくりと痛んだ。

医師の言葉では、わたしの体は麻痺していて、痛覚もないということだったが、ならば、この痛みはなんだろう。痛みはゆっくりと、雪がアスファルトに融けていくようにじわじわと、広がっていく。

雪？　なぜ、わたしは雪を連想したのだろう。そうだ。寒いのだ。寒くて仕方がない。足の先が、指の先が、寒くて冷たくて、凍ってしまいそうだ。誰か、誰か、部屋を暖めて。痛くて仕方がない、早く、早く！

「四肢麻痺」だと医師はきっぱり断定していたが、やっぱり、そんなことはとんでもない嘘なのだ。そもそも、医師なんていうのも出《で》鱈目《たらめ》なんでしょう？　病院というのだって、作り話なんでしょう？　大脳と小脳が萎縮している？　脳幹反応消失？　だって、わたしは、こんなに痛みを感じている、右手に、左手に、右足に、左足に！　痛い、痛い、痛いんだってば！　なんで、みんな気がつかないの？　いったい、わたしをどうする気？　わたしは、両手両足を拘束され目隠しされ猿轡《さるぐつわ》をされているだけなのでしょう？　いったい、目的はなに？　わたしを絶望させて、なにをする気なの？　そこに、誰かいるんでしょう？　気配を感じる。一人？　二人？　私をじっと見ているのは、誰？

耳元で、なにか摩擦音が聞こえてきた。聞き覚えのある音だ。なんだったろう、この音。そして、今までそこにあった気配が、たちまち靴音とともに遠ざかっていく。

残されたのは、規則正しい複数の機械音。

ぶーん、ぶーん、ぶーん、ちっち、ちっち、ちっち、ちっち、うぉーん、うぉーん、うぉーん、つっとるるる、つっとるるる、つっとるるる……。

　まるで子守唄のように、まるでリラクゼーションサウンドのように、それらのノイズがわたしの右足を左足を、左手を右手を、そっと包み込み柔らかくさする。それは温かくて懐かしい誰かの手のようで、わたしはうっとりと痛みを手放す。

　風邪薬を多めに飲んだ夜を思い出していた。わたしは、時々、風邪をひいたわけでもないのに、薬を決められた量の倍、服用し、眠りについていた。覚醒と眠りの鬩《せめ》ぎ合いを見守るのが、なによりも好きだった。そう、あの日の夜も。

　待って。それは、いつのこと？　わたし、風邪薬をそんなふうに使用していたの？　その夜って？　それは、いつ？

　わたしはそのときはじめて、記憶が欠落していることに気がついた。

　つまり、「風邪薬を多めに飲んだ夜」の思い出が、今のところ、わたしにとって唯一の記憶で、最初に取り戻した記憶でもあった。いや、正確には、二番目の記憶か。最初の記憶は、「三芳珠美」という名前。たぶん、わたしの名前だ。

　三芳珠美は何者だろう。いつどこで生まれて、どこでどんなふうに育って、なにが好きでなにが嫌いで、どこに住んでいたのだろう。そしてなにより、わたしはなぜ、今のような境遇に至ったのだろうか。

そうだ。わたしがまずすべきことは、記憶を取り戻すことと、わたし自身を思い出すことだ。そうすれば、きっと、希望はある。今の状態がすべて間違いで、この不当な扱いに抗《あらが》う手段を思いつくだろう。

でも、どこからはじめればいいのか。

どこから、はじめれば？　どこから！

ぶーん、ぶーん、ぶーん、ちっち、ちっち、ちっち、ちっち、うぉーん、うぉーん、うぉーん、つっとるる、つっとるるる、つっとるるる……。

駄目、焦っては駄目。

そうだ。慌てることはない。ゆっくりと、できるところからはじめればいい。ひとつの出来事をとっかかりにして、ひとつひとつ、リンクしていけばいい。そう。……ひとつひとつ。ひとつ、ひとつ……。

誰？　今度は、誰が来たの？　一人……一人ね。なにをそんなに急いでいるの？　ね、ねってば！

しかしわたしの問いは、なにか摩擦音によって遮断された。靴音が、せかせかと遠ざかる。

ね、あなた、なにしに来たの？　ね！


………、…、…………、……、………。

……、…、…………、……、………。


夢？

なにか、とてもいやな夢を見ていた。

そんなことより、今、何時？　もう、そろそろ起きる時間じゃない？

しかし、なかなか布団から出られず、目だけを布団の端から出して、時計を確認してみる。五時五十五分。あ、もう起きなくちゃ。お弁当、作らなくちゃ。でも、あと五分、寝かせて。

…………。

なんで、五分だったはずが、もう十分も過ぎているのか。六時五分。さすがに、もう起きなくちゃ。朝の支度、しなくちゃ。……面倒臭い。このまま寝ていたい。なにか、いい口実はないだろうか。

指を動かしてみた。その指をおでこに当ててみると、ひんやりと冷たい。おでこにかかる前髪も、霜が降りた雑草のように冷えている。おでこは、わたしの体調のバロメーターだ。ぼっぽっと火照るようなら、わたしは起きるのをやめて、このまま布団の中に留まることを許す。が、残念ながら、今日は体に異常はないようだ。健康そのもの。少なくとも、体調不良を口実にはできない。

あ、もう三分が過ぎた。

さあ、起きるの！　さあ！　でも、上瞼と下瞼が接着剤でくっついたようになっている。それに、小鼻のあたりがむず痒い。モヘヤの細い繊維がしつこくまとわりついているような、不快感。またか。鼻の頭に触れてみると、いつもより僅かに膨らんでいる。それはしだいに腫れあがり、ぶつぶつの水泡をいくつも作り、痒みと激痛と外にも出られない見た目の悪さで、わたしを数日間悩ませるのだ。ヘルペス。ストレスや風邪などで体調を崩したときに現れると、『家庭の医学』って本にはあった。

ああ、そうか、やっぱり、風邪なんだ！　風邪なんだから、起きなくていい。これを口実にして、今日はこのまま寝ていよう。よし、そうしよう。わたしはこのまま、眠り続けるの。

いや、でも、起きなくちゃ。だって、ものすごくお手洗いに行きたい！

………、…、……………、………。

……………、……、……………………、………、……………。

けたたましい摩擦音がして、わたしは目が覚めた。目が覚める？　なら、今までわたしは寝ていたのだろうか。今までのことはすべて夢？　それとも記憶？　わたしは布団の中で、もぞもぞと、バカらしいほどの葛藤を繰り広げていた。

たぶん、あれは、冬の朝だ。それとも、晩秋の寒い朝。温かい布団があまりに恋しくて、布団の外があまりに冷たくて、どうしてもそれを剝ぐ勇気がない。飛び込み台の前で、その一歩が踏み出せずにぶつぶつと呪文を唱えるような、そんな朝。でも、必ず、布団から這い出すこととなる。避けられない尿意のために。

でも、もうすでに尿意はない。あれほど激しい切羽詰まった感覚が、今はまったくない。わたしの尿意はどこにいってしまったのだろうか。

それとも、これも夢なのだろうか？　まだ夢の中なの？

いったい、どっちが夢なの？

右手を動かしてみる。うん。動かしている感覚はある。でも、なにをどうやっても、右手がなにかに触れることはない。わたしはなにかを握り締めているはずなのに、その感触がない。

あああ。夢であって欲しいけれど、たぶん、これは現実だ。だって、夢であれば、こんなふうに意識して手を動かそうとするはずもない。夢は、いつでも受身だ。自ら、あれをしようこれをしようと考えることはない。だから、夢なのだ。そう、見ている映画が自分の思いどおりの内容に変わることがないように。

だから、今、この瞬間こそが現実なのだ。……たぶん。

ああ、まどろっこしい！

改めて、自分が置かれている状況の面倒さに、わたしは苛ついた。これは夢なの？　現実なの？　どっちなの？

つまりは、わたしは、夢と覚醒の境目さえも失ったのだ。

ああ、そうなのだ。わたしが失ったのは、まさに、夢と覚醒の境目なのだ。夢を見ているときは、それが夢だということにはなかなか気づかない。それが夢だと分かるのは、覚醒したときだ。それでは、覚醒はなにによってもたらされるのだろう。カーテン越しの朝の光、目覚まし時計のけたたましいアラーム音、誰かの視線、……そう、〝現実〟だと定義づけられた世界と接触し、それを認識するときだ。そのときはじめて、夢と現実の間に境界線が引かれ、境界線の向こうの夢は刻一刻と後ろへ後ろへと遠ざかり、十分後には、夢を見ていたことすら忘れてしまう。しかし、今のわたしには、なんのよりどころもない。〝現実〟だと定義づけられた世界を認識する術《すべ》がない。わたしはなにを頼りに、夢と現実を区別すればいいのだろう。

　靴音がこちらに近づいてきた。一人、……二人だ。その靴はわたしのすぐ近くで止まり、次に布が擦れる音が間近に聞こえてきた。どうやら、わたしの体を覆っている布らしきものが捲られたようだ。「いっせいのせい」という合唱が上がったかと思ったら、びりびりと、何かが剝がされた。聞き覚えのある音だ。……マジックテープを剝がしている？

「ああ、くちゃい、くちゃい」

　笑い声を含んだそんな声がふたつ。どちらも、たぶん、男の声だ。

　わたしは、今、自分が置かれている状況をはっきりと認識し、激しい怒りと羞恥と屈辱を感じた。

　わたしは、今まさに、下《しも》の処理をされている。しかも、侮蔑の笑いを飛ばされながら。男たちに下半身を晒しているのだ。

　やめてください、やめてください、せめて女性に代えてください、あまりにデリカシーがなさすぎます！　わたしは繰り返し訴え、罵倒もしたが、もちろん、それは空気の振動に乗ることはなく、ただただ、男たちの含み笑いだけがわたしの耳を犯し続ける。わたしはただひたすら受身で、この屈辱を耐えなければならないのだろうか。男たちは、いつまで、わたしの下半身を侮辱し続けるのか。

ああ、でも、これがわたしの現実なのだ。夢だとしても、あまりに悪夢だ！

そして。わたしはあまりに、無力だ。

自由を失うとは、これほど残酷なことなのか。わたしはこの男たちに抗議することも、抵抗することも、仕返しをすることもできない。そして、唇を噛むことも、拳を振り上げることも、涙を流すこともできない。

しかし、靴音が去り、その屈辱の時間が過ぎたことを確認したわたしは、ひとつの「目安」を手に入れた。微かに、鳥の鳴き声がする。

そう。今は、朝なのだ。先ほど聞いた摩擦音は、カーテンを引く音だ。そういえば、数時間前にも聞いた。そうか、あれは、カーテンを閉める音だったのだ。

なるほど、そうか。これを境目にすればいいのだ。一日のはじまりにカーテンが開けられ、わたしは夢から現実へとひと跨《また》ぎする。そして一日の終わりにカーテンが閉められ、わたしは夢へとひと跨ぎする。

わたしは、「1」という数字を思い浮かべ、そこに×を描いた。

つまり、一日目が去り、今日は二日目ということだ。

これは、重要なことだった。

そう、わたしは、とりあえずは「時間」の感覚を取り戻したのだ。これは、かなり大きな収穫だ。

「時間」。これこそが、すべての基準なのだ。これをよりどころに、ひとつひとつ、明確にしていけばいい。

わたしは、なぜ、このような状況に置かれるに至ったのか。

〝わたし〟は、なぜ、このような屈辱を与えられるに至ったのか。

9

〈二〇〇〇年四月〉

「なんですかそれ。新しい小説のプロットかなにかですか？」

喜多川書房の西岡が、笑いながら言った。

ここから見ると、彼の睫毛、女の子のように長い。この人、顔だけ見ると、なかなかのハンサムだ。適度に彫りが深くて、ひと昔前の俳優のよう。でも、おでこが広すぎる。最悪なのはどこかの芸人のような天然パーマ。さらに、顔の大きさの割には、体は虚弱だ。この指だって、まるで女の子のように頼りない。私は、その左薬指に、自分の指を絡《から》ませてみた。私の性器を弄んだその指は、なにか苦い匂いがする。

でも、正直、西岡が本気で自分のことを好きでいてくれるのかどうかは分からなかった。

「ずっと前から好きでしたよ。はじめて会ったときから」

西岡の息が、私の乳首に当たる。すでにそこは西岡の唾液で、きらきらと光っている。

「でも、西岡さんは、一度だって原稿を取りに来てくれなかったじゃない。去年までは」

「だって、それは先生が、いつも来てくださるから。だから、甘えてしまったんです」

「その『先生』というのも、その丁寧語も、なにかいやなんだけど」

これじゃまるで、ドラマなんかでよく見る若い編集者を誑《たら》し込んでいる大御所作家だ。

「だって、『先生』であることには間違いないでしょ。先生こそ、僕のことを『西岡さん』と呼ぶのは、やめてくださいよ。せめて、こんな状況では」

そして、男は、私の性器がまだ潤っていることを確認すると、自身の性器を押し当てた。頼りない指とは裏腹の彼のそこ。いったばかりなのに、私ははじめてのときのように喉を鳴らし、その名を呼ぶ。

……健司。

男も、私の名前を呼んだ。そして、

「必ず、あなたに賞を獲らせますよ、必ず、超一流の作家に押し上げてみせます」

この万年平の編集者に、それほどの力があるものか。そう思いながらも私は、男の首にすがりつきながら獣のように泣きじゃくる。そして、この男にこうやって泣かされた女が他にどのぐらいいるのかを想像し、私はさらに泣き喚くのだ。

私だけを見て、私だけを、私だけを！

＋

「大丈夫ですか？」

西岡の声に、桜子ははっと意識を戻した。高幡不動駅前のカフェテラス、春の柔らかい日差しが、ウインドウからそよそよと降り注ぐ。

いやだ、私ったら、寝てた？　しかも、あんな夢。……顔が嘘のように火照る。羞恥というよりは、激しい自己嫌悪。

こんな人と、あんな……夢を見るなんて。信じられない！

桜子は、西岡と視線が合わないように体を少し、ひねった。

「ええ、大丈夫です。……それで？」

「先月文庫化した作品の売れ行きがいいんですよ。それで、もっと仕掛けようということになって——」言いながら、西岡は鞄からクリアファイルを取り出した。「書店に配るPOPです。どうですか？」

桜子は、その一枚を手にした。自分の顔写真も使用されている。去年までは考えられないことだった。POPをわざわざ出版社が用意するのは、平台展開が約束された売れ筋の商品のみ。毎月何千という出版物が発行されるうちのほんのひと握り。こんな小さなPOPだが、それを手に入れるには何百、何千というライバルを蹴落とさなくてはならない。去年までは蹴落とされっぱなしだったと、桜子は自嘲した。一方、三芳珠美は、デビュー作からずっと蹴落とす側にいた。しかし、今となっては、彼女の著作物はすでに書店の平台にはない。自嘲の笑いが、いつのまにか充たされた笑みに変わる。

「いいですね、このPOP。素敵です」

「でしょう？　次作が出版されたら、こんなもんじゃないですよ。大きく宣伝打ちますんで。……それで、本題なんですが」

「新作のプロット？」

今日は、書き下ろしの打ち合わせが目的だ。来年の今頃に刊行する予定で、長編を依頼されている。

「そう、プロットです」西岡は紙袋から地図を引きずり出すと、それらをテーブルの上に広げた。「これは、昭和初期頃の所沢の地図なんですが」

「昭和初期頃の所沢の地図？」桜子は、相変わらず西岡の視線を避けながら、彼の話を聞いた。

「所沢には、行ったことあるんでしたよね？」システム手帳を捲りながら、西岡が、唐突にそんなことを言う。

「ええ、まあ」

「所沢は、航空発祥の地なんですよ。知ってました？」

「いえ……。それで、航空発祥の地がどうしたんですか？」

「明治の終わり、当時の陸軍が所沢に飛行場を開設して、そして大正に入ると陸軍航空学校ができるんですけどね」

西岡は、手帳の間から、一枚のポストカードを取り出した。そこには、いかにも時代がかった町並みが写し出されていた。

「航空学校ができたのをきっかけに、全国から選ばれた将校や若い軍人が所沢に集められ、また、航空技術を教えるために来日したフランスの将校も所沢に居を構え、所沢はたちまち国際的な街になったそうです。西洋料理店ができ、カフェが建ち並び、歌舞伎座、演芸館まで建てられたとか」

「あの、所沢が？」

「そう。今の所沢からは、とても想像できないですよ。あの街は、今では典型的なベッドタウン。歴史を仄《ほの》めかす蔵造りの家屋もちらほらあるにはありますが、しかし、それらは次々と壊され、次の年には新しい市民のための高層マンションに生まれ変わる。もう、いくつ、高層マンションができたかな……。それほど大きくない所沢市街、なのに見本市のように、高層マンションがきゅうきゅうに詰め込まれているんですよ」

「はあ……」

「飛行場ができた頃の所沢は、日本中の注目の的だったみたいですよ。田山花袋なんかも、所沢について記述しています」言いながら、西岡は手帳から、なにか紙切れを抜き出した。包装紙のようだった。その裏になにかが書き殴られている。彼は、朗読をはじめた。


――所沢の花柳界の話など聞いた時には「そうだろうな。どうしても命がけの仕事だからな。そのくらいの歓楽が、ほしいままにされないではやりきれないに違いないよ。そういう歓楽が、飛行者にそういう危険を敢えてさせるような点もあるからね」などと私はいった。

「なんですか、それ」

西岡の様子がいかにもナルシストな役者の一人芝居のようだったので、桜子はつい、吹き出した。

「だから、田山花袋が書いた、当時の所沢の記述ですよ。花袋も触れていますが、町が賑わうと、自然とできるのが歓楽街、つまり、遊郭です」

「遊郭？　あの、所沢に？」

「軍人と娯楽施設と、そして遊郭の町。どうですか？　なにかおもしろそうじゃないですか？」

「は……。そうですね……」

桜子は、西岡が広げた当時の地図を眺めながら、この町にどんな遊郭があったのか、思いを馳せた。遊女、飛行場、そして、陸軍将校。確かに、ちょっとおもしろいかもしれない。

でも、ちょっと待って。

桜子は、三芳珠美が所沢を舞台になにか書いていると以前、西岡から聞いたことを思い出した。それを言うと、

「ああ」と、西岡は、苦い表情を浮かべた。「僕、そんなこと、言いました？」

「言いましたよ。それ、本来ならば、三芳珠美さんに書かせようとしたネタじゃないんですか？」

「ええ、確かに、三芳さんが書こうとしたネタですが」

「それを、私に書けって？」

「イヤ……ですか？」

当たり前だ。不愉快だ。お古と知らされずに、お古をあてがわれたような気持ちの悪さ。不愉快、不愉快すぎる！　でも。

桜子は、昂《たか》ぶった感情を抑え込んだ。そのお古を、元の持ち主よりも見事に着こなせば、快感に変わるかも？

「分かりました。考えてみます」桜子は、負けず嫌いの視線を西岡に向けると、答えた。

「本当ですか？　なら、早速、所沢に取材に行きましょう。明日はどうですか？」

「そんなに急に？」

「できたら、六月中に上げて欲しいんです」

「六月中って。あと……」桜子は、指を折りつつ、言った。「あと、三ヶ月もないじゃないですか」

「今年の十月には出版、それで、N賞を獲りに行きましょうよ」

西岡は、無責任な笑いを浮かべた。この人、誰にでも同じようなことを言っているんじゃないかしら？　きっと、時候の挨拶のような定型句なんだろう。でも。……N賞。これが獲れれば、一流作家の仲間入りだ。……欲しい。いくら本が売れても、注目されても、この賞を獲らなければ文壇の一人とは認めてもらえない。三芳珠美を払拭できない。

「大丈夫、必ず、獲らせますよ、先生に」

西岡が自信満々の笑みを浮かべる。桜子は、特にいいとも悪いとも言わずに、地図を眺めた。

「これも見てください」西岡はもう一枚地図のコピーを広げた。「昭和の初め頃の地図です。ほら、これが今の西武新宿線で、これが池袋線」

西岡は、まるで会社の会議室でプレゼンするかのように、声を張り上げた。

へぇ。これが、昔の所沢。今も昔も、新宿線と池袋線が町の中心なのね。

その二つの線路が交わるところが、所沢駅？

「そうです、これは所沢駅」四角く塗りつぶされた箇所に指を押し当てながら、西岡が得意満面に答えた。

その所沢駅からそれほど離れていない距離に、ふたつの駅がある。ひとつは新宿線の上にあり、ひとつは池袋線の上。

こんな駅、あったかしら？

「ああ、それは、所沢飛行場駅ですよ。昭和二十年に閉鎖されましたが」池袋線の上に描かれた四角を指しながら、西岡。引き続き、新宿線の上に描かれた四角を指して、「そして、こっちが、所沢飛行場前駅。どちらも小さな駅ですが、飛行場または飛行学校に通う将校や職員、そして学生たちで大いに賑わったそうです。そして」

西岡は、茨原《ばらはら》と記載されている部分に指を置いた。

しかし、そこは畠が広がるばかりで、建物などなさそうな雰囲気だ。病院だけが、ぽつんと記されている。

「この辺りも今はどこから見ても住宅街で、むしろ畠の面影を探すほうが難しいですよ」西岡のレクチャーが続く。「所沢飛行場駅から北に延びる道が、航空公園に続く道です」

「航空公園？」

「そう、戦後は米軍基地になったりして紆余曲折ありましたが、返還後は県立公園になったんです。ここが、今は所沢の中心です」

西岡は、現在の地図を指差しながら言った。「航空公園付近には、市役所、中央郵便局、中央図書館、簡易裁判所、警察署、税務署、職業安定所……あと、立派な市営のホールなんかが集まっていて、大学病院もあるんです」

現在の地図を見ると、航空公園のすぐ横に、広大な空き地が広がっている。地図には、特になにも記載はない。

「明日は、航空公園から取材をはじめましょう」西岡は、地図上の航空公園を人差し指でとんとんと叩いた。

「ええ、いいですけど。……でも、どんな小説をイメージしているんですか？」

桜子が問うと、

「陸軍飛行学校の将校の妻だった女の転落と犯罪」

西岡は、役者のように両手を握り締めた。

犯罪？　桜子の今までの作品にはないテーマだ。もっといえば、苦手な分野だ。桜子の視線は、再び西岡から離れた。しかし、西岡の視線は桜子を追いかけてきた。

「根岸桜子の新境地。これで、N賞を狙いましょう」

西岡が、ぐいぐいと身を乗り出してくる。

……N賞、本気のようだ。三芳珠美にその可能性がなくなった今、ターゲットを私に変更したのだ。……つまり、私はピンチヒッター？

裏を返せば、私にはそれだけの可能性があるということだ。それならそれで、この男の野心にのっかてみるのも悪くない。

桜子は、ようやく西岡に視線を合わせると、軽く頷いた。

西岡が、満足げに、微笑む。

「じゃ、明日。航空公園駅で待ち合わせましょう。駅前に、アンリ・ファルマン号という飛行機のオブジェがあります。そこで――」

10

……、…、……………、……、……。

……、…、……………、……、……。


わたしは、目覚めた。

そう、わたしはたった今、夢から現実《こちら》にひと跨ぎしたところだ。

わたしの頭の中のカレンダーは、もうすでに×が十。そう、今日は十一日目。いつもなら、目が覚めたこの瞬間に×を加えるところだが、慌ててはいけない。今のはいわゆる転寝《うたたね》状態で、まだ一日が過ぎたわけではない。そう、昼下がりの日差しに誘われて、まどろんでいたようなものだ。確信はある。なぜなら、カーテンを引く音をまだ聞いていない。だから、まだ一日は終わっていない。

わたしはこの十一日間で、様々な夢を見てきた。夢には、多種多様な記憶が浮遊している。それはシャボン玉のように危うく、あるいは砂浜に隠れているアサリのように臆病に見え隠れする。それが真実の記憶なのか、それとも作られた記憶なのか、それとも記憶でもなんでもない、ただの創作なのか。わたしが当分没頭しなければならないのは、その仕分けであることには違いなかった。

昨日、ひとつ発見したことがある。

それは、見舞いに来た女がもたらした。癖のある早口の女。この女が何者かは分からないが、彼女はわたしについて、詳しい情報を持っているのは確かだった。だが、近しい間柄ではないようだ。女の言葉は、いつだって看護婦か医師に向けられた質問で、わたしに直接語りかけるものではない。もっとも、医師も看護婦も、そしてその女も、わたしに意識があるとは少しも思っていないだろうから、語りかけるなど、そんな不必要なことはしないだけかもしれない。だが、近親者や家族であれば、それが無意味なものだと分かっていても自然と語りかけてくるものだ。愛着のある人形に向かってそうするように。が、残念なことに、そういった者はまだ現れていない。

――トコロザワ。

女が発した単語に、わたしの脳のどこかがちくりと疼いた。

トコロザワ？……所沢？

ああ、所沢。知っている、わたしはそれを知っている。そう認識したとたん、電車が、わたしの頭上を走り抜けた。あれは……西武線だ。そう思った途端、西武線のイメージはあっというまに連続した動画となって、わたしの頭の中に展開された。ガード下を流れる川、入り組んだ路地、洋風の将校住宅、真っ青な空を裂くように飛ぶ、銀色の飛行機。

そうだ。わたしは、所沢を知っている。

「所沢」というキーワードを手に入れてからは、記憶が湧き水のように溢れてきた。それはあまりに性急で、目の前を猛スピードで駆け抜ける流しそうめんのようでもあった。わたしは箸を構えて、その一群を絡め取ろうと躍起になるのだが、なかなかうまくいかない。箸の隙間から、次々と記憶が零れ落ちる。それでもわたしは、二、三の記憶を摑み取ることに成功した。

それら記憶を繋ぎ合わせてみると、男と一緒にいる自身の姿というイメージが完成した。男の歳は、三十代後半から四十代前半。メガネをかけている。そして、ダックスフント柄のネクタイ。分厚い手帳のようなものを持っていて、彼の口から発せられる言葉のほとんどは、手帳に書かれた内容のようである。

男は誰だろう。

——あ、……ちゃん。

今のは誰の言葉？……ちゃん？　それ、誰のこと？

耳障りなレール音が聞こえてきた。これは、たぶん、引き戸が発する音だ。この音が聞こえるとき、必ず人の気配と靴音もついてくる。

いつもの忙しい靴音。せかせかと落ち着かない靴音は、この病室を担当している看護婦のものだ。そして、もうひとつ。

はじめて聞く靴音だった。少し、すり足かもしれない。その音の鈍さから、男性の靴だろうか。などと考えていると、その靴はわたしのすぐ近くにやってきて、囁いた。

「……ちゃん」

男は、間違いなくそう言った。

「……ちゃん」

男は、もう一度、繰り返した。

だから、……ちゃんって誰？

「……ちゃん」

男がもう一度呼びかけたので、わたしはなんとかそれに応えようと、身をよじった。右手も上げてみた。喉の力も込めてみた。が、それらはすべて、脳が作り出す幻覚に過ぎないことを、わたしは十分すぎるほど承知している。身をよじったつもり。右手も上げてみたつもり。喉の力も込めてみたつもり。そう、わたしはそれらを頭でイメージするだけで、なにひとつ実現させることはない。

このもどかしさをどう説明すればいいのだろうか。痒くてたまらないのに、その部分にどうしても手が届かない。または、手が届いているはずなのに痒みの部分をどうしても捉えることができない。そんな、猛烈なもどかしさ。これを繰り返しているだけでも、十分に狂人になり得るだろう。だが、わたしはまだ狂うわけにはいかない。いつかは狂う運命かもしれないが、知っておかなくてはならないことが山とあるのだ。それを解決するまでは、なにがなんでもわたしは常人の立場でいようと決めている。

「やはり、意識はないのですか?」

言いながら、男はわたしの側《そば》から離れた。

「はい、意識はありません」

看護婦は、もう何度も言っているこの言葉を、今日も吐き出した。いつもはそこで終わるのだが、今日は、「仮に意識があったとしても、意思表示もできませんが」と看護婦は、続けた。

「なら、もしかして意識はあるということですか？」

男の問いに、看護婦は、「へ？」と間の抜けた返事をした。男は、言葉を換えて、質問しなおした。

「意思表示をできないだけで、意識はあるということはないんですか？」

そう、それがまさに正解だ。なのに、看護婦は強く繰り返す。

「意識はありません」

なにを根拠に？

「脳波が、それを示しています。こんな状態で意識があるとは、到底考えられません。ほら、これを見てください」

看護婦は、なにを見ろと言っているのだろう？　男の気配がまた近づいてきた。

「なるほど、これが脳波ってやつですね」

どうやら、わたしの傍らには、脳波を測る機械があるらしい。わたしのすぐ側で、ぶーんぶーんと唸っているのは、これだろうか。

「あれ、でも、波はちゃんと描かれているじゃないですか。ということは――」

「ですから、これが遷延性意識障害、つまり植物状態の特徴です。脳波はあるんです。でも、それで〝意識がある〟とはいえないのです。例えば、深い眠りの中にいたとします。どんなに揺さぶってもどんなに問いかけても、一切答えることがないほど深い眠り。そんな状態でも、脳波はちゃんとあります。でも、覚醒している、つまり意識があるとはいえないでしょう？」

「まあ、そうですね。……でも、呼吸はしているんですよね？　なら、意識も——」

「ですから、それも遷延性意識障害の特徴なのです。脳幹は正常なのですから、自発呼吸は当たり前です。心臓だって動いていますし、自律神経も正常です。最低限の生命維持は保たれているのです。そこが脳死との大きな違いです。脳死は脳幹が死んでしまった状態ですから、どんな処置をしても死を避けることはできません。しかし、遷延性意識障害は——」

「では、これから意識を取り戻すということは？」

「は？」

「僕、今日は、CDラジカセを持ってきたんです。好きな曲をかければ、あるいは」

「そんなことをされても困ります」

「ボリュームは絞りますから。ちょっと流すだけですから」

しばらくして、音楽が流れてきた。

なんて、忙しい曲。気持ちと体が急《せ》かされて、なにかしないと、という気分になる。

でも、もちろん、今のわたしは体はぴくりともしない。だから余計、もどかしい。

その曲はやめて、わたし、本当にそれ、好きだったの？　あなたの勘違いなんじゃないの？　あなたが誰なのかは分からないけど。

ああ、本当に苛々する。その曲は、もうやめて。

「ほら、やっぱり、脳波にはなにも変化はありません」看護婦が冷たく言い放つ。「お気持ちは分かりますが、意識を取り戻す可能性は、ゼロなんです」

看護婦は、ゼロ、ゼロと、何度も繰り返した。

だから、なにを根拠に！

わたしは、こうして、意識があるのに。こうやって、考えているの、こうやって、訴えているの！　この音楽にだって、これほど反応しているのに！

なのに、どうしてその可能性があることを少しも考えないのだろうか。看護婦も医師も、あまりに、想像力が欠如している。機械ばかり盲信して、数字にばかり依存して、現実をまったく見ていない。

ちゃんと、見て。

わたしを、ちゃんと見てよ！

「本当に、意識は戻らないんですか？」

男が、しつこく食い下がる。この男だけだ。この男だけが、わたしに残された可能性を信じている。

いったい、誰なのだろう。わたしとは、どんな関係なのだろう？

「残念ですが、意識は戻らないんですよ、ニシオカさん」

ニシオカ？

この男、ニシオカというの？

ニシオカ……。

あ、痛い。また、どこかがちくりと痛んだ。

でも、いやな痛さではない。どちらかというと、懐かしいような、切ないような、そんな類いの痛さだ。

ニシオカ。……あなたは、誰？

11

〈二〇〇〇年五月〉

西岡健司。この男を、信じていいのだろうか。

根岸桜子は、料理を物色するふうを装い、じりじりとその男に近づいていった。

喜多川書房主催の文学新人賞授賞パーティ。主賓の挨拶が終わり、ようやく歓談の時間となる。桜子が西岡健司を発見するのに、そう時間はかからなかった。お笑い芸人のようなプラスチックフレームの眼鏡は、テーブルふたつ挟んだこの距離でも、目につく。

西岡のグループは、一際、華やかだった。他のグループの中心にいるのはたいてい人気作家だが、西岡のグループに限っては、西岡自身が、その中心にいるようだった。そして、グループの外周にいるのが、喜多川書房の前原涼子《りょうこ》。

「お久しぶりです」

声をかけてきたのは、グローブ出版の奥村《おくむら》マキだった。元女子プロレスラーですと自己紹介するのが定番のこのガタイのいい女性は、デビュー当時からの馴染みの編集者だ。デビュー作発売後、一週間もしないうちに連絡をくれ、二作目以降は彼女の手で世に出すことができた。泣かず飛ばずの桜子が、なんとか「小説家」という肩書を保つことができたのは、彼女のお陰だ。歳は六歳ほど下だが、桜子が最も信頼している、頼もしい編集者だ。フットワークも軽く、いつでも西に東に北に南に飛び回っている。しかし、プライベートの友人にはしたくないタイプだ。なにしろ、普通にしゃべっていても、ぐいぐいと迫ってくる。人と人の距離のとりかたが、近すぎるのだ。今も、脂で奇妙にテカった縁なしメガネがすぐそこに迫っている。その息継ぎのない早口も苦手だ。こちらが話していても、必ず途中で彼女の言葉が差し込まれるか、いつのまにか次の話題にいっている。この人としゃべっていて、話の結末まで到達したことがない。いい人だけれど、たぶん、相性が悪いのだ。

「根岸さんがパーティなんて、珍しいじゃないですか」

桜子は、曖昧な笑みを浮かべてみた。

「今日の根岸さん、ものすごくおきれいですよ。見違えました。はじめは、誰だか分かりませんでしたよ」

言われて、桜子は、またまた適当な笑みを浮かべた。

「根岸さんの文庫、K書店のランキングに入ってましたね。もう、なんだか私まで嬉しくなっちゃって、いろんな人に自慢しちゃいました。感無量というか。弊社《へいしゃ》にいただいた作品も近々文庫化する予定ですので、よろしくお願いします」

桜子の売れない時代の惨状を誰よりも承知している奥村マキは、自分のことのように破顔した。

彼女のメガネが、ぐいぐい迫ってくる。桜子は「ありがとう」と言いながら、そっと後ずさる。

「なんか、しょぼいパーティだな」

　後ろから、そんな声が聞こえてきた。二人の中年男性が、取り皿に料理を山のように盛り付けて、談笑している。ラフな服装から言って、出版社の人間ではなさそうだ。ビュッフェが目当てのフリーの連中か。

「この賞さ、数年前に創設されたばかりじゃない。そのせいか、まだまだ、権威がないというか、軽く扱われているというか、影が薄いというか。だから、ご覧のとおり、作家先生の姿はチラホラで、目立っているのは文壇バーのホステスと各社の編集者たち。上層部からは、もうすでに、この文学賞をやめようか、なんていう人もいるぐらいだ。なにしろ、受賞作が、ことごとく売れていない。一回目は、結構売れたんだけどな」

「一回目の受賞者って、誰でしたっけ？」

「三芳珠美」

「ああ、三芳珠美。でも、彼女、そこそこ売れているじゃないですか。N賞の候補にもなったし」

「うん。確かに、業界が期待する大型新人だったけど。でも、彼女、もうダメでしょう」

「入院中でしたっけ？」

「うん。もう半年以上入院している。このままいけば、完全に忘れ去られる。というか、もう過去の人になりつつある」

「三芳珠美を担当していたのって……」

「例の、西岡健司」

男の声が、さらに皮肉めく。

「すごい人だよ。自分が担当していた作家があんなことになって、プライベートでもいろいろあったのに、次のターゲットを早速見つけて、その作家に勝負作を書かせようとしている」

「次のターゲットって？」

「根岸桜子」

桜子の頬が強張った。そんな桜子を奥村マキがその体でそっと隠した。当事者がすぐそこにいるとも知らず、中年男の話は続く。

「根岸桜子か。……最近、売れてますね」

「そりゃそうだよ。西岡さんが、裏で仕掛けているからね。あの人は、見た目はあんなだけど、凄腕の仕手師だ。これはと思った作家は、必ず売りだす」

「なら、ターゲットに選ばれた根岸桜子はラッキーでしたね。だって、それまではほとんど売れてなかった」

「うん。確かにラッキーだ。いや、でも、その分、残酷だよ。価値がないと分かった時点でポイ捨てだから。三芳珠美がいい例だろう？」

もう、行きましょう。奥村マキが、視線だけでサインを出す。

桜子は、強張った頬を軽く叩くと、奥村マキの陰に隠れながら、その場を離れた。

まだ、心臓がどきどきしている。

自分に関する噂を、あんな形で盗み聞きするのは、やはり精神衛生上よくない。

「気にしないほうがいいですよ」

奥村マキが、桜子の肩を軽く叩いた。

「要するに、西岡さんに用済みだと思わせなきゃいいんです。どんな駄作を書いても西岡さんのほうが泣いてすがるような大作家になればいいだけのこと」

大作家？……私になれるだろうか。私はそんな器だろうか。

「大丈夫、大丈夫。書き続けていれば、必ず、なれますよ。でも、書くのをやめたら、……それまでですけどね」

なんだか、マグロみたいだ。マグロは、二十四時間、死ぬまで泳ぎ続ける。だったら、この奥村マキも、マグロかもしれない。きっと、おしゃべりをやめたら、死んでしまうのだ。今も、「子供の好物なんですよ、留守番してもらっているから、そのご褒美」などと、一方的に話しながら、サーモンのサンドイッチを持参したタッパーにせっせと詰め込んでいる。

タッパーにはすでに、から揚げ、巻き寿司、ローストビーフが詰め込まれている。

「いた、いた」

奥村マキに声をかけてきたのは、喜多川書房の前原涼子だった。シャンパンの瓶を抱えている。ドリンクコーナーからせしめてきたものだろう。そして前原涼子は、シャンパンを奥村マキのバッグに押し入れた。「大丈夫、大丈夫、どうせ残り物なんだから」

前原涼子は、いい意味でも悪い意味でも、有名人だ。その出で立ちも物言いも派手で、いるだけで目を引く。今日も、胸元と肩をざっくりと露出した真っ赤なドレスまがいのワンピース。日焼け跡のシミが、痛々しい。一方、奥村マキは、柿色のカットソーにグレーのパンツ、そしてくすんだ桃色のジャケット。

前原涼子が誰かに呼ばれてその場を離れると、奥村マキは、涼子が忍ばせたシャンパンをカバンの奥に押し込んだ。

「私たち、傍目からはどう見えます？」

奥村マキに問われて、桜子はしばらく考えた。対照的な二人。接点は見当たらない。きっと、同じクラスにいたとしても、同じグループには属さないだろう。お互い、苦手なタイプだと思いながら、距離を置く。それを言葉にしようとした瞬間、奥村マキは、

「人と人の関係って、傍から見ただけでは、分からないものですよね――」

などと、一方的に結論付けて、

「じゃ、これで失礼します」

と、くるりと背を向けた。

はあ。ようやく解放された。ずっと正座させられていた脚を、一気に伸ばした感じだ。血管が、流れを取り戻す。その反動か、頭の奥に鈍い痺れがやってきた。ショルダーバッグからいつもの薬を探し当てると、桜子は錠剤を二つ、飲み込んだ。

知らない誰かが、カメラを構えている。

「根岸先生、一枚、お写真を撮らせてください」

＋

光が走る。

なんの光？　暗闇の中、なにかが火の玉のように浮かんでいる。9、5、0、0……。

パアンと手を叩く音が聞こえて、私は慌てて姿勢を正した。

寝てた？　頭を軽く振り、窓の外を見てみる。ここはどこだろう？

暗くて、よく分からない。

「今、どの辺ですか？」

聞くと、タクシーの運転手は、「高速に乗ったところです」と答えた。メーターを見ると、一万円を超えたところだ。……ああ、火の玉の正体はこれか。

最近、ときどき目がかすむ。ピントが合っていない画像のように、視界が歪む。視力もだいぶ、落ちてきた。特に、今日のように疲労がたまると、なおさらだ。時計を見ると、午前二時になろうとしている。

「お客さんは、やっぱり、お偉い作家先生ですか？」

運転手の唐突な問いに、私は身構えた。どう応えていいのか分からずしばらく黙っていたが、膝の上のタクシーチケットを見て、なるほどと、力を抜いた。チケットにはタクシー会社の名前が印字されている。たぶん、このタクシーは出版社御用達なのだ。そういえば、このタクシーを呼んだのは、編集者だった。私をタクシーに乗せるときに、「先生をお願いします」とも言っていた。

私はそっと喉の調子を整えると言った。

「偉くはないですけれど、……一応、作家です」

「偉くないことはないでしょう。偉くなかったら、出版社だって、タクシーチケットなんか渡しませんよ」

「そう……ですか？」

「そりゃ、昔は手当たり次第にチケットをばらまいていたようですけどね、今はこの不況ですからね、出版社にとって大切な人にしか、タクシーチケットなんか出しませんよ」

「そう……いうもんですか？」

なにか誇らしげな気分になって、私は背筋を伸ばした。

「出版社はよほど、お客さんの原稿が欲しいんだろうな……」

「……そうでしょうか？」

私は、膝上のチケットを摘み上げた。これをくれた中堅の編集者は、「ぜひ、今度はうちで書いてください」と深々と頭を下げ、私を乗せたタクシーをいつまでも見送っていた。

そこまでされたら、仕事してみてもいいかしら？　あ、でも、喜多川書房の西岡さんから依頼された原稿を先にやっつけなくちゃ。ああ、でも。ここで、私はひとつ、ため息をこぼした。

――陸軍飛行学校の将校の妻だった女の転落と犯罪。

西岡はそんな提案をし、そして私も一応は了承したが、心は一向に動かなかった。

西岡から送られた資料をどんなに読み込んでも、なかなか頭に入ってこない。あれから一ヶ月が過ぎたが、まったく先に進んでいない。

「だって、仕方ないじゃない。この一ヶ月、忙しかったのよ」

それは、嘘ではなかった。次々とインタビューの依頼が入り、先月は、テレビのトーク番組に呼ばれた。それが呼び水となり、ワイドショー、クイズ、バラエティと、この一ヶ月、引っ張りだこだった。その間にも、新聞とファッション誌と週刊誌のエッセイの執筆、それぞれ週一回の仕事だが、これだけでも、会社員時代の月給に匹敵する稼ぎだ。過去の作品も次々と文庫化され、働かずとも、数十万単位で毎週口座に振り込まれる。いや、働いてないわけではない。文庫化されるたびに、プロモーションとして、書店を回ったり、サイン会をしたり、目の回る忙しさだ。今日だって、出版会社のパーティに出席して、三次会まで付き合わされた。

「売れっ子ですね」

バックミラー越しに、運転手がにやりと笑った。

「わたしはね、職業柄、分かるんですよ。売れている先生のお顔は。なにしろ、もう何十人という作家先生をお乗せしましたからね。お客さんは、まさに、売れっ子のお顔をされている。のりにのっているお顔です。失礼ですが、なにか賞は？」

「いいえ、それはまだ。だって、今年四年目の新人ですよ？」

「じゃ、近々、必ず獲りますよ、間違いない。そういうお顔をされている。……やっぱり、あれでしょう？　N賞は狙っておられるんでしょう？」

「まあ……、獲れたら、嬉しいですね」

「あれ？」

バックミラーの中の運転手が、じっとこちらを見ている。

「お客さん、見たことありますよ。最近、テレビに出られました？」

「ええ……まあ」

「やっぱり！　売れっ子先生じゃないですか。えっと、お名前は……」

名乗ろうかどうか迷っていると、

「いや、ちょっと待ってください、今、思い出しますから、必ず、思い出しますから」

それからしばらく、運転手の声が途切れた。まあ、名前を思い出さずとも、顔を覚えてくれていたことが嬉しい。なにか自尊心がしっとりと充たされた気分になって、私はシートに体を深く沈めた。

革のシートが、背中に吸い付く。このドレス、背中が開きすぎだったかしら。ちょっと奮発して買った、十二万円のシルクのドレス。マンションを出るとき、鉢合わせした隣の人が、変な顔をしていた。あの人、私のことをなんだと思ったかしら。夜の商売をしている人だと思われたかも。化粧も濃かったし。……私、もうそろそろ、あの安マンションには、そぐわない。

「あそこも引っ越さなきゃね。セキュリティのしっかりした、……例えば、タワーマンション」

三芳珠美も、こんなことを思ったのかもしれない。そして、所沢のタワーマンションに越したのだろう。でも、なんで所沢なのか。私なら、都心のマンションにする。例えば、渋谷。例えば、六本木。例えば、青山。

三芳珠美は、きっとこんなことも考えたはずだ。

小説を書かずとも、きっと暮らしていける。

その証拠に、彼女は事故に遭ったその年には、エッセイ集しか出していない。きっと彼女も、エッセイやメディアの仕事だけで、一流企業の管理職以上の収入を得ていたのだ。

もう、小説なんか書かなくても。

いつのまにか、高速を降りたようだ。街灯に照らされた街路樹が、なにかのオブジェのようだ。

……どこ？

ここは、どこ？

前方に、なにかビルのようなものが見えてる。

なに、あれ。あんなの、知らない。全然知らない風景。

「あの。ここは――」

ふと、視界に、『航空公園』という表示が飛び込んできた。航空公園?……所沢?

「間違ってます」私は、身を乗り出した。

「え?」

「間違ってますよ。ここ、所沢ですよね?」

「そうですよ、所沢です。ほら、右手が、航空公園。航空発祥の地です。昔、ここは飛行場で――」

「いえ、だから、私が行きたいのは所沢ではなくて」

「あ」

バックミラー越しに、運転手と目が合った。

「思い出しました!　お客さんのお名前は、三芳珠美さんですね!」

三芳珠美?　体が震える。なんで、よりによって、そんな名前が出てくるのよ、違うわよ、私は……私は……。

激しく上体が揺さぶられ、私ははっと目を開けた。

「お客さん、急ブレーキ、すみませんでした。大丈夫でしたか？」

運転手が、声をかける。

「今、猫がいまして」

「猫？」

見ると、そこは見覚えのある駅前の風景だった。時計を見ると、午前二時三十五分。

「それで、お客さん、ここから先は？」

「あ、あそこを右に曲がってください。しばらく走ったらコンビニが見えてきますので、そこで降ろしてください」

言ったあと、私は軽く頭を振った。なんで、あんな夢を。震えが、まだ止まらない。

体をさすっていると、車はゆっくりと止まった。

「ここで大丈夫ですか？」

え？　ここ。……私が以前、住んでいた立川のアパート前。なんで？

「それでは、二万千四百五十円になります」

え？　私は慌てて膝の上を見た。……タクシーチケット。どこ？　チケットはどこ？

え？　なんで、私、ジーパンをはいているの？　なに、このシャツ。ドレスは？　十二万円のシルクのドレスは？

「お客さん？」

「あの、運転手さん、今日は何日ですか？」

「え？　今日は一九九九年十一月二十一日……零時を過ぎましたので、二十二日ですよ」

え？　一九九九年十一月二十二日？　嘘だ。……じゃ、今までのは全部夢？　三芳珠美が事故に遭って再起不能になったのも、代わりに私が売れっ子になって、原稿の注文が殺到したのも、テレビやら雑誌やらに引っ張りだこになったのも、各出版社にちやほやされたのも、サイン会、パーティ、接待で大忙しになったのも、そしてタクシーチケットをもらったのも！　全部夢？

……夢だったの？

＋

夢なんかじゃない！

そんな自分の声に驚かされて、桜子の瞼がぱちりと開いた。

窓から、初夏の太陽の光が燦々《さんさん》と降り注ぐ。背中が、汗でぐっしょり濡れている。

桜子は、恐る恐る、今自分がいる場所を確認してみた。……先月買った、セミダブルのベッド。

それから、部屋をぐるりと見渡した。

間違いない。ここは、万願寺のマンションだ。そして、ハンガーには、シルクのドレス。

はぁ……。桜子は、体中の力を抜いた。

いやな夢を見た。まさに、悪夢。なんで、あんな夢を。

ああ、そうだ。「小説なんて、書かなくても暮らしていける」なんて、考えてしまったからだ。そんなことを考えたから、良心が、または罪悪感が、戒めとしてあんな夢を見させたんだ。

――そうよ。書かなくちゃ、小説。書き続けなくては今のポジションから、あっというまに転落する。それに、今の私はまだまだしっかり根付いていない。なにしろ、無冠だ。このままだと、なにかの拍子にすぐに見捨てられてしまう。だから、まずは、冠が欲しい。賞が欲しい。賞を獲って確固たる地位を築けば、あんなバカバカしい悪夢なんかもう見なくなる。

「この作品で、N賞を獲りましょう」

西岡の言葉が蘇る。あの人は、一見頼りなさそうだけど、編集者としては信用できる。今までに、三人の作家にN賞を獲らせた。そんな彼が言うのだから、もしかしたら。

その日の午後、桜子の背中を押すように、西岡から写真が送られてきた。先月、西岡と航空公園を取材したときの写真だ。どれもこれも、まったく同じに見える。

……やっぱり、いまひとつ、興味が湧かない。どの資料もどの写真も、遠い景色を見ているようだ。

「あれ？」

写真を見ているときだった。明らかに色調の違う写真が混ざっている。日付を見ると、案の定、まったく違う日に撮られていて、それは99.11.22となっている。

「99.11.22……なんの日だったろう？」

一瞬、記憶が混乱したが、カレンダーを遡っていくうちに、思い出した。

「……大停電があった日だ」

それは、つまり、三芳珠美が転落事故に遭った日だ。――あの日、確か、西岡さんは私と打ち合わせをしていた。いや、でもそれは午後のことで、午前中のことは分からない。

「あの日の午前中、西岡さん、所沢にいた？」

正体の分からない粘菌のような疑惑が、唐突に湧いてきた。それは、凝り固まった好奇心に、じわじわと広がっていく。所沢なら、急行電車に乗れば、都心に戻ってくるのもそれほど時間はかからない。その日の午前、三芳珠美と会って、その足で会社に戻って、午後に桜子と会うのはそれほど難しいことではないだろう。

「そうよ、西岡さん、あの日の午前中、所沢にいたんだ、あの子と一緒に」

12

……、…、……………、……、……。

……、…、……………、……、……。

そこは、古本屋らしかった。

冷えた風がひとつ吹いて、見上げると、灰色の雲が空一面を覆っている。

わたしは、ガラスの引き戸を開けた。

古本屋なんて、入るのは久しぶりだ。昔は、この、カビと埃の入り混じった饐《す》えた紙の匂いが好きだったが、いつのまにか、遠ざかってしまった。なぜだろう。そうだ、なぜだろう。その理由を思い出そうとしているうちに、わたしは、店内をぐるりと三周はしていた。そして、我に返ると、その棚の前にいたのだった。

「アルバムコーナー」と張り紙がある。そして、まるで新刊の案内のようにＰＯＰが立てられており、「大人気！　田中家の家族のアルバム、昭和四十年代編です！」。

見ると、それは、確かに〝アルバム〟だった。『田中家の家族のアルバム、昭和四十年代編』という本ではない。紛れもない、個人のアルバムだ。青い布張りの表紙には「思い出」と、金色の文字が箔押しされている。普通なら押入れに仕舞われている門外不出の、まさに「世界にひとつだけ」の代物だ。

最近の古本屋では、こんなものまで扱っているのか？

軽い衝撃を受けたが、しかし、今のご時世、なにか差別化を図らないことには生き残れないのだろう。だからといって、それが個人のアルバムというのは、少々行きすぎな気もする。そもそも、そんなものが売れるのだろうか？　ＰＯＰのコピーによると、売れているらしい。なにしろ、「大人気」だそうだ。戦前編、昭和二十年代編、昭和三十年代編は即日売れたと、ＰＯＰにはある。この昭和四十年代編も、早い者勝ち、なのだそうだ。

ただのアルバムなのに？

それとも、田中さんという人は、わたしが知らないだけで有名人なのだろうか？　と、手にし、表紙を捲ったところで、痛みが指先から右肩に向かって走った。

田中さんのアルバムが、無残に床に叩き付けられる。その音は予想以上に大きく、入り口付近で置物のように鎮座していたおばあさんの白髪頭が、こちらに向けられる。

「すみません」

わたしは大袈裟に頭を下げ、アルバムを拾おうと腰を屈めた。アルバムの一ページ、一面に貼られた写真の男と目が合う。この人が田中さんだろうか。だとしたら、やっぱり知らない人だ。たぶん、それは私だけじゃない。たいがいの人は、田中さんを知らないはずだ。田中さんは有名人でもなんでもない、ただの、一般人だ。

なのに、大人気？……他人のアルバムなんか見て、なにがおもしろいんだろう？　そもそも、自分のプライバシーというべきアルバムを売るなんて。

本当に、どういうつもりなんだろう。

本当に、どういう——。

「そのアルバムは、売約済みですよ」

店番のおばあさんが、叫んだ。

おばあさんが、鬼の形相で、こちらを睨んでいる。

あ。

……この人、わたし、知っている。そう、知っている人だ。

「そのアルバムは、売約済みですよ」

おばあさんが、もう一度叫んだ。

手にしたアルバムを元の位置に戻そうとすると、それは、すでに「田中さんのアルバム」ではなかった。「旭屋　昭和十四年」というタイトルがついている。

「そのアルバムは、売約済みだよ！」

おばあさんは、さらに叫んだ。

やっぱり、わたし、この人知っている。

でも、名前は……。ああ、ここまで出ているのに、思い出せない。名前、名前。


……、……、……、……、………。

……、…、……………、……、………。


カーテンを引く音がして、わたしは目覚めた。

夢の残像が、猛スピードで遠ざかっていく。わたしは、その尻尾の先を慌てて摑んだ。

それは、あまりに現実味のある夢だった。

たぶん、夢に出てきた古本屋も、あのおばあさんも、現実に体験した記憶だ。でも、記憶のピースが正しく再現されているかといえば、たぶん、出鱈目に繋ぎ合わされているのだろう。それでもこの夢は、なにかわたしに光をもたらすのだろうという予感があった。

なにしろ、わたしは、他者と会話した。この会話は、記憶を取り戻す鍵になるかもしれない。

すっかり覚醒した頭で、わたしはそんなことを思った。先ほどまで見ていた夢は、間違いない、昔の記憶だ。わたしは、少しずつではあるが、記憶を取り戻している。それはどれも小さなピースで、形も似通っていて、正しく再構築するにはかなりの時間を費やさなくてはならないだろうと思われた。でも、今は、それを続けるしかない。それしか、やることがない。

え？

なに？

なにか、いつもと違う音がする。なんの音だろう？

「雨が降ってきたよ」

下の処理をするいつもの男が、そんなことを呟いた。

そうか。これは、雨が窓を叩く音だ。なら、この音は？　雷？

「朝から、いやな天気だな」

今日は、陰湿な空模様らしい。いつもは猥褻な会話を弾ませる二人の男たちは、無言で、わたしの排泄物を始末する。

「あ」

声が高い男が小さく叫んだ。

「血だ。血尿か？　それとも」

「違うよ」声が低い男が、小さく応える。「きたんだよ、生理が」

「生理？　まさか！　ありえねー、っていうか、もう、必要ないんじゃね？」

わたしは、体のどこかが熱湯を浴びせられたようにかっかっと火照るのを感じた。恥辱と怒りのサインだ。しかし、それはこの破廉恥《はれんち》な二人の男に伝わるはずもなく、男たちは卑猥なたわ言を長々と交わす。

この憤りをどこにぶつければいい？

しかし、わたしは、もうひとつ、目安を手に入れた。

頭の中のカレンダーに、二十八個目の×を描くと、「生理」という文字も書き加える。わたしの子宮が正常ならば、約一ヶ月後に、再び生理がはじまる。でも、わたしの生理は、そんなに順調だろうか。生理不順だということはないだろうか。

いずれにしても、時間の基準は多ければ多いほどいい。わたしは、それをよりどころに、少なくとも過去と現在と未来を認識することができる。

「しっかし、生理中の女ってのは、どうしてこうも臭いんだろう」

「臭い？　なにいってんだよ、この匂いがそそるんじゃないか、俺は嫌いじゃないな、この匂い。それにほら、ほら見てみろよ、いつもと色が違うだろう？　ほら、ここ、触ってみろよ」

男二人が、会話だけではあきたらず、わたしの性器に猥褻行為をしているのは明らかだった。

憎い、憎い、憎い！

どうにかして、この二人に自分の行為がどれほど卑劣なのか、思い知らせてやりたい。

…………、…、…………、……、……。

…………、…、…………、……、……。

「そんなの、簡単よ」

聞き覚えのある声が……古本屋のおばあさんの声が聞こえてきて、わたしはその方向に顔を向けた。

しかし、そこには誰もおらず、声だけが響いている。

「憎い、憎い、憎いって、思い続けるんだ。そうすれば、それは呪いとなって、必ず、相手の致命傷となる」

「呪い殺すんですか？」

「そう。でも、もっと手っ取り早い方法がある」

「どんな？」

「あんたが、そいつらを殺せばいい」

視界の隅に、ふたつの影が浮かんだ。二人の男が歩いている。

「あの人たちは誰？　ここはどこなの？」

わたしはひとり、見知らぬ街に立っていた。

まるで張りぼてのような、立体感に乏しい街並み。安い舞台装置のよう。その中を、男たちだけがステップを踏むように楽しげに歩いている。

なにがそんなに楽しいのだろう。街はこんなに寂しげで、空には黒々とした雨雲がとぐろを巻いているのに。

男たちが段々スピードを上げて、近づいてくる。誰？　こっちに来ないでよ、誰？

「ほら、よく見てごらん」おばあさんが、囁く。

「誰？　この人、誰？」

「この男たちが、あんたを辱めているやつよ」

「こいつらが？」

「そう。復讐してやりたいんでしょう」

「うん、こいつらだけは許せない」

「じゃ、殺しちゃいな」

「どうやって？」

「あんた、ナイフ、持っているじゃない。それで、おやりよ」

「え？」見ると、本当だ、ナイフを握り締めている。

「それで、おやりよ」

おやりよ。おばあさんの言葉に従うように、わたしはナイフを握りなおした。

男たちが、近づいてくる。相も変わらず、卑猥な会話を交わしている。なんていやらしい視線、なんて醜い唇。なんて、みすぼらしい表情。こんなやつらに、わたしは下半身を晒していたのか。こんなやつらに、わたしは陵辱されていたのか。

こんなやつらに！

許せない！

「さあ、……おやりよ」

13

誰かに囁かれた気がして、桜子はキーボードから指を離した。その拍子に、膝の上から、資料がぱらりと床に落ちる。どれも西岡から送られた、所沢に関する資料だ。

資料を拾い集めながら、その視線はいつのまにかあの写真を追っている。1999.11.22と記された、航空公園の写真だ。

え？

また、囁かれた気がして、桜子は振り返った。

テレビ？　違う。換気扇だ。

古いせいなのか、それとも設計上仕方ないのか、換気扇のダクトから時々、異音が吐き出される。それは車のエンジン音だったり、風の音だったりするのだが、それらが複雑に増幅されて、人の声に聞こえることがある。越してすぐの頃は怖がりもしたが、マンションの管理人に原因を教えられてからは、それをおもしろがる余裕もできた。

時計を見ると、もう零時になろうとしている。暑い。エアコンの温度表示は、三十度。タイマーが働いたのか、いつのまにか停止している。リモコンを探したが見つからず、仕方なく、窓を開けてみた。湿度の高い濁った空気が沼底の泥のように沈滞している。西にモノレールの明かりが見える。最終の上りだろうか。

泣き声。どこかで赤ん坊が泣いている。

それは信じられないほど甲高く、容赦なく神経を逆撫でする。

慌てて窓を閉めると、エアコンのリモコンを探す。

まだ、赤ん坊の泣き声。

耐え切れず、薬を三錠、口に押し込む。

まだ、泣いている。

薬を、もう二錠。

ダメ。まだ、泣いている。

なら、薬をもう三錠。

……うるさい、うるさい、もういい加減にして！

黙れ！

……ようやく、泣きやんだ。

テレビには、今日最後のニュースが流れている。

どこかで、男性二人が殺害された……。

キャスターが記事を読み上げるが、ひとつも頭に入ってこない。暑い。

リモコンは、どこ？

思考がぐるりと部屋を一周した。そして視線が着地したのは、クローゼットだった。あの奥に、スーツケースがある。その中に、三芳珠美の本があるはずだ。あの子の本はすべて買っている。でも、ちょっと読んで、仕舞い込んでいた。ただ、エッセイ集だけは、何度か繰り返し読んだ。その内容が話題を呼んだからだ。そう、あの本は、少し刺激の強い本だった。私小説のような露悪趣味が、人々、特に業界の好奇心を煽った。しかも、その本が発行された一ヶ月後に、三芳珠美は悲劇的なアクシデントに遭い、その悲劇はいまだ続いている。あの子は最悪な状態で、病院の一室に寝かされている。

三芳珠美の横顔が影絵のように桜子の視界にちらつく。

あの子は今、どんな状態で、ベッドに寝かされているのだろうか。記憶の中のあの子は、小柄で色白で、あどけない。それを隠すように浮世離れしたファッションとメイクで背伸びをしていたが、スタイリストやメイクがあれこれと世話を焼けば、あるいは芸能界でも十分通用するだろうと思われた。しかし、五分も話していると、芸能界はちょっと無理かもしれないと、考えを改める必要がある。少々、毒が強すぎる。物言いがストレートというか、思ったことをそのまま言い放つというか。普通の職場にいたら次から次へと敵を作るタイプかもしれない。学校のような場所では、あるいはイジメの対象だったかもしれない。しかし、小説家として生きていくのならば、その毒も歯に衣着せぬ物言いも、プラスに働くだろう。実際、彼女の小説はよく売れた。とはいえ、この業界も所詮は人間関係の縛りからは逃れられない。三芳珠美は、デビューして三年そこそこで、すでにたくさんの敵を作っていた。

「つまり、売れすぎたのよね」

桜子は、毒づきながら、クローゼットの奥から、スーツケースを引きずり出した。

「そう、あの子にもやもやした感情を持っていたのは、私だけじゃなかった」

それを知ったのは、ここ数ヶ月だ。三芳珠美が事故に遭って、業界では彼女の話題がよく上った。「気の毒にな、これからだったのに」そんな言葉ではじまる話題は、しかし、どれもニヤニヤ笑いが含まれていた。彼女をあんなに褒めていた書評家も、彼女をあれほど持ち上げていた作家も、彼女にもみ手していた編集者も、みな、うつむきながらも口元は波打っていた。

「つまり、あなたは、神輿《みこし》から引きずり落とされたのよ。……バカね。もっとうまくやればよかったのに」

そう考えると、少し哀れな気もする。入院当初は花で埋め尽くされていた病室も、今ではカーネーション一本も飾られていないという。

しかし、その哀れみも、彼女の顔を見たとたん、生々しい憎悪に変わる。桜子は、手にしたエッセイ集の表紙を軽く叩いた。それは三芳珠美の横顔だった。

この横顔が、一時、書店の平台という平台を占領し、電車に乗ったら乗ったで、あちらにもこちらにもぶら下がっていた。どこに行っても、三芳珠美が追いかけてくる。まさに、そんな恐怖に桜子は一日中囚われていた。桜子が彼女の本を買い続けたのも、もしかしてこれらを取り込めば、この恐怖心から解放されるのではないか？　という切羽詰まった思いからだった。しかし、本を読んだら読んだで恐怖心は増すばかりで、桜子は、発作的に本をスーツケースの奥に隠した。なのに、意識はいつでもスーツケースを振り返り、その存在を確認するのだ。まるで、隠した死体を見張るかのように。そう、桜子にとって、彼女の本は、もっといえば三芳珠美という存在は、一生隠し通さなければならない、死体そのものだった。桜子は、死体隠匿に情熱を燃やす殺人者のように、彼女の本をスーツケースの奥にしまい込んで、この部屋まで運んだ。

我ながら、バカバカしいことだと思った。これが他人事ならばとても信じられない心理だ。しかし、この病的で理不尽な憎悪は、どこからともなくやってくる。まるで、朝起きたらできていた、突発的なおできのように。それが良性ならばいいのだが、悪性の場合は、あっというまに、全身を腐らせる。耐え難い苦痛とともに。おできはまさに、三芳珠美なのだ。しかも、それは悪性だった。

それが摘出された今、桜子は手術後の麻酔の余韻の中にいる。遠のく恐怖心と近づく希望の中間に立つ桜子に、潤いを取り戻した好奇心が陽気に手招きする。

桜子は、改めて西岡から送られてきた写真を見てみた。
99.11.22の日付がある写真は全部で五枚。どれも航空公園を写したものだが、その一枚に、西岡自身が写り込んでいる写真がある。つまり、西岡以外の誰かが撮った写真だ。西岡が撮った写真はどれも焦点がぼけていて、構図も酷いものだが、この一枚だけは、そのままグラビアになりそうなぐらい、サマになっている。
桜子は、三芳珠美のプロフィールを頭の中でなぞった。……そう、あの子は、カメラを趣味にしている。プロ並みだと、どこかの雑誌で自慢していたのも見たことがある。

やっぱり、この日、西岡は、三芳珠美と一緒にいた。そして、三芳珠美は、その日の午後、マンションから転落した。

……暑い。

なにかを思い出したかのように、桜子の体中から汗が噴き出した。

暑い。

リモコン、エアコンのリモコンはどこ？

「どうですか？　小説、進んでいますか？　来月中に、上がりそうですか？」

午前一時過ぎ、西岡から電話があった。

「ええ、まあ、なんとか。……あ、あった」

「なんですか？」

「あ、すみません。エアコンのリモコンが、見つかったんです」

玄関先に、リモコンを見つけた。なんで、こんなところに？　電話の子機を耳に当てながらリモコンを拾い上げると、急いで「オン」ボタンを押す。暑くてたまらない。早く、涼しくして！

しかし、エアコンはブーンという唸り声のような音を鳴らすだけだった。

「根岸さん？　どうしました？」

「あ、小説ですよね。……ええ、今も進めていたんですが……」

あやふやな物言いの桜子に、西岡は言った。「足りない資料など、ありますか？」

「そうですね……。私には、やっぱり無理じゃないでしょうか、あのプロット」

雑誌を団扇代わりに扇ぎながら、桜子は言った。エアコンは、まだ唸り続けているだけだ。

「無理？　今更、なんで？」

「なんというか、……イメージがいまひとつまとまらなくて」

「タナカカヨさんには会われました？」

田中加代。西岡が会え会えとしつこいから、先週、所沢まで行って来た。

「ええ、会ったわ」

「どうでした？」

「どう……って。ちょっとおかしな人だった。ご病気なんじゃないかしら？　言動がちょっと、普通じゃなかったもの」

「どんなふうに？」

「だから、耄碌《もうろく》しちゃったんじゃないの？　特に、これといった収穫はなかった。小説のネタになるようなことなんて、ひとつもなかった」

「三芳珠美さんは、とても興味深い人だと言ってましたが」

また、その名前を出す。桜子の瞼が、ちりちりと震えた。

「わたしは、珠美さんじゃないんで、よく分かりません。とにかく、収穫もなければ、イメージも湧きませんでした」

「なら、古本屋のオーナーに会ってみますか？」

「古本屋のオーナー？」

「三芳さんが、事故当日、会うことになっていた人です」

「事故当日に？」

エアコンのルーバーが、ようやくゆっくりと持ち上がった。それと同時に、冷たい風が吐き出される。

「ぜひ、会ってみてください。連絡先は——」

古本屋のオーナーなんて人には田中加代以上に興味もなかったが、西岡がしつこく、連絡先を繰り返す。桜子は仕方なく、メモ帳を引きちぎると、西岡の言葉を書きとめた。

——なに？　よく聞こえない。

赤ん坊？……また赤ん坊の泣き声。違う、テレビ。テレビ。テレビが煩い。

リモコン、テレビのリモコンはどこだろう？　音量を下げなくちゃ。

「もしもし？　聞いてます？　根岸さん」

ええ、聞いているわよ、でも、テレビが煩いの。どこかで、男性二人が殺されたって、それればかりを繰り返している。繰り返すたびに、音声が大きくなる。誰かが、リモコンを操作しているみたいに。

「リモコン！」桜子は叫んだ。「リモコン、知らないかしら、テレビのリモコン！」

「根岸さん、どうしたんですか」

「知らないわよ、なんか知らないけど、誰かが私のテレビのリモコンを操作しているのよ」

「え？」

「ニュースが煩いの、どっかで、男が殺されたって、そんなことばかりを何度も何度も！　そんなの、知らないわよ、私のせいじゃないわよ！　だから、リモコン、リモコン、知らないかしら？」

14

……、…、……………、……、……。

……、…、……………、……、……。

どこ？　どこにあるの？

夢？

そう、わたしは、夢を見ていた。わたしは、必死になにかを探していた。とにかくそれを見つけないと、死んでしまう、そんな切羽詰まった思いで。

しかし、カーテンが開く音がして、こちら側へと引き戻される。絶望的な現実に。

わたしは、頭の中のカレンダーに、四十四個目の×印を描いている。今日は、四十五日目だ。

ああ、そろそろだ。また、あの悪党二人が、やってくる。そして、わたしはまた、声にならない屈辱を味わうのだ。

しかし、入ってきた靴音は、いつもと違った。あのふてぶてしい高慢な靴音ではない。ひとつは控えめで、ひとつは軽い。

「おはようございます。今日から、お世話させていただきます、タカシマです」

女の声だった。

「……おはようございます、セトウチです」

これも、女の声だった。

「といっても、どうせ、私たちのことなんか、分からないんですよね。挨拶なんて、無駄ですよね」セトウチという女の人が言うと、「確かにそうだけれど、挨拶は大切よ。挨拶に、無駄はないのよ」と、タカシマという女の人が言った。

……あの二人は？　挨拶どころか、名乗りもしなかった、あの悪党たちは？

「それにしても、助手のサイトウさんとスズキさん――」

サイトウさんとスズキさんっていうの、あの二人。

「誰が、あんな酷いことを」

酷いこと？

「仕事帰りに二人で居酒屋に行って、その帰りに、……殺害されたんですよね？」

殺害？　殺されたの？　あの二人。

「強盗かしら、それとも、通り魔？」

「分からない。お財布は盗まれてないみたいだけど。……でも、怖いわね。わたしたちも気をつけなくちゃ」

もしかして、わたしのせい？　わたしが、あんな夢を見たから？

ナイフで二人を殺す夢。

そう。ナイフで。このナイフで。この、右手のナイフで。

え？

わたしの右手に、不思議な感覚が宿った。このぬるっとした感触は？……血？

血？

私は、恐る恐る、周囲を見回した。

……ここは、どこ？

「あら、ごめんなさい、血、ついちゃったわね」

古本屋のおばあさんだ。どこから持ってきたのか、雑巾のようなタオルを、わたしの袖に押し付けた。見ると、血がついている。

「わたしのがついちゃったみたいね」

おばあさんが、にやりと笑う。近づいてきた老女の顔は爛《ただ》れ、あちこちから血が滲み出ている。その手の皮膚も、ゴムの作り物のようだった。無数の出来物が重なり合って、あるいは皮膚がめくれ、血が滴っている。

「もう、こうなると、どうしようもないわね」

老女は、私の袖を拭きながら、言った。しかし、拭けば拭くほど、血は醜く広がっていった。

「いいですから、もう、大丈夫ですから」

「怖いの？　わたしのこと」

「というか……」

「安心して、この病気は、こんなことでは伝染《うつ》らないから」

「でも」

「この病気は、乳繰り合わないと伝染らないのよ」

「でも」

「あ。そんなこともないわね。乳繰り合わなくても、伝染ることもあるんだった。どういうときか、分かる？」

「いいえ」

「母親がこの病気にかかっていたら、生まれた赤ん坊にも伝染ってしまうのよ。生まれながらにこの病にかかった赤ん坊は、そりゃ、哀れよ。体中の皮膚が真っ赤に爛れて、血だらけ。本当に、可哀相。……ああ、こんなところにも、血が。ごめんなさいね、今、拭いてあげる、ちょっと待ってね」

老女は、雑巾のようなタオルに唾をつけると、それを私の顔に押し付けた。

やめてください、やめて！

「なら、アルバム、見る？」

アルバム？

「そう。田中家のアルバムよ。わたしが嫁いだ家のアルバム。離婚されちゃったから苗字は変わってしまったけど、わたしはずっと田中家の嫁のつもり。だから、見てちょうだい、ぜひ、見てちょうだい」

いいえ、結構です、もう、帰ります、わたし、帰ります!

「日記もあるのよ」

日記?

いいえ、見たくありません、帰ります。だから、離してください。

「帰さないわ、あなたは、死ぬまで、わたしと一緒にいなくちゃダメなのよ」

なんでですか、いやです、わたし、あなたのこと、嫌いです。ええ、そうです、大嫌いです、憎んですらいます。その理由は分からないけれど、体がこれほどまでに拒絶している。だから、触らないで、離れて、あっちに行って、汚い、汚い、汚い、こっちにこないで、近寄らないで、これ以上近寄ったら殺す、殺してやる、この売女《ばいた》!

15

「ご注文は以上でよろしいでしょうか」

言われて、桜子はっと意識を戻した。

顔を上げると、やけに愛想のいいウエイトレスと目が合った。

虫に刺されたのか、吹き出物なのか、右腕に痒みを覚えて触ってみると、指先が血で染まった。

「ところで、あなたはどうして、あたしの連絡先を知っていたの？」

え？

ここは……、どこだっけ？……ああ、所沢だ。長い夢を見た寝起きのように、頭の芯が、じんじん痺れている。

目の前にいるのは、誰？　ウインドウを背にしているせいか、その人は少々逆光気味だ。表情がよく読み取れない。桜子は、目をこすったり細めたりして、その輪郭を追った。テーブルの上には、桜子が差し出した名刺。そしてコーヒーカップがふたつと、ケーキがふたつ。どちらもモンブランケーキだ。

「ね、聞いてます？」

その人がそう言うと、それがまるで催眠術解除の合図のように、桜子の頭からさぁっとモヤが消えた。

……ああ、外山《とやま》さんだ。外山勝子《かつこ》さん。西岡が教えてくれた、三芳珠美の取材相手。古本屋のオーナー。

駅前百貨店最上階のファミリーレストラン。外山さんは、「お礼」が入った封筒を覗き込みながら、さらに言った。

「で、誰に、聞いたの？　あたしのこと」

「編集者に。私を担当している編集者に伺ったんです」

「そう。で、あなたは、作家さん？」外山さんは、名刺を摘み上げた。「根岸……桜子。知らない名前ね」

「一応、小説は五作、出しています。先月はテレビにも……」

「そう」

外山さんは、もう一度、封筒の中身を見た。謝礼が足りなかったのだろうか。桜子は恐る恐る、外山勝子の顔を覗き込んだ。

「あの……、外山さんは、古本屋の――」

「え？」外山さんは、封筒をトートバッグに滑り込ませながら、言った。「まあ、一応、あの古本屋の名義は、あたしですけれど。……死んだ夫が残したものなんですけどね。もう、そろそろ畳もうかなって。だって、いろいろと大変なのよ、古本屋って。とにかく、儲からない。時々店番をしてくれている人がいたんだけど、その人に払うお給金すら、困ることが多かった」

「店番？」

「生前、夫がどこからか連れてきた人。――田中加代っていう人」

「田中加代？」

「あら。加代さんのこと、ご存知なの？」

「ええ、まあ。一度だけ――」

「でも、加代さんは、亡くなったんですよ、先週の水曜日」

「亡くなった？　水曜日？」

「正確に言えば、発見されたのが水曜日で、実際に亡くなったのは火曜日みたい」浮遊感にも似た感覚に襲われ、桜子は、テーブルの端を両手で摑んだ。

「死因は？」

「ここだけの話……」

外山さんは、顔をこちらに近づけると、囁くように言った。

「梅毒だったのよ、彼女」

「……梅毒？」桜子も、声を押し殺した。「性病の？」

「そう。晩期梅毒ってやつだって。簡単にいえば、梅毒の菌がずっと体の中に潜伏していて、それが今になって発症しちゃったみたい」

「でも、梅毒って、今では不治の病ではありませんよね？」

「そりゃ、今ではペニシリンでころっと治せるけど。でも、放っておいたら、死ぬこともあるわよ。怖いわよ、梅毒は」

外山さんは、怪談話をするかのように、声を震わせた。

「あたし、昔はこの辺で看護婦をしていたんだけどね、戦後はそりゃ、梅毒患者だらけで。戦争前は、検黴《けんばい》……つまり、定期健診が義務付けられていて、女郎さんたちの健康管理は徹底されていたんだけれど」

外山さんは、ここで一度、言葉を止めた。そして、声のボリュームを絞ると、続けた。

「昔、ここに遊郭があったことは、知っている？」

「ええ。……みたいですね」

「赤線が廃止されたあとは、大変だったのよ」

「赤線？」

「まあ、簡単にいうと、赤線というのは公認の遊郭。それが、法律で禁止されて。あれは……そうそう、東京タワーができた、昭和三十三年」

「赤線が廃止されたあとは、やはり所沢の妓楼もすべて廃業したんですか？」

「まあ……、そうだね。しばらくは、看板を変えて、こっそり商売していたところもあったようだけど。結局はすべて廃業しちゃったわね。今は、面影もないわよ」

「遊郭で働いていた女性たちは、どうなったんでしょう？」

「さあ、どうなったんだろうね。彼女たちはタフだから、なんだかんだ、ずぶとく生きたんじゃないかしらね。悲惨なのは、パンパンね」

外山さんは、はぁと濁った息を吐き出すと、続けた。

「戦争が終わると、所沢はあっというまに進駐軍だらけになってね。それにともなって派手な格好をしたパンパンもたくさん現れたのよ」

「パンパン?」ああ、古い映画で見たことがある。戦後、進駐軍相手に体を売った、私娼。

「素人女が、商売するんだもの。そりゃ、いろいろあったらしいわよ」

外山さんは、もう一度、息を吐き出した。「将校の妻や商家のお嬢さんたちが、外人さんを相手にするんだもの。体を壊す人や、病気になる人、果ては頭がおかしくなっちゃった人もいたって。話によると、一日に何十人も相手をしたらしいわよ。素人は、加減が分からないんでしょうね。女衒《ぜげん》たちにいいように利用されていた。玄人の姐《ねえ》さんたちは、うまいこと進駐軍を避けていたからね。でも、素人は本当に無茶するのよ。今だってそうでしょう? 援助交際だっけ? あれもなんだか、イヤな話よ」

「援助交際……」

「素人が売春を決意するっていうのは、どういう心境なのかしらね?」

「……さあ」桜子は、言葉をしばらく舌先で転がせたあと、抑揚をつけずに言った。「昔はどうだったんですか？　今より貞淑が尊重されていた時代、素人と玄人の垣根はかなり高いのではないですか？」

「そうね……」外山さんは、含み笑いを浮かべながら、言った。「終戦直後、国が進駐軍相手の公娼を募ったことがあってね。あれは……特殊慰安施設協会……だったかしら」

外山さんは、視線をあちこちに飛ばしながら、昔の記憶を手繰り寄せていった。

「日本の素人女性を進駐軍から守るために、性の防波堤を作ろうっていうのよ。『性の防波堤になろう』って、大々的に公募してね。そんな広告が新聞に載ったの、あたしも見たわよ。ものすごく待遇がよくてね、お給料も信じられないぐらいよくて、デパートガールにでもなるつもりで、応募しようかしらって、あたしも考えたぐらい。まさか、その仕事内容が売春だなんて、想像もしなかった。みんなそうよ。だから、応募してきたのは、ほとんどが一般の素人だったって。処女の娘や、仕事の経験がない未亡人。全国で数万人の素人が、売春婦になったのよ」外山さんは、皮肉めいた笑みを浮かべると、砂糖をふた匙《さじ》、コーヒーに入れた。「……つまりね、素人と玄人の垣根なんて、そんなに高くないってこと。ひょいって、飛び越せる程度。今も、そうでしょう？　でなきゃ、なんの苦労もない女子高生が、売春だなんてね。最近じゃ、大企業のＯＬさんとかも、立ちんぼしているんでしょ？　なんか、何年か前にも、ニュースになってたわね。渋谷の円山町で売春中に、客に殺された事件が」

外山さんの目の奥が、意地悪く笑った気がした。桜子は、軽く咳払いをすると、小さく言った。

「その特殊なんとかに集まった女性は、そのあと、どうなったんですか?」

「え?」スプーンでコーヒーをかき混ぜながら、外山さんは、再び、視線を空に飛ばした。

「……確か、特殊慰安施設協会は半年もしないうちに廃止になったんじゃなかったかしら。会に登録していた何万人の素人売春婦が放り出されたって、後で聞いた。その人たちの大半が、パンパンになったって話よ」

外山さんはひとつ咳をすると、今度は声のトーンを落とした。

「……まったく、イヤな話よ。戦後は素人さんたちが無茶するから。あっというまに、梅毒も広がっちゃってね。うちの病院にも、患者さんがよく来てた。あなた、梅毒って、どんなものか想像できる?」

外山さんの問いに、桜子は控えめに首を横に振った。

「そうよね。今の人は、知らないわよね。……梅毒にかかるとね、ゴムのような腫瘍や潰瘍が体中にできてね、皮膚は爛れ、めくれ、鼻なんか破壊されちゃって、落ちちゃうんだから」

鼻が……落ちる? その言葉どおりの図を思い浮かべて、桜子は小さく身震いした。

「今はそこまで酷い状態になる前に、治療されるのがほとんどなんだけどね。でも、梅毒初期の皮膚の腫れはすぐに治っちゃうから、昔は病院にもかからず放置しちゃう人も多かったの。感染したことに気がつかない人もいたみたい。で、初期段階を経て、そのまま潜伏期間に移行するのよ。約七〇パーセントの人は治療しなくても無症状で済むんだけど、……あ、といっても感染力はあるから完治したわけじゃないのよ。で、約三〇パーセントが、晩期梅毒に移行する……と」

「晩期梅毒……」

「そう。この段階になって、ゴムのような腫瘍があちこちにできるとか、鼻が破壊されて欠ける、なんていう梅毒特有の症状が現れるんだけれど、こうなると、もう大変。いわゆる脳梅毒ってやつにもなって、脳や神経をやられちゃうの。失明することもあるのよ。今は、さすがにここまで進行する例は少ないんだけれどね。でも、潜伏期間三十年以上っていう例もあるようだから、昔、治療を怠って放置していた人が、ある日突然、再発する、なんていうのもあるんですって」

外山さんは、口端にたまった白い泡を舌先で絡め取ると、続けた。

「加代さんが、まさにそれだったんでしょうね。それにしても、加代さんなんて、結構な歳よ？　随分と長いこと、潜伏していたわね……。ちゃんと病院に行けば、助かっていたかもしれないのに。でも、脳のほうをやられちゃったみたいで。今思えば、確かに、物忘れが酷かった。妙なことも言っていたわね」

「梅毒が頭に回ると、認知症のようになるんですか？」

「人それぞれだけど、まあ、症状は認知症に近いかな。とにかく、言っていることもやることもめちゃくちゃ。でも、時々正常に戻るから、たちが悪い。何か変ね……で終わっちゃう。……今思えば、もっと、気にかけてあげればよかったわね」

外山さんは、ここで大きく息を継いだ。そしてコーヒーで唇を濡らすと、今度は少し抑えた調子で言った。

「……とはいっても、加代さんとはそれほど親交があったわけでもないのよ。まあ、店番は任せていたけど、彼女の私生活はほとんど知らなかった。秘密主義だったのよ、彼女。いろいろお節介焼いたって、迷惑がられるのがオチ。こういうことは、市役所が気にかけるべきだと思わない？」

外山さんは、免罪を求めるように、桜子に同意を求めた。桜子は、「そうですね……」と、小さく応えた。

「これは、役所の知り合いに聞いた話なんだけど……加代さんね、戸籍がね……ないんですって」

「え？」

「もともと身寄りのない人だったから、役所の人が死亡届を出そうとしたらしいんだけど、住民票はおろか、戸籍も見当たらないって。それで、〝田中加代〟って名前をコンピューターで検索してみたら……、ある人物がひっかかったらしいの」

「誰ですか？」

「ものすごい、有名人」

「私も、知っていますか？」

「たぶん」

「誰ですか？」

「阿部定」

「え？」

「聞いたことない？」

「もちろん、あります。愛のコリーダ……ですよね？」

「そう。愛人を殺した挙句、愛人のあそこをちょん切った女よ」外山さんは、声を潜めながらも、どこか嬉しそうに話を続けた。「……本当、謎の多い女。阿部定って、昭和四十六年頃に失踪したきり、いまだに消息不明らしくて、生きているのか死んでいるのかも分からない状態らしいの。生きていれば、今年で――」

「その阿部定が、どう田中加代さんと繋がるんですか？」

「阿部定って、〝田中加代〟っていう偽名で過ごしていた時期があるんですって。事件を起こしたときも、この名前を使っていた」

「ということは、……あの田中加代さんが、阿部定……なんですか」

「だと、おもしろいんだけどね」外山さんは、乗り出した体を引いた。「市役所の人もはじめは、そうだと思ったらしくて興奮してあたしに話してくれたんだけど。でも、その仮説はちょっと無理があるわ。だって、阿部定って、生きていれば、今年で九十五歳よ。加代さん、さすがに、そこまで歳がいっているようには見えなかったわ。せいぜい、七十代前半よ」

「でも、もしかしたら」

「ない、ない。ただの、同姓同名」

外山さんは、はぁとか細いため息を吐き出すと、続けた。

「聞いた話だけど。加代さん、所沢に来る前は、町田のちょんの間にいたらしいの。ちょんの間、分かる？」

「ええ、まあ。……売春宿ですよね、格安の」

「そう。そのちょんの間に、加代さん、働いていてね」

「あの歳で？」

「そう、あの歳で」外山さんは、顔を思い切り歪めた。「あんな歳でも、結構、客はいたみたいよ」

「そういうもんですか」

「だから、田中加代っていう名前をいいことに、自分は阿部定だって、言いふらしていたのよ。口コミでその情報が広まって、それで、一目見ようと、全国から客が来ていたみたい。ま、一種の見世物ね」

「なるほど。客集めに偽阿部定を触れ回っていたんですね。なかなか、商魂たくましい人ですね」

「ほんと、お金には汚かった。でも、お気の毒な人よ。梅毒の上に、殺害されちゃうなんて」

「え？　その人、殺されたんですか？」

「そうよ。言わなかったかしら。先週の水曜日に、遺体で見つかったのよ」

「梅毒で亡くなったんじゃないんですか？」

「梅毒が死因だって、一言も言ってないわよ」

外山さんは、また、底意地の悪い笑いを浮かべた。「……ナイフのようなもので刺されたんですって。新聞にも大きく載っていたわよ、知らなかった？」

「ええ、まあ。……犯人は？」

「まだ、捕まってないみたい。そういえば、あなた——」

外山さんの手が伸びてきて、それは桜子の袖を捉えた。

「あなた、加代さんに会ったと言っていたわね、いつ？」

「え？」

「いつ、加代さんに会ったの？」

「……ええ、それは」

先週の……火曜日？　そう、火曜日。

「火曜日？　遺体が見つかった前日？」

外山さんは、ここではじめて、モンブランケーキにフォークを入れた。トップに載った栗のかけらが、ぽろりとテーブルに落ちる。外山さんは、それを摘みあげると、口に放り込んだ。

「ふーん、そう。なら、あなたが、加代さんに最後に会った人かもね」

「そう……なんでしょうか」

「ところで、今日は、なんのご用？」

加代という人の話がようやく逸れて、桜子はほっとしながらも、慌てて、取り繕った。

「三芳珠美」桜子は、急いで頭を整理すると、言った。「三芳珠美さんが、外山さんに取材していたと伺いまして」

「ああ」外山さんは、ケーキを口に含むと、それを急いで飲み込んだ。

「そもそもね、加代さんが阿部定なんじゃないかってはじめに言い出したの、三芳さんなのよ」

外山さんは、ガーゼのハンカチで口元を押さえると囁くように言った。

「田中加代って名前が阿部定が使っていた偽名だってことにはじめに気がついたのは、三芳さんだった。ある晩、電話がかかってきてね。なにがなんでも、加代さんと阿部定を同一人物にしたがってた。彼女、小説家さんでしょ？　だからなのかしら、本当に思い込みが激しくて、難儀したわよ」

そして外山さんは、残りのコーヒーを、ずずっと音を立てて飲み干した。

「あの日だって、あたし、用があるから駄目だっていうのに、無理やり約束させられて」

「あの日？」

「そう、去年の十一月二十二日。忘れもしない、大停電の日」

そうだ。西岡が言うには、外山さんはあの日、三芳珠美と会う約束をしていた。

「お昼過ぎの二時に、この百貨店のレストラン街で待ち合わせさせられたのよ。あたし、見たいテレビがあったけど、一度約束したからには、遅れちゃいけないって、ちょっと早めに百貨店に行ったの。で、エレベーターに乗ったら、停電になっちゃって。……散々だったわよ。あれから、狭いところが怖くなっちゃった」

「エレベーターに閉じ込められたんですか」

「そう。どのぐらい、閉じ込められたかしらね……、いずれにしても、解放されたときはすっかり日も暮れていて、三芳さんとも会えなかった。彼女が事故に遭ったと聞いたのは、次の日よ。彼女と連絡がとれなくて、出版社に問い合わせたら、入院しているって」

「その日、三芳珠美さんは、どうして、外山さんを呼び出したんでしょう？」

「だから、田中加代さんについてよ。……それにしても」

「なんですか？」

「三芳さん、あのタワーマンションの四〇一二号室に住んでいたのね」

外山さんは、体をウインドウ側に捻ると、マンションがある方向に視線を向けた。「この辺に住んでいるというのは知っていたけど。……でも、なんだって、あの部屋に」

「あの部屋が、なにか？」

「ああ……」外山さんの視線が右に左に、忙しく動く。そして、「ちょっと噂で」と小さく言うと、モンブランケーキの残りをざっくりフォークで掬《すく》い上げ、それを口に押し込んだ。

ウインドウの外、西日が洪水のように街並みを呑み込んでいる。外山さんの輪郭も、露出オーバーの写真のように、ぼやけていく。

「そういえば」外山さんは、右頬を膨らませたまま、言った。「三芳さん、カメラを持っていたのよ。古いカメラ」

「カメラ？」

「そう。8ミリカメラ」

「フィルムの？」

「そう。今時、珍しいわよね。三芳さんはそれをいっつも持ち歩いていて……。あたしも、何度か撮ってもらったんだけど。いつか、上映会をやります……って言っていたけれど、あれ、どうしちゃったかしらって思って」

「……上映会ですか？」

「そう。三芳さんね、本当は小説家じゃなくて、映画を撮りたかったんだって。小説家なんか、なるつもりはなかったんだって」

小説家なんか、なるつもりはなかった？　突然、喉の奥から鼻にかけて、熱湯のようななにかが通り過ぎた。それは鈍痛となって、桜子の頭の奥を揺さぶる。

小説家なんか、なるつもりはなかった？　あんなに売れていて、あんなに注目されていて、あんなに儲けて、高層マンションにまで住んでいたくせに、小説家より映画？　はっ！　なに言ってんのよ、あの子は！

わけの分からない煮えたぎる感情で、額が、頬が、耳が、そしてついには全身が、熱湯を浴びたように熱くなる。今すぐにでも、三芳珠美に会って、その顔を張り倒したい気分でいっぱいになる。

「三芳さんは、今、どこに入院されているのかしら」しかし、外山さんは嫌がらせのように、三芳珠美の話を続ける。「一度は、お見舞いに行っておきたいわね。病院、もし、ご存知なら……」

行っても無駄よ。行ったとしても、あの子とは話すらできない。そんなことより——。

「それで、カメラがどうしたんですか？」

「ああ、そうそう」外山さんは、コーヒーカップをソーサーに戻した。「彼女、どんなときでも8ミリカメラを必ず持っていて、人の迷惑を考えずにカメラを向けていたから。だから、事故に遭ったときも、カメラ、持ってなかったのかな？　って」

カメラ。もし、三芳珠美がカメラを持っていたとしたら——。

「何か、撮っていると思うのよね。例えば、事故前の風景とか。あるいは、……犯人とか」

外山さんは、ミステリードラマを見ている視聴者のように、身を乗り出した。「あなたも、ただの事故だとは思っていないのでしょう？　誰かがやったと。違う？　だから、わざわざ、あたしに会いに来たんでしょう？」

「ええ、まあ、なんというか……」

桜子は、コーヒーを飲み干した。

カメラ。三芳珠美が、事故当日もカメラを持っていたとしたら。フィルムは？

「8ミリのフィルムって、今も現像してもらえるのかしら……」

桜子は独り言のつもりで言ったが、外山さんの視線が一瞬、乱れた。その唇には、モンブランケーキの名残が貼りついている。

「詳しくは分からないけれど……」外山さんは、ハンカチで唇を拭いながら言った。「金山町にある古いカメラ屋さんで三芳さんを見かけたことあるから、もしかしたら、そこで――」

「そのカメラ屋さん、どこですか？」桜子は、持参した所沢の地図をテーブルに広げると言った。「ここから、どのぐらいですか？　歩いて行けますか？　今から行っても、開いていますか？」

桜子の矢継ぎ早の質問に、外山さんは苦笑を浮かべた。

「十五分ぐらい歩くけれど」外山さんは、テーブルに広げた地図の上にしばらく人差し指を滑らせたあと、その場所に指を止めた。「ここよ、ここ。……あなた、行くの？」

「もしかしたら、フィルムの現像、そこに出しているかもしれませんから」

「フィルムの現像をそこに出しているとして、それでどうするの？」

「え？」

「あなた、三芳さんに似ているわね」

「え？」

「あの人も、突然、なにかを思いついては、わけの分からないことをしようとするのよ。小説家さんって、みんなそうなのかしらね」

外山さんは、表情を引き締めると、言った。「そんなことより、あたしのこと、誰に聞いたの？」

「え？……ですから」なんだか、とりとめのない夢を見ているようだ。話は脱線するし、一度終わった話を蒸し返されるし。年寄は、これだから、疲れる。桜子は、観念したかのようにバッグの隅に追いやった紙切れを手繰り寄せた。

「西岡っていう、編集者に聞いたんです。私の担当です。ここに連絡するようにって」

そして桜子は、紙切れを外山さんのほうに向けた。

「西岡？　知らないわね。どうして、その人、あたしの連絡先を知っていたのかしら」

「たぶん、三芳珠美さんから聞いていたんだと思います。……そんなに気になります？」

「いえね、うちに、一度、変な人が来たことあって、ちょっと神経質になっているの。……あれは、たぶん、興信所の人ね。うん、間違いない。以前、姪っ子が結婚するときに、相手方が雇った興信所の人が信用調査に来たことあるんだけれど、同じ感じだったもの」

「その興信所の人は、なんて？」

「それが、よく分からないのよ。でも、今思えば、あれは、地上げ屋の差し金だったのかも」

「地上げ屋？」

「再開発。再開発がはじまったのよ」

「じゃ、今、古本屋は？」

「来月で閉店。二年後には、マンションが建つ予定」

「お店にあった、古本は？」

「同業者に、譲った。でも、所沢に関係ある本なんかはとってあるの。アルバムとかも」

「アルバム？」

「だから、写真を貼るアルバム」

「そんなものまで、売っていたんですか？」

「……そうよ、写真を貼るアルバムよ。それが、結構いい値で売れるのよ。古い写真が好きだって人、いるもんなのね。……そうだ、あなた、よかったらお貸しするわよ？」

「え？」

「だから、うちにある所沢に関するあれやこれや。所沢を舞台にした小説、書くんでしょう？　そもそも、今日はその取材で来ているんでしょう？」

「ええ、まあ」

「だったら、とりあえず、連絡先、教えてくれる？　送るから。段ボール箱二個分あるけど、大丈夫？」

「ええ、……お願いします」

「じゃ、レンタル料ってことで、請求書も入れておくから。よろしくね」

16

……、……、……、……、……。

……、……、……、……、……。

「駄目！」

声にならない悲鳴を上げ、そして、わたしは現実へと引き戻される。

悲鳴だと思ったのは、どうやらカーテンを開ける音のようだ。

わたしは、頭の中のカレンダーに、×印を描いた。

夢を見ているわたしの脳細胞は猛スピードで記憶を修復している。

そして、覚醒しているときのわたしの主な仕事は、夢として無秩序に溢れ出したイメージを再構築して「わたしの歴史」を作ることだった。が、この作業はなかなかに難儀で、というのも、それはわたしにとって、どれも楽しくない記憶ばかりだったからだ。たぶん、わたしが健常者だった頃には、あえて思い出そうともしなかった記憶に違いない。が、そういう記憶ほど優先的に、修復されてしまうのだ。

五十七個目の×印を頭の中のカレンダーに描きながら、わたしは、先ほどまで見ていた夢の余韻を追いかけていた。

わたしはいつもどおり、おばあさんのいる古本屋で、アルバムを見ていた。

それは、「田中さん」の家族アルバムだった。「田中さん」の家族アルバムを開くのは、これで三回目だと思う。が、いまだにすべてを見終わっていない。

今回は、どこまで見たのだっけ？　ああ、そうだ、ようやく三ページだ。その三ページ目に、戸籍謄本が挟まっていた。それを見たとき、わたしはどうしようもない悪寒に襲われ、そして夢から覚めたのだった。

その戸籍謄本の内容は、ずいぶんと入り組んだものだった。つまり家族構成が複雑だった。……それは、たぶん、わたしの戸籍謄本と似ている。戸籍謄本。この言葉を思い浮かべると、「わたしの歴史」の中に埋め込んだ。わたしは、こうして、夢で摑んだキーワードをひとつひとつ、パズルのようにはめ込んでみている。全体像がなんなのかまるで分からないが、でも、なにか模様のようなものは出来上がっている。

戸籍謄本。これをはめ込んだとき、その模様は一瞬うねり、そして波紋のように見る見る広がった。その底に、なにかが見える。それを覗き込むと、ぼやけた映像が水草のように漂っている。これが、まさに、わたしの記憶だ。それを拾い上げてみると、頭の中に、鮮明な画像が映し出された。

戸籍謄本と、それを見るわたしの手元。その手は、なにか苛ついている。

「なにを、そんなに震えているの？」

どこからかそんな声が聞こえてきたけれど、わたしは応えられなかった。だって、わたしにも理由が分からない。

「これ、見てみて。かわいいでしょう？」

写真だった。神社？

「遠くから撮った写真だから、ちょっと写りは悪いけれど、わたしの宝物なの。お宮参りのときの写真なの。ここを見て。かわいいでしょう」

赤ん坊？　誰？　誰なの？

「だから、あなたよ」


…………、…、…………、……、……。

………、…、………、……、……。


誰？

そこに誰かいるの？

気配を感じて、わたしは夢からこちら側に引き戻された。

今日は、誰が、わたしのみじめな姿を見に来ているの？

ああ、その歩き方。覚えている。そのかすかな鈴の音。その香り。その息遣い、覚えがある。

「ママ」

そんな声が聞こえた気がした。聞き覚えのある声。いつも聞いていたような声。懐かしい、声。

「ママ。もう大丈夫だから、あの人はもういないから」

あなたは、誰？　ママって、誰？　ね、こっちに来なさいよ。もっと近くに。ね。

しかし、鈴の音も香りも息遣いも、長くそこにはいなかった。遠ざかる靴音。そして、扉の開く音。

17

病室の前で、スーツ姿の女の子に声をかけられた。

「もしかして、小説家の根岸桜子さんですか？」

どう返事をしていいものかと戸惑っていると、その人は、桜子の顔を覗き込んだ。

「ああ、やっぱり、そうですね。先週の新聞、読みました。インタビュー記事」

「は……」

「あなたも、珠美さんのお見舞いですか？」

「……ええ、まあ」

「私もそうなんですけれど、なんか、会うのが怖くて。珠美さん、どんな感じでした？」

「……ところで、あなたは？」

「あ、すみません。私だけぺらぺらと。……私、ウスイです。珠美さんとは、大学で——」

その人は、まるで懐かしい知人に自己を思い出させようとするかのように、自身の胸元を軽く叩いた。「ニュースで珠美さんの事故を知って、ずっと気になっていたんですけれど、なかなかお見舞いに来る勇気がなくて」

「三芳さん、まだ、意識が戻ってないようですよ」

「……そうなんですか。やっぱり、今日はやめておこうかな。なんだか、気がめいっちゃう」

ウスイさんは、泣きそうな笑顔で、肩を竦めた。

「なら、ちょっと、リフレッシュしませんか？」

結局、桜子はウスイさんをお茶に誘った。いつもならそんなことはしないのだが、病院特有の重たい空気に、耐えかねていた。とにかく、外の空気が吸いたい、ここから解放されたい、そんな強迫めいた気分が桜子を支配し、初対面の人と一時間ほど過ごすこととなった。

「やっぱり、イメージどおりの方ですよね、根岸さんは」

ウスイさんに言われて、桜子はカップをソーサーに戻した。

「イメージって？」

「新聞のインタビュー記事に写真が載ってましたでしょう？　あれも、素敵でした。ああ、なんか、優しそうな人だな、お嫁さんが似合いそうな人だな……って」

「お嫁さん？」

「なんか、喩えが変ですみません。つまり、これぞ憧れの『女子』っていうか。……ほんと、珠美さんとは対極ですよね」

「……三芳さんと私が、対極って？」

「ええ、まるでイメージが違うじゃないですか」

「でも、私の知り合いは、私と三芳さんは似ているって」

「まさか！　それはありませんよ」

ウスイさんが、笑いながら声を上げた。「全然違いますよ、だって、珠美さんは――」

「ところで、あなたと三芳珠美さんは、どのような？……お友達なの？」

「だから私は――」

それから、ウスイさんの簡単な自己紹介があった。彼女は関東芸術大学演劇美術科の学生で、三芳珠美とは同じサークル、卒業後もつかず離れずの関係だったという。演劇美術科というともっと個性的なファッションを連想するが、ウスイさんは、いかにも会社帰りのＯＬ

という印象だった。

実際、ウスイさんは、会社の帰りだという。

「結局、演劇とは全然関係ないＩＴ企業に就職しちゃいましたけど」

コーヒーをひと口すると、ウスイさんは言った。「クリエイティブからは程遠い仕事です」

しかし、その口調に濁りはない。むしろ、満足しているというふうである。

「結局、私、演劇とかクリエイティブとかには向いてなかったんです。それを四年かけて、悟りました」

「他の卒業生は、どんなお仕事を？」

「そうですね。就職するのが半分。テレビ局の下請プロダクションとか、映画会社とか、広告代理店とか、……あと、教師とか。でも、大半が、私みたいに、演劇とはあまり関係ない企業に就職しちゃいますね、結局」

「あとの半分は？」

「あとの半分は、フリーターしながら自分探しの旅を続ける人」

「自分探し？」

「小劇団に入ったり、または劇団を旗揚げしたり、海外に武者修行に出かけたり」

「なるほど」

「まあ、中には、大手劇団に入団したり、女優やタレントになった人もいますが、それは、ひと握りのエリートですね」

「では、三芳珠美さんは、エリート？」

「まさか」ウスイさんは、また声を上げて笑った。「珠美さんは、ただの地方組。おとなしい人でした。地味というか」

「おとなしい？　地味？」

「ええ、信じられないでしょう？　でも、ほんとなんです、影も薄くて」

「ほんと。……信じられない」

「こんなふうに言うのはなんですが。彼女、少なくとも大学では、……決して、エリートキャラではありませんでした。私と同じ、エキストラキャラ。主役級は張れない、その他大勢。入学してすぐにそれを悟った私は、舞台芸術、つまり裏方に回ったんですが、珠美さんは、映画に走りました。だからといって映画科の学生と親交を深めたりつるんだりするんでもなく、一人で黙々と、8ミリカメラを回していましたよ」

「ああ、8ミリカメラ。でも、なんで、今、8ミリカメラなんでしょうね？」

「今更って感じでしょ？　時代錯誤もいいところ。他にやっている人がいなかったからじゃないですか？　才能がなくて、それでも目立ちたい人は、ライバルが極端に少ないマイナーに走るもんなんですよ」ウスイさんは、意地悪く笑った。「要するに自己顕示欲が強いんです。それが才能と比例していれば成功するけれど、そうでない場合は――」

「そうでない場合は？」

「不幸な結果となりますね」

「でも、三芳珠美さんは、少なくとも、小説家としては勝ち組ですよ？」

「だから、彼女にとって、小説家なんて肩書はさほど重要なものじゃないんですよ」

「小説家より、映画を撮りたかった？」

「はい」

「なら、なんで小説家になったのかしら」

「なんでも、新聞に載っていた記事がきっかけだったみたいですよ」

「どんな記事？」

「詳しくは分からないんですが、ナントカっていう小説新人賞を受賞した人のインタビュー。それがあまりに偽善的でムカついたらしいです。こんなバカ女でも小説家になれるんなら、私もなれるって、締め切りが迫っている新人賞を探して、応募したみたいですよ。なんでも、その期間二週間」

「二週間で、書き上げたの。だって、あの受賞作、原稿用紙で三百枚はあるわよ？」

「それだけ、そのインタビュー記事がムカついたんでしょうね。『孤独と絶望に打ちのめされているすべての人を救うような光ある作品を書き続けたい……』みたいな内容だったみたい。珠美さん、そういうお決まりの綺麗ごとが大嫌いでしたから。そもそも、救うって、傲慢もいいところですよね。どれだけ上から目線なのかと」

孤独と絶望に打ちのめされているすべての人に希望を――。まさに、新人賞を受賞したとき、私が言った台詞《せりふ》だ。と、いうことは、私のデビューがきっかけで、三芳珠美は小説を投稿したっていうの？……桜子は、ハンカチでそっと、唇を拭った。

「いずれにしても、どこかの企業のＯＬさんだったみたいですよ、その受賞者」

やっぱり、私のことだ。

「きっかけがなんであれ、それでデビューなんて、やっぱり、文才はあったんでしょうね。でも、そこが、珠美さんの不幸だとも思うんです。小説でどんなに成功しても、彼女、満足できなかったんじゃないでしょうか。だって、彼女、苛ついてましたもの」

「苛ついていた？」

「年に一度、インディーズを対象にした映画祭があるんですけどね。ま、言ってみれば、映画監督の登竜門。それに入賞した他の人を心底羨ましがっていたもの。ううん、嫉妬していた。それはそれは、痛々しいほどに。実は彼女も、名前を変えて自主映画を出品していたんです。でも、毎回予選落ち。そのたびに、ものすごく落ち込んでました。今にも死にそうな感じで」

すべてが順風満帆のように思えた三芳珠美にも、こんなコンプレックスがあったのか。いや、それでも、小説ではあれほど脚光を浴びていたのだ。なのにまだ満足を得られないなんて、ただの欲張りだ。身の程知らずだ。

「……三芳珠美さんはどんな作品を？」

「作品といえるのかしら。ドキュメンタリーの一種というか。川崎とか横浜とか大阪の風俗街を撮ってました。……ああ、あと、プライベートドキュメンタリーみたいなものも撮っていたかな……」

「プライベートドキュメンタリーとは？」

「インディーズの個人映画では、よくある題材です。つまり、自分のプライベートを撮った作品」

「私小説みたいなものですか？」

「そうです、私小説。自身の生い立ちや家庭の秘密なんかを映像にするんです。でも、私は好きじゃない」

「どうして？」

「だって、結局は、不幸自慢になっちゃうんだもの」

「不幸自慢？」

「普通の人だったら、隠しておきたい不幸。封印しておきたい秘密。でも、表現者にとっては、不幸や秘密は武器になります。場合によっては、才能を凌駕するぐらいに。だから、才能が不足している人は、しばしば、自身の不幸自慢を作品にするんです。不幸をわざわざあぶり出す人や、作り出す人すらいます」

「作り出す？　つまり、フェイク？」

「そう、フェイクです」ウスイさんが、カップを弄びながら相変わらず意地悪く笑う。

「自分史のフェイクは、小説でも時折見かけます」

「結局、ナルシストなんですよ。不幸自慢をする人なんて」ウスイさんは、コーヒーで唇を濡らすと、にやりと笑った。「自己愛性パーソナリティ障害とかいうらしいですよ、そういうの。最近、読んだ本に書いてありました。自分が注目されるためには、手段を択《えら》ばないんですって。殺人さえも」

「殺人？」

「例えば、の話です。そんなような映画を見たことがありましたから。さすがに、殺人に手を染めることはないでしょうが、でも、ありもしない不幸をでっち上げて、人の同情や関心を得ようとするのはよくあるじゃないですか。かかっている病気や飲んでいる薬をこれ見よがしに言いふらしてみたり」

「変な話ね。本来、ナルシシズムって、自分がどれほど幸福で、どれほど優れているかを自慢するものなんじゃない？」

「不幸も幸福も、一緒なんですよ。注目されれば。とにかく、人より目立てばいいんです。特別っていうのが重要なんです。一般的とか平均的というのはダメなんです。でも、彼女は、地方都市の一般的な家庭で、特に問題なく、ごくごく普通に暮らしていたみたいです。高校時代も、特に目立ったところがなかったって聞きました。だからなんでしょうね、特別な自分史というのを作り上げちゃうのかも。まあ、私も小さい頃は妄想を楽しんでいましたけれど。私は捨て子で、本当の親は大金持ちで……。でも、そんな妄想、せいぜい、小学生までじゃないですか。なのに、珠美さんは、二十歳過ぎても言ってましたよ。『私は本当の親に捨てられた。本当の親を探し出している』って。飲み会とかで、他の人が話題の中心になっているときに、決まってそんなことを言って、注目を自分に向けさせるんです。はじめはみんな真剣に聞いていましたが、そのうち、スルー。だから、珠美さんの話もどんどんエスカレートしていって、どんどん悲惨な話になるんですよ。彼女が言うには、自分は遊郭で生まれた、売春婦の子供で、捨てられたって。だから、母親を探して、全国の遊郭を回っているんだって」

ウスイさんは、突然笑い出した。

「こういう嘘を作り上げる場合、普通は、有名人や高貴な人の隠し子っていう設定にするじゃないですか。なのに、売春婦の子供って。こういうところでも、〝普通〟がいやなんですね。まったく、病気だわ。……ああ、痛々しい。でも、そのぐらいじゃないと、小説家なんて、つとまらないのかもしれないけど」

目の前の人物もまた小説家であるということを忘れて、ウスイさんは、繰り返した。

「いやだ、いやだ。どんなに売れても、注目されても、ちっとも羨ましくない。そこまでして、小説家になろうだなんて思わない」

なんて応えていいか分からず、桜子はありふれた笑みを浮かべた。

ウスイさんは、それからも、唇を歪めながら三芳珠美のことを語り続けた。

それは、まるで、かつての自分の姿だと、桜子は思った。そう、ああはなりたくないと欠点をかき集めてはみるけれど、その本心は、焼けつくような嫉妬。この人もまた、自分が望むようなものになれなくて、その事実にうまく折り合いがつけられなくて、人を貶めることで、自尊心のバランスを取っているのだろうか。この人もまた、三芳珠美が事故に遭ったことを喜んだ一人なのだろうか。そうだ。だから、わざわざ、病院にまで来たのだろう。本来は、ここで嫉妬の炎も鎮火するはずなのだ。なのに、ウスイさんの語りは止まらない。恍惚とした表情で、三芳珠美を罵る。

「珠美さん、入学当時は、地味な地方出身者って感じでしたよ。夏休みを過ぎた頃から、それなりにおしゃれをするようになりましたけど。でも、これが悲惨。一生懸命おしゃれはしているんだけど、その方向性が絶望的に間違っているというか。でも、美大なんて地方出身者ばかりですから、みんな似たようなもの。私もそうですよ。垢ぬけてないんです。なのに、プライドと自己愛だけは強い人たちばかりなので、一ヶ月もすると、それぞれのコンセプトのもと、奇抜なファッションをはじめます。髪をあり得ない色に染めたり、変な形にしたり。私もそうでした。私、一度、髪をピンク色にしたことあるんですよ」

「ピンク色に？」

「あれは、大失敗でしたけど。……まあ、つまり、コンプレックスの裏返しなんでしょうね。奇抜なファッションでしか、自分を表現できない哀れな年頃だったんです」

「それで、三芳珠美さんは？」

「彼女は、いわゆるギャル系を目指しました。キャバクラ嬢というか。まあ、容姿にあまり自信がない人が選ぶキャラですね。派手なネイルに髪も金髪に染めて——」

ウスイさんの視線が、遠くの何かを捉えた。

「なんですか?」

「いえ、今、ふと思ったんですけど、彼女、カメラ、持っていなかったのかしら」

「カメラ?」

「彼女、どんなときでも8ミリカメラを必ず持っていて、人の迷惑を考えずにカメラを向けていました。なので、事故に遭ったときも、カメラ、持ってなかったのかな? って」

カメラ。外山さんも、同じことを言っていた。

「何か、撮っていると思うんですよね。例えば、事故前の風景とか。あるいは、……犯人とか」ウスイさんは、ミステリードラマを見ている視聴者のように、身を乗り出した。その様子は、あのときの外山さんとまるっきり同じだった。「あなたも、ただの事故だとは思っていないのでしょう? 誰かがやったと。違いますか?」

「ええ、まあ、なんというか……」

桜子は、コーヒーを飲み干した。「実は、私も気になって、三芳珠美さんが利用していそうな地元のカメラ屋さんに問い合わせてみたんです。でも、8ミリフィルムは扱っていないって」

「そりゃ、そうですよ。いまどき、街のカメラ屋では、扱ってませんよ」

「じゃ、どこで？」

「新宿のカメラ量販店なら、扱っていると思いますよ。でも、どのみち、無駄でしょうね」ウスイさんの目が、意地悪く笑っている。「事故当日に、彼女がなにかを撮っていたとしても、そのフィルムは警察が押収したか、または、家族に引き渡されていますよ」

確かに、そうかもしれない。

でも、その前に撮られたものは、現像に出されているかもしれない。桜子は、居ても立ってもいられないというふうに、腰を浮かせた。

「どうしたんですか？」ウスイさんが、じろりとこちらを見た。「気になるんですか？」

「え？」

「フィルムの中身が、気になるんですか？」

「いえ、というか」

「フィルムに証拠が残っているかどうか、気になるんじゃないですか？」

「いえ、そんなことは――」

「もしかして、あなた、やりました？」

「え？」

「あなたが、珠美さんを――」

＋

違う！

膝から落ちていく感覚にとらわれ、桜子は近くにあるものを摑んだ。

それは、マウスだった。

見ると、パソコンのディスプレイが煌々《こうこう》と輝いている。

鼓動が、速い。桜子はしぃしぃ……と呪文のように息を細かく吐き出した。

それに合わせるかのように、ディスプレイに表示されている原稿も、ゆらゆら揺らめいている。まるで、まったく知らない人の原稿を見ているようだと思った。

しかし、これは間違いなく、自分の原稿だ。所沢を舞台にした、小説だ。が、これはきっと失敗作になるだろう。それなりに文字は埋めてはいるが、ひとつもおもしろくない。

ああ、まったくおもしろくない。

失敗、失敗、失敗！

私は、きっと、これで大失敗するのだ。そして、それまでの成功はすべて打ち消され、それどころか唾を吐きかけられて、石で打たれて、散々笑われて、そしてあっというまに忘れ去られるのだ。

こんなの、私が書きたいものじゃない、こんなの、ひとつも、おもしろくない！　所沢？　そんなとこ、まったく興味ない。陸軍将校？　遊郭？　娼婦？　犯罪？　そんなの、私に書けるはずないじゃない！　犯罪者の気持ちなんか、知りたくもないし、書きたくもない。

逃げ出したい！

ああ、誰か、助けて！

珠美、あんたが書こうとしていたものはなんなの？　お願いだから、それを少しだけ、分けて。

お願い！

鈍い音を立てて、資料の山が崩れた。古本屋のオーナーだった外山さんから送られてきた資料だ。

それらはほとんどが自費出版された本で、はっきりいって、ゴミのようなものだ。

最も手に余るのが、アルバム。

なんなのよ、これ！　どれも個人のもので、まったく面白みがない。

特に、「田中家の日々」という手書きのタイトルがあるアルバムは、二、三ページ捲ったところで、その陰気くささに、気が滅入る。

かつての将校一家のアルバムで、戦前の昭和十八年頃から戦後の昭和三十五年頃にかけての写真が貼られているのだが、戦争が原因なのか、田中家に重大な問題が起こったことが読み取れる。田中家は三人家族なのだが、その家族の一人の顔が、どれも破られているか、塗りつぶされているのだ。服装からいって若い女性であることには間違いないのだが、そもそも、この人物は、田中家の中でどういうポジションなのか。

そして、アルバムに挟まれていた、一枚の写真。神社らしきところで写された、お宮参りの親子の写真。明らかに、この写真だけ、雰囲気が違う。被写体の了承を得て撮られた写真ではない。そう、隠し撮り。写真の裏には、青い万年筆で、「さっちゃんのお宮参り」と記してある。

……三芳珠美なら、きっと、このアルバム一冊で、途方もない物語を作り出してしまうのだろう。

そうよ、あの子なら、傑作を生むでしょうね！

でも、私にはできない。こんなものを見たって、なんにも浮かばない！

……はじめはできると思ったのに。

あの子にできることなら、私にもできるはずだと思ったのに。

西岡は、なんだって、私にこんなものを書かせようとしたのだろう。いやがらせ？　珠美との実力の差を思い知って、私がつぶれるのを面白がっている？

そうよ。みんな、面白がっている。根岸桜子という、お世辞にも売れているとはいえない作家を気紛れでブレイクさせて、有頂天になっている様子を見て笑っているのよ。そして、無残に躓《つまず》かないか、固唾《かたず》をのんで見守っている。

「スポットライトというのは案外不安定で、誰かがなにかの拍子にコードをひっかけただけで、思いもよらない場所に光が当てられることがある。それが、まさに根岸桜子だ。自分が主役に抜擢されたと勘違いしている哀れなピエロ。そのスポットライトがすぐに外れることも知らずに」

そんなふうに私のことを茶化していた意地悪な評論家もいたけれど、まさにそのとおりなのだ。

そして、来年の今頃は、

「一躍文壇の最前線へと躍り出た根岸桜子であったが、幸福は長くは続かなかった。新作が期待されたが、それは特に話題になることなく、書店から消えた。根岸桜子は、今、何を思うだろう」

などと、同情めいた言葉で思い出されるのだ。その翌年には、もう名前さえ憶えている人もいない。

そうなんだ、みんな、私がみっともなくつぶれて、逃げ出すのを手薬煉《てぐすね》引いて待っている。

なら、その期待に応えてあげる。

私は、逃げる。

私の負け。

これで、いいんでしょう？

そうでしょ、珠美？

また、泣き声。赤ん坊の泣き声。

頬い。頭が痛い。ふらふらする。体中が火照る。熱い、熱い。虫？　虫がいるの？　あれは何？

薬、薬を飲まなくちゃ。どこにやったかしら。薬。あれがなくちゃ、私、立ってもいられない。薬、薬、薬……！

電話の着信音。

桜子は目覚まし時計に起こされたときのように、きょとんと周囲を見回した。

あれ、電話の子機がない。どこにやったのだっけ？

探すが、着信音が早く出ろと急かす。

待って、待ってよ、今、探してるんだから！

「もしもし」

仕方なく、親機の受話器をとった。

電話は、グローブ出版の奥村マキからだった。相変わらずの早口で、まくしたてる。

「分かりましたよ、例の件」

例の……件？

「ですから、フィルムの件ですよ。8ミリフィルム」

何を言われているのか分からず、桜子はとりあえずは黙って話を聞くことにした。

「私の上司のアイダという男性が三芳珠美さんの担当でしてね、事故当日、カメラを持っていたかどうか、それとなく訊いてみたんです」

話を聞いているうちに、ぼんやり思い出してきた。そうだ、三芳珠美の事故当日のことが詳しく知りたくて、奥村マキに訊いたことがあった。そのとき、8ミリカメラの話になったのだ。

「そのアイダが言うには、事故のときの所持品に、確かに8ミリカメラはあったみたいです。なんでも、事故当日に警察から連絡があったみたいなんですよ。三芳さんの携帯電話の電話帳、最初に表示されたのがうちのアイダだったらしく、それで連絡してきたみたいですけど。彼、所沢の現場に呼ばれて、三芳さんのものかどうか、所持品を確認させられたとか。そのときに、８ミリカメラもあったということです」

「そのアイダさんが、確認されたんで――」

「でも、それが三芳さんのものかどうかは、アイダにも分からなかったみたいで。で、まずは、喜多川書房に連絡したそうです。喜多川書房は三芳さんのデビュー作を出した版元だから、ご家族の連絡先が分かるんじゃないかって。そのときは前原さんが出たみたいだけど、いきなり停電になって、電話は切れて――」

「それで、８ミリカメラは？……フィルムは？」

「すみません。私に分かることは、そこまでです。……ただ」

「なに？」

「アイダが言うには、三芳さん、作品を上映会に出品予定だったって」

「上映会？」

「はい、８ミリの上映会。国分寺でやるようなことを言っていたそうですよ」

「初耳だわ」

「内輪だけでやっている上映会ですから、大々的には告知してなかったみたいですけど。アイダは大学時代、映画研究会に入っていたみたいなんで、そんな話になったんだと思います。で、三芳さん、その上映会で、定期的に作品を発表していたみたいなんです」

「その上映会、定期的にやっているの？」

「みたいですね。月に二回。第三土曜日と日曜日に」

「今も？」

「ちょっと待ってください」

受話器から、カタカタとキーボードを打つ音が聞こえてくる。それが止まると、

「あ、やっているみたいです。次の上映会は……明日の土曜日ですって」

「どこで？」

「行かれるんですか？」

奥村マキの声が、どこか怪訝そうにくぐもる。

「ううん」桜子は、喉を締め付けた。「……というか、ちょっと、おもしろそうと思って。なにかのネタになるかなって」

我ながら幼稚な言い訳だと思いながらも、桜子は続けた。

「……一度、見ておいてもいいかなって」

「そうですか。なら、上映会の情報、ファクスしましょうか？　ホームページをプリントし

ますんで、ちょっとお待ちいただくことになりますが」

……、…、…………、……、……。

……、…、…………、……、……。

18

川が流れている。橋のたもとには、着飾った女たちが、うつむきながら立っている。

川沿いの古い家屋、玄関前で、誰かが手招きしている。

奥には、薄いキャミソールドレスを着た厚化粧の女。やっぱり、手招きしている。

上がると、六畳間に布団がひとつ、敷いてある。白いシーツがかかっているけれど、ところどころ黄ばんでいる。畳もあちこちがささくれていて、場所によってはぐにゃりと腐っている。

部屋の横には、和式のトイレ。女がその股の中にホースを突っ込んでいる。

「お大事を洗っているんだよ。客をとるたびに、ちゃんときれいにしておかないと、病気になるんだ」

　この声は、古本屋のおばあさんだ。わたしの先達《せんだつ》でもある。というのも、わたしが覚醒から睡眠に入るとき、必ず登場するのが「古本屋」と「おばあさん」で、言い換えれば、おばあさんの声が聞こえるときは、すべて夢だと判断することができた。

　つまり、おばあさんの声が聞こえたということは、わたしは再び、夢と現実の境界線に立っているのだろう。

　どうもここ数日、わたしの睡眠時間は増えている。記憶を修復していると、いつのまにかおばあさんが現れて、わたしを夢へと誘うのだ。それにしても、今日の夢はどうしたことだろう。いったい、ここはどこ？　この女たちは、なにをやっているの？

「だから、仕事をしているんだよ」

「仕事？　股を洗うことが？」

「そう、それも大切な仕事」

「でも、わたし、あまりここは好きじゃない」

　わたしが言うと、

「じゃ、こっちにおいで。新しいアルバムが入ったよ」とおばあさんは、手招きした。

「そのアルバムだって、どうせ、わたしには無関係なアルバムでしょ。田中さんとか、旭屋とか――」

ううん、無関係なんかじゃない。わたし、知っている。田中さんも旭屋も。旭屋。……なんだっただろうか。旭屋。わたしは、確かに知っている。そう、それは、トコロザワにある――。

アルバムを捲ると、女の写真があった。

あ。なんだろう、今、どこかが痛んだ。体のどこか。わたしは、もう一度、写真を覗き込んだ。

痛い。

なんだろう、この痛みは。

「ね、おばあさん、この人は誰？」

「知りたい？」

「うん。教えて」

しかし、すでにおばあさんはおらず、薄紫の暗転が続くばかりだ。まるで夜明け前のようなこの風景。目を凝らすと、フィルムを出鱈目につなぎ合わせたような映像が、やはり出鱈目に映し出されている。あれは、わたしの記憶の破片だ。どれも、きっと思い出したくない記憶に違いない。今までがそうだった。でも、もしかしたら、今度は。わたしは微かな期待と願いを込めながら、おみくじを引くときのように、映像のひとつを摘み取った。

なに、これ？

日記？

そうだ。日記だ。小さい丸文字で、びっしりと紙面が埋められている。

見覚えのある文字。そう。これは、たぶん、わたしが書いたものだ。

なにが書いてあるの？

なにか、胸騒ぎがする。

わたしは、恐る恐る、それを覗き込んだ。

が、その瞬間、切れ切れの文章が、突風に踊らされている破れたビニール袋のように、飛び散った。

わたしは、慌ててそのひとつを摑み取った。

たぶん、これは記憶というやつだ。そう、記憶のピース。

わたしは、少しずつではあるが、記憶を取り戻している。それはどれも小さなピースで、形も似通っていて、正しく再構築するにはかなりの時間を捧げなくてはならないだろうと思われた。でも、今は、それを続けるしかない。それしか、やることがない。

わたしは、さきほど摑み取った記憶のピースを眺めた。厭な色をしている。不快な色。

またた。

どうして、わたしの記憶は、どれもこんな色をしているのだろう。

ああ、いやだいやだ。これでは、不快で苛々するような記憶だけで、わたしの今までの人生が出来上がってしまう。それとも、わたしには、そういうネガティブな出来事しかなかったのか。

いや、そんなことはない。嬉しくて飛び跳ねてしまうような幸福な記憶だってあるはずだ。いや、必ず、ある。なのに、それらはどこに行ってしまったのだろう。

どこに行ったの?

「次は、どこに行くのかしらね」

そんな声が聞こえて、わたしは意識を病室に戻した。

この声は、セトウチという看護助手の女性だ。

「うちの病院に来て、今日で、二ヶ月」

二ヶ月? わたしは、わたしのカレンダーを思い浮かべた。×は六十日。つまり、今日で、意識が戻って六十一日目。……二ヶ月だ。ということは、わたしは、ここに来たと同時に意識が戻ったということか。

「次は、まだ、決まってないみたいですよ」この声は、同じく看護助手のタカシマさん。

「来月には、退院しなくちゃいけないっていうのに」

退院？　こんな状態で？

「しばらく、ここにいることはできないのかしら」

「それは、無理ね。せいぜい三ヶ月が限度じゃないかしら。どの病院もそうよ。どの病院も、植物状態の患者はお荷物なのよ。以前は、長期入院の患者は歓迎されていたんだけど、今じゃ、二週間以内の短期入院患者のほうが診療報酬が高いからね。短期入院患者を絶えず入れ替えているほうが、病院にとっては断然お得なのよ。というか、長期患者を抱えていれば抱えているほど、病院の経営を圧迫するらしいわよ」

「じゃ、この患者さんみたいな人は、どんどん追い出されるってことですね」

「そういうこと。気の毒だけど。でも、長期入院患者がベッドを占領して緊急の患者さんを受け入れることができない……なんてことも多いから、まあ、これも仕方ないわね」

つまり、わたしは、お荷物ということ？

そして、来月には、またどこかの病院に移されるの？

わたしが普通の体ならば、ここで悔し涙のひとつも流していたことだろう。

これほど情けないことがあるだろうか。

いっそ、死んでしまいたい。こんな状態がこれからも続くなら。

もう、記憶も思い出もいらない。

いっそ、殺して。

19

どこ？

商店街を五分ほど歩いたところで少し不安になって、桜子は案内図をもう一度確認してみる。「8ミリフィルムに刻まれた私小説」とタイトルが打ってある。

商店街を抜けて、住宅街に差し掛かり、不安はますます強まった。こんなところに映画館なんかあるのだろうか？　案内図では、この先の十字路で右側に折れると目的地があるらしい。「シネマ・リュミエール」と太字で示されている。

案内図の指示どおり角を折れると、小さな雑貨屋の前、数人の若者が道を塞いでいた。東南アジア系の布を幾重にも巻きつけた女の子やら、真っ黒いコートを引きずるスキンヘッドの男の子やら、チェーンをいくつもぶら下げたパンクファッションの中年男性やら。群れを突っ切ろうとしたとき、左手にチラシを押し付けられた。「フィルム文化の危機!」「8ミリフィルム製造中止反対!」。見上げると、チラシと同じコピーが入り口にも隙間なく貼られている。

「さあ、急いでください、もう、はじまっちゃいますよ」

声をかけられ、桜子はそこに引きずり込まれた。

え、だって、ここ、雑貨屋じゃない。私が探しているのは「シネマ・リュミエール」よ。

「シネマ・リュミエールは、二階になります」

二階?

もともとは民家だったのだろう、雑貨屋である一階の奥には台所が見え、「シネマ・リュミエール」だという二階に上がる階段の前では靴を脱がされた。

階段は狭く急で、観客席は畳敷き、壁は苔色の砂壁だった。六畳二間だったところを襖をはずして無理やり一間にしたのか、押され押されて座った場所は、敷居部分だった。向こう脛に二本の硬い痛みが走る。きっと痣《あざ》になるだろう。左腕にも、痣ができるに違いない。映写機を載せている台のレバー部分が当たっている。

まずい位置に来てしまったものだと立ち上がろうとしたが、その拍子にレバーが倒れ台の脚を崩してしまったら、最悪だ。桜子は、浮かした腰を畳に戻した。詰め込まれた人の息と体温で、気が遠くなる。ちょっとした隙間ができないものかと体を前後に揺らしてみたが、カーテンが引かれ照明が落ちても階段を上る足音は途絶えず、右も前も後ろも、少しの空間もない有様だった。

前の女の子の色付きエクステンションが鼻をくすぐり、後ろの誰かの息が首筋に当たり、右の男の子の汗が腕に落ちてくる。左側はレバー。

どんなに顰蹙を買ったとしても今すぐにでも逃げ出したい気分だったが、勇気に灯が点る前に映写ははじまった。

安っぽいスクリーンに映し出されるタイトル、続いて、湿っぽい風景がスクリーンいっぱいに広がる。

どこかの路地だ。なんとも猥雑で貧弱な風景だ。どこだろうか？　電信柱に貼り付いている住居表示には、どこにでもありそうな町名と番地。アングルがあちこちと変わり、目が回る。女が出てきた。

女は、一軒、一軒、家を訪ね、誰かを探している。誰かは分からない。時折挟まれる、女の日常、女の幼少の頃の写真、秘密を淡々と語る老婆。そして、ぐるぐる回る路地。

隣の子の臭い息。後ろの子の体臭。前の子の髪の臭い。腋《わき》がびっしょりと濡れている。体中、なにかの病気のように汗にまみれている。

暑い、息苦しい、臭い、目が回る。

映写機の音が変わった。フィルムを巻き取る音が途絶え、その代わりにからからと、乾いた回転音が数秒続いた。

ああ。やっと終わった。とにかく、この場から解放されたい、腰を浮かせたが、照明は落とされたまま、カーテンが開く気配もなく、引き続き、湿っぽい風景が映された。

……フィルム交換だったのか。軽い失望が、再び桜子の向こう脛を硬い敷居部分に押し付ける。未来も過去もすべてを諦めた囚人のように、桜子は、自ら体をその場に縛り付けた。自由を許された視覚でさえ、前方のスクリーンを見る以外、することがなかった。目を瞑ったところで、暗く湿った独白《モノローグ》がさらに湿度をともなって聴覚をいたぶるだけだ。

いったい、このフィルムはどこまで続くのだろうか。女はいまだ路地を彷徨《さまよ》い、私小説ばりのしみったれたモノローグが延々とかぶる。

手ぶれがひどくて、船酔いした気分になる。たぶん、これも計算の内だろう。悪意に満ちた不安定な映像を延々と流すことで、なにかを表現した気になっているだけなのだ。青臭い芸術家気取りがやりたがる「前衛」というやつだ。

とはいえ、この作品には一応ストーリーがあり、街を徘徊する作者が裏路地で行きずりの男に体を売り、いくらかの金を手に入れる。しかし、その金もすぐに使い果たし、よせばいいのに、また次の男を捕まえる。切り裂きジャックのエピソードが繰り返し挿入されているところから、この裏路地はイーストエンドという設定なのだろうか。作者は、男に体を突かれながら、甘美な妄想に浸る。

——私は、殺されるんだ。この男に殺されるんだ。

ああ、どうぞ、殺してください。できるだけ残虐な方法で。メアリー・ジェイン・ケリーのように、特別に扱ってください。その他大勢の扱いは、もうたくさんなのです。たくさんたくさんいたぶって。誰もが目を閉じ、耳を塞ぎたくなるような方法で、私を殺してください。百年も二百年も語り継がれ、恐れられるような、残忍な方法で。私の死が、千年経っても人々の記憶に焼き付けられるような、そんな方法で、殺してください。私の死がいつか伝説になって、見物人がごったがえす見世物になってくれれば。いいえ、いいえ、そこまでは望みません。少なくとも、あの人の記憶にずっとずっと残るような方法で殺してください。ちょっとやそっとじゃ、あの人は動じません。四肢が引きちぎられ、内臓が抉られ、両目をくりぬかれ、皮を剝がれ、首を切断され、乳房は獣に食われ、性器はどぶに捨てられ。そこまでやらないと、きっと、ママは私の死をすぐに忘れてしまいます。ずっとずっとママの記憶に残るような、深い深い傷になるような、そんな方法で、殺してください。そうすれば、私は、満足です。生まれてきて、よかったと、はじめて思えます。――

上映がようやく終わり、照明が点けられ、カーテンが開けられたが、観客は一向に動こうとはしない。

これからディスカッションがはじまるようで、スクリーンの前に、中近東あたりの布をすっぽり被ったような出で立ちの、若いんだか年配なんだかよく分からない、髪を腰まで伸ばした女性が、マイクを持って立った。しかし、準備不足のせいなのか、ひどいハウリングがなかなかおさまらない。会場がざわついてきた隙に、桜子は廊下まで這い出してきた。その途中、誰かの足を踏んでしまったようで、「いったいなー、おばさん」というあてつけがましい声が追いかけてきた。謝っておくべきだろうかとも思ったが、一刻も早く外の空気が吸いたい、桜子は、転げ落ちる勢いで、階段を駆け下りた。

なのに靴がすぐに見つからず、スニーカーやらサンダルやらが折り重なる土間を探っていると、アンケートを求められた。渡された鉛筆で「おもしろかった」に丸をつけ、感想欄には、「特になし」と書き殴った。視線を上げると、台所にまで靴が溢れている。その奥に、見慣れた色の爪先を見つけた。

いくつもの汚い靴を踏みつけ、ようやく自分の靴を掘り起こし、桜子は外に出た。

「気に入らなかったですか？」

振り向くと、先ほどの髪を腰まで伸ばした女性がいた。

ディスカッションが終わったようだ。雑貨屋の二階から、続々と人々が下りてきた。

「いいえ、ちょっと気分が悪くなっただけですから。……人に酔いまして。人込みが苦手なんです」

「そうですか。もう、大丈夫ですか」

「はい、もう、大丈夫です。……あの、あなたは、この上映会の主催者ですか？」

「そうですが」

「珠美……三芳珠美さんをご存知ですか？」

「ええ、もちろん。かれこれ、十年の付き合いになります。大学時代に、上映会で知り合ったんです」

「珠美さんは、どんな作品を？」

「さっきご覧になったのが、珠美さんの作品です」

「あれが？」

「そうです」

「でも、彼女は今、入院中ですが。作品は、あなたが管理しているんですか？」

「何本か預かっています」

「そう。……あれ、三芳珠美さんの作品なの」

もしかして、あれが、三芳珠美が書こうとしていたもの？

「あの作品、いつのですか？」

「珠美さんが入院するちょっと前に送られてきました」

「未現像のフィルムは？」

「え？」

「現像されていない生のフィルムは、預かってませんか？」

「……いえ」

女の視線が、一瞬、外れた。この人、たぶん、嘘をついている。

「あるんですね。三芳珠美さんが最後に撮ったフィルム」

「さあ。知りません」女の唇が、意味ありげに歪んだ。

「本当のこと、教えてください」

「ですから。私は、知りません」女は、跳ねるように体を引いた。「あるとしたら、彼女のご家族が持っているんじゃないですか」

「彼女の……家族？」

「彼女のお兄さんが、一度、連絡してきたことがあります。フィルムのことで。だから、もしかしたら」

「その人は、今、どこに？」

「……さあ」女は一度は惚けたが、桜子がその腕を摑もうとしたので、ほとんど怒鳴るようにまくしたてた。

「期間工をしているんですって！　全国を転々としているんですって！　今は、川越付近の工場で働いているんじゃないでしょうかね！　ある倉庫で靴のサイズを測るバイトをしているって！」

「靴のサイズ？」

「詳しいことは知りませんよ。とにかく、延々と靴のサイズを測って、それを記録するバイトですって。いつだったか、珠美さんから聞いたことありますよ。あまり仲のいい兄妹ではないらしくて、愚痴交じりでそんなことを毒づいてました。……もう、これでいいですか？」

「どの倉庫か、分かります？」

「だから、知りませんて！　マジで、知らないの」

「本当に知らないんですか？　隠してませんか？」

「なんで、隠すんですか。本当に知りません！」

「お願いです、教えてください、お願いです！」

「ですから！」

「確認したいんです。確認しなくちゃいけないんです。三芳珠美さんが、最後に撮ったものを」

20

どこかで、誰かと誰かが言い争っている。また、患者どうしの喧嘩だろうか。この病院は、そういうのが多い。

七十個目の×印を頭の中のカレンダーに描きながら、わたしは、先ほどまで見ていた夢の余韻を追いかけていた。

いや、夢ではない。

記憶だ。

実際に、わたしが体験した〝記憶〟だ。

それが、いつのことだかは分からないが、ある日の出来事をそのまま切り出した、〝記憶〟だ。

今までのような欠片ではない。これほどまでに、長い記憶ははじめてだ。きっと、これは、わたしにとって重要な意味を持つ記憶なのだ。

だから、忘れてはいけない。脳細胞のひとつひとつに、きっちりと留めておかなくては。

わたしは、記憶のひとつひとつを、今一度、トレースしてみた。


……、…、……、……、……。

……、…、……、……、……。


黄色い電車が走る街。大きなビルがにょきにょきっと三つ、建っている。

まったく行ったことがない街だけれど、夢の中の私は、そこを知っている様子だ。

わたしは、黙々と大通りを歩いている。

大通りといっても、人は誰もいない。商店はどれもシャッターが閉まっていて、車さえ、一台も走っていない。灰色と茶色と深緑を混ぜたような、憂鬱な街並み。

でも、見上げると、青空。水彩絵の具の青色をそのまま塗り付けたような、真っ青な空。

その青色に爪痕をつけるかのように、白い雲を吐き出して、飛行機が西に向かって飛んでいく。わたしは、それを見上げながら、橋を渡る。

いつのまにか、わたしは古本屋にいた。入り口の番台に、おばあさんが一人、座っている。

ああ、わたし、この人、知っている。

誰だかは思い出せないけれど、知っている。

おばあさんもわたしのことを知っているようで、わたしの顔を見ると、うんうんと、ふたつ、頷く。

田山花袋の『東京の三十年』という本がある。大正六年六月刊とあるから、相当に古い本だ。

「その本に、この街についての記述があるんですよ」

そう言ったのは、番台に座っているおばあさんだった。

「〝飛行機〟っていう見出しの随筆で、この街に飛行場があったときの様子が書かれているんです」

「この街には、飛行場があったんですか？」

「そう、戦争前の話だけれど。陸軍の飛行場と飛行学校があったんですよ。飛行機も、何度か墜落したんだそうです」

「墜落？」

「そう。日本で初めての飛行機墜落事故は、この街で起こったんですって。与謝野晶子も、そのことに触れています」

見ると、わたしの手には与謝野晶子の本があった。詩歌集『舞衣』という本だ。大正五年刊行とあるから、これもかなり古い本だ。

「今ではその面影はないですけどね、この街はその昔、飛行場の町だったんですよ。全国から集められた将校やら飛行機のエンジニアやらが、たくさん住んでいたんです。将校さんはみな優秀で紳士で優しくて、娘たちの憧れでした。誰もが、将校さんの妻になりたいと――」

そして、アルバムがあった。

写真を貼る、アルバムだ。青いチェック柄の、古いアルバムだ。

「田中家の日々」という書き文字のタイトルが付けられている。

表紙を捲ると、ツーショットの写真が貼られていた。軍服を着た若い将校さんと、セーラー服を着た三つ編みの女学生。写真の下には、「俊哉《としや》と加代」と青いペンで書かれている。二人の名前のようだ。

さらにページを捲ると、この二人は結婚したようで、結婚写真が貼られていた。しかし次のページで夫の俊哉は出征し――。

アルバムを捲っていくうちに、わたしの意識がものすごいスピードで、物語を作り上げていった。長編映画を早送りで見るように、いろんな出来事が次々と展開していき、そして、あっというまに、ラストシーンを迎えるのだ。

主人公は、女学校に通う加代。初恋の相手である陸軍将校と結ばれるも、戦争で離れ離れに。戦後、片脚を失くして復員してきた夫に代わって仕事に出なくてはならなくなった加代は――。

「体を売るんですよ、進駐軍相手にね」

番台のおばあさんの声に、わたしの思考は遮られた。

「ほら、アルバムをご覧なさいよ。次の次のページ」

言われるがままページを捲ると、派手なメイクと服を着た女性の写真が、数枚貼られていた。女性の横には、白人と黒人の軍人。

「アメリカの進駐軍ですよ。陸軍将校の妻だった彼女は、外人さんに体を売って、生計を立てていたんです」

ページを捲ると、ミイラのようにげっそりと痩せ細った、片脚のない男の写真があった。写真の下には、昭和二十八年五月とある。

「その後、女性は妊娠、昭和三十二年には女の子を産みますが、夫は、妻が体を売っていたことを知り、彼女を家から追い出します。その夫もしばらくして死に、残された幼い娘は里子に出されました」

追い出された加代さんは、それからどうなったの？。

「彼女は、全国を転々として、最後は町田のちょんの間で体を売ってました」

「ちょんの間？」

わたしが訊くと、おばあさんはまた、にやりと笑い、一枚の写真をわたしの手の上に置いた。

お宮参りのときの写真だろうか？　赤い着物に包まれた赤ん坊と、両親らしき二人の大人が写っている。

「彼女が大切にしていた写真です」

「この写真が、なにか？」

「この写真の中にいる人物に、会いに行ったんです、加代は」

今一度、じっくり確認しようと写真を引き寄せたが、おばあさんのしわしわの手が伸びてきて、写真は奪われた。

「ところで、あなたは、誰なのですか？」

わたしが訊くと、おばあさんは、またまたにやりと笑った。

「わたしは、タナカカヨと申します」

タナカカヨ？　じゃ、あなたが、この写真のカヨ？

田中加代。

やっぱり、わたしはこの人を知っている。その名前、聞いたことがある。ああ、誰だったろう。

「あの。……わたし、あなたとどこかでお会いしましたか？」

21

〈二〇〇〇年六月〉


電車の中にいる。

この電車には何度か乗ったことはあるが、その駅に降りるのは初めてだった。地図で見てみると、駅の周辺はほとんどが工場か倉庫で、どうやらここは一種の工場団地であるらしい。駅前には何台かのマイクロバスが並んでいたが、人が降りる気配も、乗る気配もない。

時計を見ると、午後二時。約束の二時半までには十分に時間はある。ここから目的地までは徒歩十五分ほどとアナウンスされている。

わたしは地図だけを頼りに、線路沿いの道を歩き続けた。

右手に線路、左手にはどこまでも続く常緑樹の垣根。地図で見ると、垣根の向こう側は某有名メーカーの工場。すれ違う人はおらず、時折、大型トラックが通り過ぎるのみだ。これほど陰鬱な光景は初めてだ。常緑樹の鈍い緑と、道路の煤《すす》けた灰色、そして、チャコールグレーの空。どんなに気分が高揚していても、一分も歩けば重く重く項垂《うなだ》れてしまうだろう。私の足は砂に取られたように道路に沈み込んでいく。十五分経っても一向に景色は変わらず、目的地も現れない。恐怖と不安で、心臓の奥がちりちりと痛む。道を間違えた？　引き返したほうがいい？　地図、地図はどこ？

地図は、どこ？

え？　なにか得体の知れない視線を感じて、私の足がぴたりと止まる。誰かが見ている。誰かが、後ろにいる。

かっかっかっかっ。

靴音が、近づいてくる。しかし、私は振り返ることができない。それを確認してしまったら、私はただではすまない。指先からじんわりと汗が染み出し、それはあっというまに全身に回った。

早く逃げなくちゃ。

かっかっかっかっ。

早く、逃げなくちゃ！

かっかっかっかっかっ。

早く、早く、……逃げなくちゃ！


「お待たせしました」

顔を上げると、そこにはひとりの若い男性が立っていた。

私は軽く頭を振ると、慌てて立ち上がった。腕時計を見ると、約束の時間を十分ほど過ぎている。

「お待たせしました。バイトの面接が押してまして」

男性が、慇懃無礼に、頭を下げる。

ああ、そうだった。五分前に到着した私は、ここに通されていたのだった。大会議室という名前がついたその部屋は、「大」という冠に相応しい広い部屋だったが、自動販売機が二台と机が三台、そしてホワイトボードが一台。あとは白い壁と天井と床が広がるばかりだった。まるで、白い洪水。

「オノダと申します」

手がにょきっと伸びてきて、その先には名刺があった。男性の着ている白い作業服のせいで、透明人間のように壁と同化してしまっている。

オノダさんが椅子に座ったところでようやく目が慣れた。

「ところで、わたくしに訊きたいことってなんでしょう？」

「お電話でもお話ししましたが、三芳珠美さんのお兄さんのことについて、お伺いしたいのです」

「ああ、ジュンイチさんのことですね。しかし、彼の妹さんが三芳珠美なんて、全然知りませんでした。ま、もっとも、ここで働いている期間工でプライベートな話をする人なんか、ほとんどいませんが。短くて一週間、長くて一年周期で各地の工場を回っている人たちですからね、深い話なんかしないんですよ、みんな」

「それで、ジュンイチさんは？」

「それが、急に工場替えが決まりまして。先週、ここは辞めました。今は北海道の工場に」

「北海道……」

「これからの季節、いいですよね、北海道」

「ジュンイチさんは、ここにはどのぐらい？」

「ちょうど一年ぐらいでしょうか。その前は、愛知の工場だって言ってました。ほらこのご時世でしょう？　なかなか就職できなかったらしくて、大学を卒業と同時に請負会社に登録して、そして期間工になったみたいですが。……実は、わたくしも、そうなんです。就職が決まらなくて、アルバイト情報雑誌で見つけて、登録したんです。まあ、わたくしの場合は運よく、この工場に契約社員として採用されましたから、ジュンイチさんのように、日本全国を転々とすることはなかったのですが。……ジュンイチさんも、どこかで落ち着けばいいのに。あの人、仕事できましたから、その気になれば。ここの工場だって、契約社員にならないかって、誘いがあったんですよ。でも、自分は、放浪する身が似合っているとかなんとか。……あの人、はじめは、天涯孤独、なんて言っていたんですよ。なんだって、そんな嘘を。なにか、家庭に問題があったんでしょうかね」

「ジュンイチさん、8ミリフィルムを持っていませんでしたか？」

「8ミリフィルム？」

「ええ、三芳珠美さんが持っていた、8ミリフィルムです」

「なんで、8ミリフィルムのことばかり訊くんですか？」

「いえ、あの」

「フィルムのことが、そんなに気になりますか？」

「というか……」

「そのフィルムに、なにが映っているんですか？」

「いえ」

「まさか、あなたが……？」

「違います」

「あなたが、やったんですか？」

「違います！」

「いえ、あなたがやったんですね？」

＋

やめてください！


また、声がしたような気がして、桜子は顔を上げた。……たぶん、いつものやつだ。換気扇のいたずら。

ディスプレイに、スクリーンセーバーの幾何学模様がゆらゆら揺れている。適当なキーを押すと、〈最終章〉という文字。

ようやく、ここまで来た。残すは、この最終章のみ。

もう、ゴールは近い。だが、そのゴールをどう演出するか、その方法について、桜子はもう一週間も悩んでいた。

はじめから読み直してみる。

悪くはない。

でも、きっとこのままでは西岡は言うだろう。

「何かが、足りないですね」

何が足りないのかはっきり言及することはなく、「足りない足りない」を繰り返して、これ見よがしのため息をいくつも原稿に吐きつけるのだ。

そう。何かが足りない。分かっている。

やっぱり、フィルムが必要だ。珠美が残した、フィルムが。

22

……、…、……、…、……。

……、…、……、…、……。

八十二日目。

今日は人の出入りが激しい。たぶん、研修医たちがわたしを見学しにやってきたのだ。何日か前もあった。

講師らしき医師がわたしに起こったアクシデントとその経過を説明し、若い研修医らしき男女たちが、矢継ぎ早に質問を繰り出す。

わたしは、いい見世物だ。

ああ、悔しい、こんなふうに見世物にされても、なにも言うことができない。

ああ、もどかしい。

ああ、口惜しい。

ああ、悔しい！

有刺鉄線のような怒りがあちこちから伸びてきて、わたしの体をぐるぐる巻きにする。

痛い。

どうしようもなく、痛い！

「ほら、見てください」

声がする。いつもの医師の声だ。たぶん、わたしの主治医だろう。名前は、〝スギモト〟というらしい。いつだったか、看護婦らしき人にそう呼ばれていた。スギモト医師はその声から男であることは間違いないが、歳はいまひとつ分からない。ただ、熱心な人であることは確かだった。この人は、日に何度もわたしを訪ね、そして、なにか記録をとっている。

今も、研修医たちに説明しながら、記録をとるのに夢中だ。会話の内容から、わたしの脳のイメージ画像を見ているようだ。エムアールアイ？　という名称の画像のようだ。

「ここです。脳のこの部分を見てください」

スギモト医師がはしゃぎ気味に言うと、もうひとつ、男の声が聞こえた。はじめて聞く声だ。

「あ、この部分だけ、色が付いていますね」

「色が付いている部分は、反応していることを示しています」

「この部分は、どんな場所なんですか？」

「痛みを感じる場所です」

「痛み？　では、肉体的な痛みを感じていると？」

「いえ、肉体的な痛みはないはずなのです。なにしろ、感覚がすべて麻痺していますから」

「では、なぜ、痛みを感じる部分が？」

「そこなんです。そこが、なんとも興味深い。ところで、こんな報告があります。人間は、嫉妬や恨みなどの強いネガティブな感情を抱くとき、痛みを感じる部分が激しく反応します。嫉妬や恨みが生活に支障をきたすほど辛いのは、実は、激痛を感じているからに他ならないのです」

「なるほど。……なら、この患者は、今、どのような状態にあるんですか？　嫉妬や怨みを感じていると？」

「まさか。それはありません。ご覧のとおり、この画像からは意識反応はまったくない」

「でも、痛みは感じている？」

「そうなんですよね。……不思議です。実に、興味深い。ただ、ひとつ言えるのは――」

スギモト医師が、慎重に言葉を選びながら言った。

「痛みを感じるというのは、生きている証だともいえます。いや、痛みが人を生かしているといえるのかもしれない」

痛みを感じるから、生きている？

痛みが、人を生かしている？

なら、もっともっと痛みを感じれば、わたしはこの状態から解放されるのだろうか。この役立たずな肉体も、元どおりになるのだろうか。

もっともっと痛みを感じるには、どうしたらいい？

——人間は、嫉妬や恨みなどの強いネガティブな感情を抱くとき、痛みを感じる部分が激しく反応します。

恨み。

恨みが、わたしを救うの？

恨みなら、もうすでにわたしの体に充満している。すでにわたしの中は恨みだらけだ。きっと、生まれたその瞬間から、わたしは恨みまみれだ。それが辛くて仕方なかったけれど、でも、この恨みが、わたしを生かしているのね。

なら、わたしは、もっともっと恨む。

わたしを、こんな境地に追い込んだやつを、細胞のひとつひとつまで、恨み抜いてやる。

だから、思い出さなくては、その日のことを、そいつのことを！

きっとそいつは、今頃、呑気に生活しているのだ。外の風景を見て、「ああ、いいお天気だ」などと、のたまっているのだ。わたしのことなど、すっかり忘れて。自分の悪行などすべて忘れて。

そうはさせない。

わたしは、このままでは終わらない。

このままでは終わら――。

…………、……、…………………、…………。

…………、……、…………………、…………。

……聞こえますか？

……分かりますか？

誰かが、繰り返し呼び掛けている。

ああ。セトウチさん。その声は看護助手のセトウチさんね。

……聞こえているんでしょ？

……あなた、本当は意識があるんでしょう？

ええ、そうです。わたしは、こうして、ちゃんと意識があります。

よかった。ちゃんと分かってくれる人が現れたんですね。

あ、思い出しました。

ずっと思い出そうとしていたんです。昔見た、映画について。わたしと同じような境遇の兵士を描いた、映画について。

『ジョニーは戦場へ行った』

そんなタイトルだったと思います。

戦場で負傷し、植物状態で病院の一室に寝かされているジョニー。彼には意識があるけれど、誰も気がつかない。でも、ラスト近く、ジョニーのサインに一人の看護婦が気がつくんです。

ああ、わたしにも、そんな人が現れたんですね。

わたしにも、まだ希望が残されていたんですね。


……聞こえますか？

……私の声が聞こえますか？

はい。ちゃんと聞こえています。

……私の声が聞こえているのなら、なにか、サインをください。

サイン？……どうすればいいかしら。どうすれば、伝わるかしら。

瞼。もしかしたら、瞼は開けられるかもしれない。だって、今、なにか影が横切ったんです。影が分かるということは、光を感じているということよね。

ああ、そうだ。これは、青空。青空の眩しさだ。

……聞こえますか？

……聞こえますか？

はい。聞こえています。ちゃんと、聞こえています。

セトウチさんの声をつたうように、わたしは時間をかけてゆっくりと、瞼に力を注ぎ込む。

23

錠剤をいつもより多く喉に流し込むと、桜子はほっと一息ついた。

原稿の末尾に打ち込まれているのは、〝了〟の文字。

「終わった」


モノレールには、ほとんど人はいなかった。シートに座る人もなく、向こう側の車窓には多摩丘陵のパノラマが広がっていた。

ここから見る多摩の丘陵は、箱庭のようだ。

歩けば一時間はかかるようなあちら側の街が、手に届くような距離感でちんまりと佇んでいる。上から大きなピンセットが下りてきて、ちょこんちょこんとミニチュアハウスを置いて出来上がったような住宅街。そして、絵の具をたっぷりとつけた筆がにょきっと伸びてきて、気まぐれで色をつけたような緑。見上げれば、くりくりと大きな真ん丸い目がこちらを覗いているのではないだろうか。そして、私はモノレールごとその指で摘みあげられて、ぽいとどこかに投げ捨てられるのではないか。

が、次の駅で、せっかくの風景に邪魔が入る。

いったい、なんの集まりなのか、同じような服を着た団体が、私の前にずらりと並んで、私の視界を遮る。あっというまにぎゅうぎゅう詰めになった車内に視線を遊ばせる場所はなく、私は体をひねると、後ろの窓外に視線を逃した。

線路沿いの建物を何軒か通り過ぎた後、灰色の細長い建物が近づいてきた。病院だろうか。窓がひとつ、開いている。入院患者なのだろうか、ベッドに誰かが横たわっている。その人の体からは複数のチューブが伸びており、それはなにか、有刺鉄線のようだ。

私は、視線を車内に戻した。

いつのまにか、あの団体はいなくなっている。はぁと肩の力を抜くと、私は膝の上の原稿をランダムに捲っていった。

我ながら、うまくいったという達成感があった。こういう達成感はなかなか得られない。もしかしたら、デビュー作以来かもしれない。あのデビュー作も書き上げたことそのものに満足して、それ以上のことは望みもしなかった。そのときと同じ手ごたえがある。

きっと、この作品は商業的にも成功する。

野老澤奇譚。

この小説に付けられたタイトルだ。西岡がつけた。はじめは気に入らなかった。なにしろ、これは、三芳珠美に与えられたタイトルで、そしてプロットだった。

でも、今は違う。これは、私の作品で、私が作り上げた作品なのだ。

「あ」誤字を見つけた。

バッグの中に手を突っ込み、ペンを探す。

現れたのは、キティ柄の、ピンクのシャープペンシル。

うそ。なんで、これが、ここに？

私はそれをバッグの奥に仕舞い込むと、しぃしぃと細かく息を吐き出した。

大丈夫。私は、成功する。この作品で成功する。だから、前だけを見て。


「駄目ですね」

しかし、西岡はそんなことを言った。多摩センター駅からほど近いカフェテラス。見覚えのあるキャラクターが大きくプリントされた風船が、目の前を過ぎり、そしてそれは天井で止まった。左横のテーブルに座る女の子の小さな手が、天井に向かって悲しげに伸びている。

その手を見つめるのは、斜向《はすむ》かいのテーブルに座る女の子。この子は三十分ほど前に母親とここに来て、そしてサンドイッチとアイスクリームを平らげた。風船と遊ぶ女の子をずっと恨めしい顔で見ていたが、今はどこかせいせいしたような表情をして、微笑んでいる。

「駄目だね」

西岡は、繰り返した。

この原稿を読みはじめて、一時間も経っていない。一時間ぐらいで何が分かるの？　そもそも、ちゃんと読んだの？　たった一時間で？

思ったが、それは言葉になる前に、唇と頬を痙攣させるに止まった。

分かっている。この人は編集者で、プロだ。一時間もあれば、長編一本ぐらい、なんなく読める。そして、それがいいのか悪いのか、判断することも。

「いや、でも」

西岡は、続けた。

「まったく駄目ってわけでもない。なかなか読ませる部分もある。でも、圧倒的なナニカが足りない」

圧倒的な、ナニカ？　またまたそんな曖昧なことを言って。いつでもそう。具体的なことはなにも提示してくれずに、ナニとかアレとかナントナクとか。

「そう。闇が足りないんだ。闇が」

闇？　具体的な指摘があったと思ったら、闇？

私は、この手垢がついた言葉に、あからさまに苛ついた。なのに、西岡は続けた。

「欲や嫉妬や悪意や殺意を、世間は一方的に〝闇〟とひと括りにして片付けてしまうけれど、この感情は万人が持っているもので、ということは、人間にとって必要な脳の働きなんですよ。もっといえば、この〝闇〟の要素こそが、人を生かしている。これがまったく浄化されれば、たぶん、人は生きる意思を失う。つまり、生きるという行為そのものが欲や嫉妬や悪意や殺意に集約されるんです。一方、無欲や寛容や善意や慈悲は、むしろ社会的に作られた要素だと思うんです。なぜか。それは、ヒトが生き延びるためです。ヒトが生きるには、社会が必要で、社会には、ルールと秩序と宗教が必要で、ヒトは、後天的にそれを身につける必要があるんです」

「つまり、性悪説ってこと？」

長々と説明した事柄がひと言で片付けられ、西岡の口元が不機嫌そうに歪んだ。しかし、すぐに取り繕うと、いつものへらへら笑いを浮かべながら、言った。

「まあ、そうですね。僕はどちらかといえば、性悪説派ですね。でも、今の世の中は、圧倒的に性善説に傾いていますけどね。しかも、かなり歪んだヒステリックな性善説。そのおかげで、ずいぶんと窮屈な世の中になってしまいました。悪は異端視され、悪いと思われるものは、すべて排除しろと。まるで、強迫神経症社会だ。それが、閉塞感の元凶でしょうね。でも、こんな今だからこそ、〝闇〟は商売になるんですよ。人間は、どうあがいても、〝闇〟

と言われる感情なしでは生きていけないんですから。そういうふうに、脳はできている。だからこそ、作家は登場人物の〝闇〟に迫らなくちゃ。土足でズカズカと踏み荒らすぐらいの。――三芳珠美は、やりましたよ、容赦なく、闇に迫っていた」

三芳珠美の名前を出されて、私の顔に、瞬時に皺が描かれた。

この西岡という男は、こういうときに決まって、三芳珠美の名前を出す。それを出すと、私がどういう状態に陥るのか知っているくせに。……知っているからこそ、ここぞとばかりに、その名前で、私の感情を抉る。私は、前髪のひと房を右人差し指に巻きつけた。力を込めると、髪の毛が二本、テーブルに落ちた。

「参考までに……」

私は言った。「参考までに、三芳珠美が書こうとしていたプロット、教えてくれませんか？」

「それは駄目です。読めば、必ず三芳珠美に引っ張られる。それだけ、力のあるものですから」

私の人差し指にさらに力が入り、三本目の髪が、抜け落ちる。

「三芳珠美は、本当にすごかった。あの人こそ、生まれながらの小説家ですよ。僕は、原稿を読むたびに、膝から力が抜けていくようでしたよ。あまりの迫力に、こちらのエネルギーが蒸発してしまうんです。とにかく、三芳珠美はすごいんだ。自分の過去や家族ですら、闇の中から引っ張り出してくる」

それから西岡は、三芳珠美の話を延々と続けた。これはただの無神経なのか、それとも意地悪なのか。いずれにしても、私の負けず嫌いの火にガソリンを振り掛けるほどの効果はあった。

「私、赤ちゃんを堕ろしたことあるのよ」

私は、西岡の言葉の隙を狙って、唐突に言った。それは、今まで一度も言葉にしたことがないことで、いわば、〝秘密〟に属する事柄だった。でも、今この場を切り抜けるには、言わずにはいられなかった。このまま黙秘していれば、この場は三芳珠美だらけとなり、正気でいられる自信がなかった。この場を取り繕うには、ここにいるのは三芳珠美ではなく私であることを、目の前の男に知らしめなくてはならない。そのためには、とっておきのカードを出すしかないのだ。私は、一呼吸すると、言葉を並べ立てた。

「三年前のことよ。デビューして一年目の頃よ。赤ん坊の父親は――」

職場の男。顔を見るのもいやな男。なのに、駅前の道を歩いていたら、声をかけられた。「落し物だよ」。彼が示した落し物は、私のものじゃなかった。どこにでも売っているようなキティ柄のピンクのシャープペンシル。きっと、たった今、そこら辺のお店で調達してきたのだろう。値段シールの端がうっすら残っている。

でも私は、「はい、私のです」と、それを受け取り、そのあと映画を見て、とんこつラーメンを食べて、ホテルに行った。

はじめてだった。でも、そうと悟られないように、自分から服を脱いでいった。彼は性急で、服を着たまま私の脚を割り、自分の性器を深く深くねじ込んできた。それは何度も何度も私の膣を擦りつけたが、あまり痛さは感じなかった。ただ、それが抜かれたあと、膣に鈍い痺れが残ったことだけはよく覚えている。大きく広げさせられた脚の付け根もひりひりと痛み、私は、なかなかベッドから体を起こすことができなかった。口の中には、彼のざらついた舌の味が残っていた。ホテルに入る前に食べたとんこつラーメンの脂と、それをかき消そうとした口臭消しのガムのミント味。

私の体から離れた彼は、なにかに追い立てられるように、せかせかと身支度をはじめる。彼を呼び止めようと上げた腕はすぐに力を失い、乳首に、落ちた。

粘つく指で、テレビのリモコンを出鱈目に押してみる。誰かが殺された。そんな、いつものニュースが流れている。被害者の顔が大写しになる。どこかで見たような顔。どこにでもいるような中年の女性。どこにでもありそうな名前。大企業のOL？　そんな人がどうして殺されたのかしら。しかも、あの円山町で。しかも、アパートの一室で。私が殺されたら、どんな写真が使われるかな？　中学校の卒業アルバム？　入試のときに使った証明写真？いやだ、どちらも好きじゃない。今度、ちゃんとした写真を残しておかなくちゃ。

彼は帰りの準備を着々と進め、私の疲労にはまったく気がつかない様子で一万円札一枚だけを置いて、部屋を出て行ってしまった。床には、キティ柄の、ピンクのシャープペンシル。残された私はそれを拾い上げ、何度かノックしてみる。芯がもったいをつけてにょきにょきと伸び、でも、二ミリもしないうちにぽろりと落ちた。

私は、一万円で体を売ったんだ。

そう思うことにした。三十過ぎの女の、ぎりぎりの自尊心。

聴き覚えのある声が流れてきた。

いつのまにか歌番組がはじまっていた。あ、今日はこの番組がある日だったんだ。ビデオ、セットしておくの忘れた。でも、まあ、いいか。この歌番組、ちょっと子供っぽいもの。そろそろ卒業ね。……そう、私、子供じゃないもの。体を売ったんだから。

真っ白いフリルドレスを着たアイドルが新曲を歌っている。笑っているくせに、目がどこか冷めている。可愛らしい仕種も、どこかおざなりだ。髪を飾るリボンも、どこかしおれている。

あなたはどうなの？　そんなロマンチックな曲を歌っているけれど、あなたはどうなの？

もう、誰かに抱かれた？　ぶりっこしているけれど、やることはやっているんでしょう？　そうでしょう？　そのとき、あなたはどんな感じだった？　私？　私は、私は……。

ベッドに散らばるシャープペンシルの芯。私は、その一本を拾い上げると、それを手首の血管に突き立ててみた。でも、それはあっけなく折れ、手首に小さな点だけを残した。

「――その数ヶ月後、私はその男の子供を堕ろした。誰にも知られずに、ひっそりと」

私は、心臓を押さえた。鼓動が速すぎて、痛い。自然と、目尻に涙がたまる。ずっとずっと隠してきた秘密、体中に震えが回る。

「そのときから、やめられないの。痛み止めのお薬。一日に、一箱、飲んでしまうこともある。そうよ、私は、ヤク中なのよ、いかれているのよ！」

なのに西岡は、私の告白を平然と聞いていた。顔色ひとつ、変わってない。そんなこと、たいしたことないですよ、といわんばかりの表情に、私は今まで経験したことがない屈辱を覚えた。

喩えるなら、悩み抜いて決心した覚悟のヌードシーンをあっけなくカットされた売れない女優のようだと、私は自虐的に思った。

「まだまだですね」

西岡は言った。

「そんなこと、ありふれていますよ。珍しいことでもなんでもない。僕が求めているのは、もっと痛々しい〝業〟なんですよ」

業？　例えば、どんな？……珠美はどんな業を書こうとしていたの？

「三芳珠美は、本当に、すごかった。あの人こそ、小説家だ」

またあの子の話をするのね。私が、とっておきの不幸を披露しても、それでも珠美にはかなわないというのね。

でも、あの子はもういない。

あなたが、やったのでしょう？

西岡さん、あなたが、三芳珠美を、マンションから突き落としたのでしょう？

だって、あなた、一九九九年の十一月二十二日、所沢にいたでしょう？

私、知っているのよ。

私、持っているの。

ほら、これよ。8ミリフィルム。三芳珠美が、最後に撮ったフィルム。

「なんですか？　それは」

だから、これは。

え？　ない。フィルムが、ない。

嘘よ、私、ちゃんと見たのよ。

「フィルムなんて、はじめから、なかったんじゃないですか？　全部、夢なんではないですか？」

違うわよ、夢なんかじゃないわよ、夢なんかじゃ！

「いえ、夢ですよ。すべて。これは、夢なんです。夢だと、ちゃんと意識するんです。夢をコントロールするんです。でなければ、夢に呑み込まれますよ」

夢に……呑み込まれる？


視線を上げると、モノレールの中だった。

どこかで、赤ん坊の泣き声がする。

どんな集団なのか、同じような服を着た——。

私は、膝の上を恐る恐る見てみる。

原稿は？　原稿はどこ？

私を成功に導く、原稿は？

体を捻ると、車窓の外、原稿が舞っている。

真っ青な青空。白い飛行機雲が一本、くっきりと描かれている。

ダメ、それは私の原稿よ、誰か、その原稿を拾って！

原稿の一枚が、灰色の建物に吸い込まれていく。

窓がひとつ、開いている。

誰かが、ベッドに横たわっている。

有刺鉄線のようなチューブに繋がって。

お願い、そこの人、その原稿を、その原稿を拾ってください、お願いです。

お願い！

24

聞こえますか？

聞こえますか？

……聞こえています。

長い間使わなかった水道の蛇口を捻ったときのように、空気が喉からぼこっと抜けた。これ、わたしの声？　わたしは、確かめるように、もう一度言った。

……聞こえています。
しかし、相手はなにも応えない。
もしかして、わたしの声、聞こえてないの？
紗《しゃ》のかかった風景の中に、白衣の誰かが浮かんでいる。その人は、続けて質問した。
「お名前は、分かりますか？」
……名前？　名前？　わたしの名前？
「そう、あなたの名前です」
わたしは、わたしは……。視線をずらすと、窓が開いていた。
真っ青な青空。白い飛行機雲が一本、くっきりと描かれている。
「わたしの名前は――」
言いかけたとき、気配を感じ、わたしはそちらの方向に視線を動かした。
見ると、女がひとり、こちらを見ている。
ああ、あなた。わたし、あなたのこと、知っている。
ちょっと、待って。今、思い出す。
だから、ちょっと待って。もう、そこまで出ている。
あなたは、あなたは……。

あなたは……。

強い反射が横切り、わたしの視界は一瞬、遮断された。

「ああ、やっぱり、意識は戻っていない。脳波に変化があったので、もしやと思ったが」

医師が、落胆の声を上げた。

ああ、スギモト先生。

わたしの主治医の、スギモト先生ですね。

ということは、わたし……、今まで夢を見ていたんですね。

今日は、何日目かしら。カレンダーに、×印をつけなくちゃ。

九十日目。……三ヶ月が経った。

「そうですか、やはり、駄目ですか」

誰？　男の人？

ああ、その声。時々、この部屋に来てくれていた人ね。

――あ、さっちゃん。

さっちゃん？　それ誰のこと？

男は、間違いなくそう言った。

「さっちゃん」

男はもう一度、繰り返した。

だから、さっちゃんって誰？

「さっちゃん」

ニシオカさん？

ああ、わたし、あなたのこと、知っているわ。

あ、もう一人、いる。あなた、前にも来てくれたわよね。この匂い、……とても懐かしい。

いつでも、わたしの側にあった香り。そして、その鈴の音。

ちょっと待って、今、思い出す。

わたしね、だいぶ、思い出してきたのよ。きっと、あともう少しで、すべて思い出す。

あ、また、誰か、来た。

え？　今日はどうして、こんなに人が集まっているの？

そうか。この病院に来て三ヶ月が経ったから、ここを追い出されるのね。次は、どの病院？　次は――。

第四章
さそり座の女

私が知っている彼女たちの情報は、ここまででございます。

さて。

他に質問はございませんか？

え？　今回、この部屋が売りに出された経緯ですか？

さあ。

詳しいことは分かりかねます。

仮に、知っていたとしても、これは個人情報にあたるものですから、軽々しく口外することはできないのです。守秘義務ってやつですね。

そう。告知義務がある一方、業務で知り得た個人情報等は、第三者に漏らしてはならないのです。なので、どうぞ、ご了解くださいませ。

では。

本契約のほうに進ませてもらっていいでしょうか。

え？　このペンですか？　すみません、なにか子供っぽいですよね。小さい頃、母に買ってもらったんです。ピューロランドで。ペンのお尻についている鈴が気に入って、なぜか、手放せないでいるんです。もう、インクもなくなって、ペンとしては全然使えないんですけれど、こうして、持ち歩いてしまっているんです。

では、本契約のほうに——。

あ、余談ですが。

不動産などの大きな買い物をすると、それまでの運をすべて使い切ってしまうんだとか。つまり、自分を守る鎧《よろい》が剝がれ、丸裸になった状態。なので、購入後、しばらくは「ついてないな……」という不運が続くんだとか。大きな買い物であればあるほど、実力以上の買い物であればあるほど、その傾向は強いと聞きます。

……いえいえ、今の話は、気になさらないでください。

お客様は、存分に、最上階の生活をお楽しみくださいませ——。

25

〈二〇一〇年十一月〉


「そう。結局、その辺のことは教えてくれなかったんだよな」

川尻孝義《かわじりたかよし》は、デスクに並べた契約関係の書類に視線を這わせながら、受話器を持ち替えた。

「なんか、あの不動産屋も、頼りないというか、いまいち信用できないというか。だってさ、重要事項の説明を、手付を入金したあとでするって、……どうよ？　普通、そういうの、仮契約のときに説明するもんじゃん？　手付を入れたあとに、あれやこれや言われてもね……。うん、なんかね、変な噂があるみたいなんだよね。心理的瑕疵物件ってやつ？　そんなこと言われたら、なんか気持ちが冷めるじゃん？　だからって、じゃ、やめます、なんて言えないじゃない。だって、手付の百万円がパーだよ。それにさ、銀行のローン審査も、下りちゃったんだよね。ここまで来たら、もう引くに引けない。え？　うちの奥さん？　それがさ、すっごく気に入ってんの。明日にでも引っ越したいって。そりゃ、今住んでいる２ＬＤＫのこのアパートに比べれば、豪邸だけどさ。……いやいや、今のは言葉の綾、本当の豪邸なんかじゃないよ、普通の3LDKのマンション。一部屋増えるだけ。ま、広さは今のところの倍以上だけど。……建った当時は、市民羨望のお高いマンションだったらしいけど、今じゃ、似たようなマンションが続々とできて、値崩れもしているしさ。だから、俺みたいな底辺漫画家でも、手が出たんだけど。……つっても、ローン審査に通ったのは、奥さんのお蔭だけどね。やっぱ、正社員という肩書は偉大だね。それに、一応課長さんなんだよ、うちの奥さん。……いやいや、違うよ、無駄に勤続年数が長いってだけで、お鉢が回ってきたんだよ。

え？　奥さんの勤務先？　練馬にある会社なんだけど。名前言っても分かるかなぁ。一応、その業界の中では老舗で、上場企業ではあるらしいんだけど。

え？　引っ越し？

引っ越しは、今月末。もう、今、てんやわんやだよ。連載の締め切りも抱えているのにさ。引っ越しのあれやこれやを全部押し付けられて。奥さんから見たら、暇人に見えるんだよ、俺。で、今も、転居案内兼年賀状の名簿を作っていたところ。

……そういうことだから、その仕事、ちょっと無理かな。ほんと、ごめん。さすがにさ、今日で明後日っていうのは……。十六ページだろう？……うーん、やっぱり無理だ。ほんと、ごめん。安請け合いして、穴埋めが穴空けたら、シャレになんないでしょ。ほんと、ごめん」

川尻は、相手が受話器を置くのを確認すると、自分もそっと受話器を置いた。

きっと、今頃、「あいつ、結婚してから変わったよな」などと、愚痴を吐かれていることだろう。「以前は、どんなに無茶な急ぎの仕事だって穴埋めだって、躊躇なく飛びついてきたのに。今じゃ、いっちょまえに、仕事を選んできやがる。万年売れない四コマ漫画家のくせに。稼ぎのいい嫁をもらって、あぐらをかいているんだ」

ああ、そうだ、まったくそのとおりだ。今の俺は、嫁、郁恵《いくえ》の稼ぎで、十分に暮らしていける。それを世間はヒモだの髪結いの亭主だの陰口を叩くが、それがどうした。生活保護受給者より低い収入で、真冬に冷ごはんに水をぶっかけて食べていた身を思えば、なにを言われようが屁でもない。このまま、ヒモ……いや、主夫を貫く人生も悪くない。幸い、一人暮らしが長かったせいで、家事は完璧だ。料理などは、俺のほうが明らかに上手い。掃除も洗濯も、俺がやったほうが手際がいい。

でもな……。

年賀状の名簿がようやく完成して、淹れたばかりのコーヒーを飲みながら、川尻はぼんやりとそれを眺めた。

みな、いろんなところに住んでいるな。あの人はあそこに住んでいるんだ、地味な感じなのに結構いい収入なんだな。この人はあそこに引っ越したんだ、お気の毒。旦那さんの転職が失敗したか。……知らず知らずのうちに、住所によってランク付けしている。集合住宅の場合はマンションかアパートか、何階か、などの情報からさらに細かくランク付けしている。我ながら卑しい行為だと、川尻は苦々しく口元を歪めた。

小野崎光子。

視線が止まる。

誰だったろう。

鎮痛剤を飲んだときのようにふわっと意識が軽くなる感じがして、少し不安になる。名簿は、A４の用紙に三枚。連絡が途絶えた人や関係が潰《つい》えた人を削除、逆に新しく付き合いができた人を追加して、半日かけてようやく完成させたものだ。慎重に更新したつもりだが、なにか手違いがあったのかもしれない。それとも、一度しか会ったことがない仕事関係の人か。川尻は、一度しまった名刺ホルダーをもう一度引っ張り出した。

表紙を捲ると、その名前はあっけなく現れた。

小野崎光子。しかし、肩書はない。

……誰だったろう？

名刺は、なんの変哲もない白い厚紙だった。書体も明朝体とゴシック体を組み合わせた縦書きのもので、個性と自己主張に重きを置いたデザインが主流を占める中、逆を行くような控えめ加減だ。裏を返すと、なにか書き殴られている。川尻自身が記したメモだ。

さそり座。

「ああ、さそり座の女」

ようやく、記憶が反応した。そうだ、そうだ、さそり座の女だ。

「わたし、さそり座の女なんですよね」

この唐突な台詞のほうが印象的で、名前を記憶しておくのを忘れていたらしい。

——そうそう。先月のはじめに会った、黒スーツの、おばさん。タウン誌に載せる記事を取材しているとかで、うちに訪ねてきた。編集者だろうか？　いずれにしても変な人だった。癖のある早口で、占いなんか信じないわ……などと散々まくしたてた挙句のこの発言に、なるほど、と軽く頷いたものだ。

星座による性格付けは、結構当たっている。というよりも、自ら、星座のキャラクターに当てはめているのだろう。女性の場合、物心付いた頃から星座占いの話題がそこらじゅうに転がっている。少女漫画の占いコーナー、朝の番組の星座ランキング。そんなものにまみれているうちに、知らず知らずのうちに、星座の性格に自分を近づけていくわけだ。例えば、みずがめ座の場合、「理性的でクールな性格」というコピーを繰り返し見せられた末、感情的で暑苦しい性格であってもいつのまにか、クールな理性家を気取るようになってくる。そのせいか、みずがめ座の人は「私、みずがめ座の女なんです」というような話題の振り方はしない。

経験からいうと、「私は、〜座の女なんですよね」と自嘲気味に、なのにどこか自慢げに言う女性は、ほとんどさそり座だ。懐メロの歌謡曲が影響しているのかもしれないが、「私、さそり座の女なんですよね」と自らをこう呼ぶ女に、ろくなのはいない。それは、遠まわしに、「私、魔性の女なの。近づくと火傷するわよ」と言っているようなもので、一見おとなしく見えるが内面には炎のような執念と情熱を隠し持っているのよ、覚悟してね、と脅しているのだ。一種の威嚇なのかもしれないが、そんなことをしたところで、どんな効果があるんだろうか。

川尻は、名簿にペン先を置くと「小野崎光子」の欄の横に×印を描いた。いや、でも、またどこで会うか分からない。この人をきっかけに仕事が入るかもしれない、と思い直し、×印に抹消線を引いた。

「なんだよ、俺」川尻は、抹消線の上でペンを止めた。「なんだかんだ言って、結構、欲が残ってんだな」

現状維持。それが口癖になってどのぐらい経つのか。維持するほどの現状でもないくせに。

ただ、衣食住に困らない、その程度の現状なのに。嫁の扶養家族になっても構わない、などと友人たちには言ってはいるが。心のどこかでは、まだ、一発逆転を狙っている。

大学生の頃に少年漫画誌の新人賞に入選しデビューしたはいいが、鳴かず飛ばずが十年ほど続き、アシスタントとバイトでなんとか暮らしてきた。その後、ギャンブル誌とエロマンガ誌と業界紙で四コマ漫画や挿絵の仕事を定期的にもらえるようになったが、やはりこれだけではカツカツだ。でも、今さら引き返せない、こんな歳で他になにがやれる？　もう四十路だぞ？　と半ば人生諦めていたときに、今の嫁と出会った。去年の暮れのことだ。中学校の同窓会で再会して……と、まるでドラマのような成り行きだった。正直、嫁のことはあまり覚えていなかった。彼女は転校生で途中からほとんど学校にも来ていなかったので、名前も忘れていた。が、嫁は川尻のことをよく覚えていて、職業を問われたので答えると「すごい、夢を叶えたんだね」と、目を輝かせた。後に、彼女が持ってきた卒業アルバム、将来の夢という定番ページには、確かに「マンガ家」と書いている。そして、よく見ると、嫁の枠にも、「マンガ家」とあった。

〝漫画家〟という肩書にいまだドリームを持っている嫁は、同窓会中も川尻になにかと話しかけ、その後も頻繁に連絡をくれるようになった。気がつくと彼女の部屋で同棲するに至り、今年の六月に入籍。そして、夢のマイホーム。

「なんだか、この一年で、人生がヘアピンカーブ並みに、急展開したな……」

収入の心配がない、というこの安心感が、これほど偉大だったとは思ってもみなかった。持病の胃痛は呆気なく治り、不眠症も解消した。なるほど、最近の女性が専業主婦志向なのは、こういうことなのか。

このまま嫁の扶養下に入って、専業主夫に徹するのも悪くはないと思う反面、それでいいのか？　という声も、一日のうち三回は聞こえてくる。薄皮一枚でまだぶら下がっている男のプライドというやつだ。なにより、嫁が惚れているのは、〝漫画家〟という肩書なのだ。夫婦円満を続けるには、この肩書は大切なアイテムだ。このアイテムがあるから、嫁は、稼ぎがほとんどない亭主にも拘《かか》わらず、尊敬の眼差しを向けてくれる。が、このままだと、間違いなく、そのアイテムを失うことになるだろう。揺るぎない安定を手に入れたこの一年、漫画に対するモチベーションも危機感も薄くなっていくばかり。そのせいか、先月、五年間続けた連載がひとつ、終わった。

「やっぱり、このままだとヤバいよな」

川尻は、年賀状の名簿に、×を描いたりそれを消したりを繰り返しながら、呟いた。

「ここで、なにかひとつ、大きな仕事をしないとな……」

川尻は、名簿の中のその名前に、ペン先を置いた。

26

「久しぶりだな、同窓会以来？」

池袋西口の飲茶《ヤムチャ》屋。ランチセットが揃うと、大崎伸夫《おおさきのぶお》は改めて、川尻に視線を合わせてきた。

大崎は中学三年生のときの同級生で、ずっと音信不通だったが五年前、再会した。馴染みの編集者が連れてきた風俗ライターが、偶然にも大崎だったのだ。それからは、彼が取材してきたネタを川尻が漫画に起こす……という仕事を何度かこなしたが、二年前、大崎が小説家デビューをしたのをきっかけに、疎遠になっていた。いや、もしかして、こちらから距離を置いていたのかもしれない。それまで傷を舐め合うように底辺から上を眺めていた同志が、いっきに自分の頭上を飛び越えてしまった。

去年の暮れに同窓会に誘ってくれたのもこの男だったが、正直、行きたくはなかった。どうせ、大崎の成功を祝う会になるのだ。実際、そうなった。ちょっとしたサイン会のようになり、担任の先生なんかは、「大崎君はわたしが育てた」などと言いたげに三十分もスピーチを繰り広げ、挙句には、誰が呼んだのか地元の新聞記者やらなんとかっていう市議会議員やらまでやってきて、「大崎君、万歳！」などと万歳三唱まではじまって、わけの分からない盛り上がりを見せた。まあ、関東圏とはいえ都心から電車で二時間の小さな街だ。全国区の新聞に名前が載るような文化人が生まれたとなれば、浮かれるのは仕方がない。……でも、俺が漫画家デビューしたときは、完全スルーだったけどな。一応、デビューしたのは、メジャー誌だったのだが。

そんなことを思いながら、なにか肩身の狭い気分でひとりビールを飲んでいたときだ、郁恵が声をかけてきたのは。

……なんで、あのとき、郁恵は俺に声をかけてきたのだろう。他の女子はみな、大崎を囲んでいたのに。

「それは、お前のことがずっと好きだったからだよ」

大崎が、にやにや顔で大根もちを箸に絡ませながら、言った。

「なに、それ」川尻の箸から、海老シューマイがぽろりと転げ落ちる。

「知らなかったの？　あいつ、中学のときから、お前が好きだったんだよ」

「またまた」海老シューマイをテーブルの端でつかまえると、川尻は口の中に押し込んだ。

「だって、中学生の頃は、郁恵とは、なんの接点もなかったんだぜ？　もしかしたら、話したこともないかも」

「あれ？　覚えてないの？　お前、あいつが転校してきたとき、彼女の似顔絵描いたじゃん」

「え？」

「ほら、学級新聞で」

「え？」

「だから、転校生紹介の枠。俺が記事を書いて、お前が似顔絵を描いて。……覚えてない？」

「いや、まったく」

「マジで？　あいつ、それでお前を意識しだしたんだぜ？」

「つか、なんでお前がそんなこと知ってんだよ」

「だって、他の女子に頼まれて、お前に手紙を渡すように頼まれたんだよ、俺」

「なに、それ」

「女子って、そういうところ、あるじゃん。第三者を介して、告白するってやつ。まったく、まどろっこしいことやるよな。直接渡せばいいのに。その手紙、俺のところに来るまでに、すでに数人の手に渡っていたよ。つまり、あれだ。外堀を埋めるってやつ？　周囲にそれとなく自分の気持ちをアピールして、ターゲットを追い込むんだよ。……あ、これ、なんかおもしろいな。今度の短編のネタにしよう」言いながら、大崎は紙ナプキンにペンを走らせた。

「でも、その手紙、俺、知らないぜ？」

「マジで？　俺、ちゃんと、タナベに渡したぜ？」

「なんだよ、なんで、他のやつに渡すんだよ」

「だって、俺、そんとき塾があってさ、急いでたんだよ。だから、近くにいたタナベに渡した。……あれ？　違うかな、タナベじゃないかな？　誰だったかな……？　ま、いずれにしても、俺はちゃんと渡したから」

「なんだか、それ、不幸の手紙みたいだな。そうやって、人に押し付けて」

「なるほど、不幸の手紙だな。……うん、これもおもしろい、今度、ネタにしよう」紙ナプキンをもう一枚引き抜くと、大崎は再びペンを走らせた。「しかし、なんだ。クラス中のみんなが知っていたのに、知らなかったのは川尻だけってことだよな、それって」

「そういうことなのか？」

「そうだよ。……なるほど、彼女が途中で不登校になったのはそのせいか」

そう、郁恵は、三年生の二学期から、学校を欠席しだした。確か、卒業式にも来ていないと思う。しかし、高校には進学したと風の噂で聞いた。大崎と同じ高校だ。

まあ、そんなことは、どうでもいい。とにかく今は、なんでもいいからこの男から大きな仕事のきっかけを引き出すことに専念しなければ。

が、そう気負えば気負うほど、言葉が上滑りする。大崎は薄々気がついているのだろう。憐れみと警戒心がないまぜになったような表情で、にやついている。きっと、この男のもとには、俺みたいな「あやかりたい」が、わらわら寄ってきているのだ。腰をかがめ、上目づかいで、手を揉み揉み、あちらからもこちらからも、まるで飴玉にたかる蟻のように。格好悪いよな、ああ、みごとに格好悪いよ。でも、だからどうした。そうだ、俺はあやかりたいんだ。悪いかよ!

会話が途切れた。大崎の同情めいた視線が、ちらちら飛んでくる。だからといって、大崎のほうから話を振る気はひとつもないようだ。そりゃそうだろう。用事があると呼び出したのはこっちだ。なら、ここで一気に〝用事〟の核心にいくか。「仕事をくれ。小さいのはいい。大きい仕事をくれ」いやいや、いくらなんでも早い。どんだけがっついているんだってことになる。うまくいくものも、いかなくなる。まだまだ、前置きは必要だ。なんでもいい、芸能ネタでも、くだらない世間話でも、噂話でも。

……あ。

野菜スープで喉を潤すと、川尻は、言った。

「根岸桜子っていう小説家、知っているか?」

「ネギシ、サクラコ？」

不意打ちを食らった猫のように、大崎の動きがぴたりと止まった。

「ネギシサクラコ、ネギシサクラコ……。どっかで聞いたことがあるような、ないような」

大崎の視線が、右に左に大きく揺れる。しばらく天井を仰いでいたかと思ったら、ポンと手を叩いた。

「……ああ！　根岸桜子！　小説家の？」

「うん、小説家」

「一度、会ったことがあるよ。なんかの受賞パーティ。背中がざっくり開いたドレス着てて。でも、イマイチ、似合ってなかった。十年くらい前かな。ビュッフェが目当てで、知り合いの編集者にくっついて忍び込んだんだ。あのときは俺、しがない風俗ライターだったからさ、年中、腹をすかしていたんだよ。……で、なんで、根岸桜子？」

「いや、マンションを仲介してくれている不動産屋が――」

「マンション？　買うの？」

「うん。中古だけど」

「どこ？」

「所沢のタワーマンション、最上階の一一〇平米」聞かれてもいないことをべらべらしゃべる自分に、川尻は羞恥を感じながらも、止まらない。「眺めが素晴らしいんだ。富士山も、丸見え。夏には近くの遊園地が毎日花火大会するみたいで、この眺めもすごいらしい」

「へー。すごいな。俺なんて、まだ賃貸だよ」

「まあ、所詮、中古だけど」

「で、根岸桜子がどうしたって?」

「ああ、そうそう。本契約の日に、不動産屋が、根岸桜子のことをちょっと話題にしたからさ」

「へー。でも、彼女、今ではすっかり消えちゃったな。せっかくブレイクのチャンスだったのに、結局、新作が出せなかったんだよ。今頃、どうしてんだろう。精神病んで入院しているって噂もあったような気もするけど。……でも、なんで不動産屋が? マンションと関係あるの?」

「ううん、その人は特に関係ないんだけど。関係があるのは、三芳珠美っていう――」

「ああ、三芳珠美! 懐かしいな。かなり期待されていた作家だったけど、確か、自宅マンションから――」

「転落死した?」

「そう。でも、即死ではなくて、一年ぐらいは延命されていたみたいだけど。……え、まさか、そのマンション」

「うん。今度住むことになるマンション、もともとは三芳珠美が住んでいたんだって」

「マジ？」

「心理的瑕疵物件なんだって」

「心理的瑕疵物件？」

「なんか、変な噂もあるみたいで」

「噂って？」

「おばあさんが殺されたとか、幽霊が出るとか、そんな話」

「へー。でも、そんなのは気にしないほうがいいよ。うちのマンションもいろんな噂あるけど、どれも、近所の連中が妬みで作り出した都市伝説みたいなもんだ」

「うん……そうだな」

「なに？　気になるの？」

「なんかさ、そのおばあさんの霊、阿部定だっていうんだ」

「阿部定？　あの、愛人の局部をちょんぎった？」

「うん」

「なんで、阿部定が出てくるんだよ？　所沢と関係ないだろう」水餃子に辣油《ラーユ》をたっぷりとまぶしながら、大崎。が、その箸が止まった。「そういや、町田のちょんの間に、自分は阿部定だと言い張っていた、おばあさん娼婦がいたな。一度、取材に行ったことがある」

「ちょんの間？　非合法の売春宿のことだろう？　町田にもあるんだ」

「あるある。町田とか横浜の黄金町《こがねちょう》とか、もともとは青線だった地帯は、赤線が廃止されたあとも、そのまま不法営業が継続されているんだ」

「なるほど。赤線地帯は合法売春地帯。だから売春防止法が施行されるとそのままお取り潰しにあったけど、青線は、そもそもが非合法に売春業を営んでいた潜《もぐ》りだから、売春防止法とは関係なしに裏で商売が続けられていた……ってことか？」

「そういうこと」

「ところで、なんで、青線、赤線っていうんだ？」

「おいおい。エロ漫画描いているくせに、そんなことも知らないのか？　売春が公認されていた戦前、警察は、ちゃんと免許をとって合法的に売春業を営んでいた地帯には赤い線で、そうでない非合法の売春地帯には青い線で、それぞれ印をつけていたんだよ。それが、語源」

「なるほど。……で、阿部定を名乗っていたおばあさん娼婦って？」

「十五年ぐらい前かな。当時で七十近かったんだけど、ばりばりの現役だった」

「……したの？」

「うん？……まあね。珍味は味わっておかないと」

「やっぱ、お前はさすがだな。俺は無理」

「男なんて、その気になれば、木に開いた穴でもできるもんなんだよ。……でもさ」大崎の唇が、妙な具合に歪んだ。「伝染《うつ》されちゃって、大変だった、そのあと」

「伝染された？」

「そ。性病。……梅毒」

「梅毒！……ゴム、してなかったのか？」

「だって、まさか、妊娠の心配はないと思って。それに、生出しオーケーというのが売りだったんだよ、あのおばあちゃん。生でやっても、かっさかさで、難儀したけど。あまりにかっさかさなんで、オイルを塗られてさ。オイルつっても、ごま油だよ。あんときは参ったな。香ばしい匂いが部屋中に充満して。でも、悪くはなかったよ。さすがは、ベテランだね。男の快感のツボをよく心得ている。結局、三回、通ったかな」

「三回も」

「そのおかげで、当時付き合っていた女とも別れるハメになって。彼女にも梅毒、伝染っちゃってさ。踏んだり蹴ったりだった。そのあと、もう一度町田に行く用事ができたんで、クレームを言いに行ったんだよ。そしたら、梅毒持って一人前だって、逆切れされちゃったよ」

「梅毒持って、一人前？」

「昔はそうだったみたい。梅毒は『鳥屋《とや》につく』とも言われていて。鳥屋についた遊女は一流っていう風潮があったみたいだな。なんでも、梅毒に罹患して、初期症状を脱すると、妊娠しにくい体になるそうだ。妊娠しにくいというのは、遊女にとっては最大の利点だからね」

「で、そのおばあちゃん売春婦、結局、阿部定だったの？」

「なわけないじゃん。フェイクだよ、フェイク。だいいち、歳が合わないよ。水商売女の寝物語だよ。……でも、信じていた客もいたみたいだな。阿部定ってさ、昭和四十六年頃から、消息不明なんだってさ。生死も分からない。いろんな目撃情報があるんだけど、どれも都市伝説の域を出ない。そういうこともあって、自分は阿部定だって言われたら、通な客ほど、『もしかして』となるのかもな。M資金詐欺もそうだろう？　一般の人は、そんなバカバカしい話はないって一蹴するけど、下手に裏に通じていたり資産家だったりする人ほど、騙される。それと同じだな。それに、あのおばあちゃん、阿部定っぽく、コスプレもしていたし。騙される人もいたかもしれない」

「コスプレ？」

「コスプレっつっても、昔風の着物を着て、髪は夜会巻き、白塗りをしているだけなんだけど。でも、それだけでも、雰囲気はあった」

「そのおばあちゃん、それからどうしたの？」

「どうなったんだろうな。町田のちょんの間地帯は、今ではすっかりなくなったからな」

「なくなったの？」

「何年か前に、警察の一斉手入れがあって。ことごとく、摘発されて撲滅した。今は、抜け殻のようなバラック小屋とラブホテルが残るばかり。でも、まあ、売春がまったくなくなったわけではないけどね。今でも、客待ちの女が、常時何人か立っているよ」

「そのおばあちゃんは、まだ、町田にいるんだろうか」

「少なくとも、町田にはいないと思うよ。町田のちょんの間が壊滅されるちょっと前、もう一度、行ってみたんだよ。気になって。自分は梅毒を治すことができたけど、あのおばあちゃんはどうしただろうって。そしたら、もう、町田にはいなかった。一緒に暮らす人が見つかったから、その人のもとに行くって、ある日突然、いなくなったらしい」

「そのあと、所沢に行ったのかな？」

「なるほど、そうか。そういうことも考えられるな。……うん、ちょっとおもしろい。なにかのネタになるかも」

大崎は、紙ナプキンをもう一枚引き抜くと、三度《みたび》、ペンを走らせた。

相変わらずの癖字だな。まあ、俺も人のことは言えないけれど。

川尻は、肉まんじゅうを摘み上げた。

27

結局、切り出せなかった。

またもや、〝男のプライド〟とやらが、邪魔をした。この男のプライドを守るために一大決心をして大崎を呼び出したのに。このプライドというやつは、本当に厄介だ。守って欲しいのか、壊して欲しいのか。よく分からない。いや、要するに、クソなんだ。だって、本来なら呼び出した自分が支払いをするところ、いや、実際支払おうとしたのに、大崎に伝票を持って行かれてしまった。「いや、ここは俺が」とは言ってみたが、「いいよ、いいよ」という大崎の言葉に、あっさり甘えてしまった。こういうときに、どうして男のプライドというやつは起動しないのか。そして、どうして、今頃、起動するのか。

川尻は、なんともみじめな自己嫌悪に、苛々と脚を震わせた。はじめは片足だけだったが、とうとう、両足が震えはじめた。斜向《はすむ》かいの女子高校生が、嫌悪も露わにして、ちらちらとこちらを見ている。

東武線は、学校帰りの高校生で多少混んでいた。彼らの無邪気さが、ますます川尻をみじめにする。彼らは自信に満ち満ち、軽蔑しきったような視線を四方にまきちらしている。

そのひとつの視線が、車窓の外に飛んだ。

「なに、あれ？」

彼の視線を追うと、線路に沿って立てられている電柱に、延々と何かが貼られていた。それは、文房具屋に置いてある絵の具をすべて使い切ったような、吐き気がするような色彩の連続だった。

駅が近づいてきて、電車の速度が落ちる。「あれ、なんて読むんだ？」

車内の学生たちの好奇心は、すべて車窓の外に向けられている。その表情は、お化け屋敷の前ではしゃぐ幼子のようだ。川尻もまた、そんな表情で、目を凝らした。

野老澤奇譚
そう、書いてある。

なんて、読むんだ？

川尻は、さらに目を凝らした。

電車が止まった。いつもは通り過ぎるだけの駅で、降りたことはない。が、今日は、ほとんど反射で、降りていた。自分に、まだこんな幼稚で衝動的な好奇心が残っていたのかと、川尻は、発車してしまった電車を見送りながら、苦笑した。

嫁の郁恵が会社から戻ると、川尻は母親の帰りを待ちかねた小学生のように、玄関先に置かれたコンビニのレジ袋を覗き込みながら、言った。

「今日さ、変なポスター見たんだよ」

レジ袋の中にアイスのガリガリ君を見つけると、川尻は早速、手を伸ばした。

「どんなポスター？」

首筋をこりこり揉みながら、郁恵は興味なさげに応えた。

「これ、なんて読むか、分かる？」

川尻は、アイスの袋を剝きながら手近のメモ用紙に、〃野老澤〃とペンを滑らせた。

「なんて読むの？」嫁はこれまた興味なさげに、しかし最低限の思いやりは遵守《じゅんしゅ》してますとばかりに、今度は肩をほぐしながら言った。

「〃ところざわ〃って読むんだよ」

「ところざわ？」

嫁の興味が、多少、こちらに向けられた。なにしろ、これから住む街の名前だ。

「そう、ところざわ。昔はこの漢字が当てられていたみたいだよ」ネットで調べた受け売りだが、さも一般常識だとばかりに、川尻は言った。

「へー。こんな漢字が当てられてたんだ」

しかし、嫁の興味はすぐに失せ、ソファに体を投げ出すと、「はぁぁぁ」と獣の断末魔のようなため息を吐き出した。

最近、仕事が忙しいようだ。昨日も帰りが遅く、こうしてソファに座ったかと思ったら、そのまま化粧も落とさずに寝てしまった。今日も、もう二十三時を回ろうとしている。

「ねえ、また、そこで寝るの？　余計、疲労がたまるよ？」

言ってみたが、「うーん」という生返事しか返ってこない。

「アイス、食べないの？」

レジ袋の中には、もう一つ、アイスが残っている。嫁が好きなハーゲンダッツのクリスピーサンドだ。

「アイス？……うん、食べる。あとで。冷凍室に入れておいて」

なんだ。食べていいよ、とは言ってくれないんだ。このアイス、美味しいんだよな。高いけど。

「それで？」

嫁が、半分瞼で埋もれた視線をこちらに向ける。

「え？」

「変なポスターって？」

「ああ」

クリスピーサンドを冷凍室に放り込むと、川尻もソファに腰を落とした。

「今日さ、電車の中から、変なポスターがべたべた貼られているのを見てさ。そのあまりの異様さに、つい、降りちゃったよ。全然関係ない駅なのに」

「今日、どこかに行ったの？」

「うん。池袋」

「池袋？　なんか用あったの？」

「うん。本屋にね、行ってきた。マンガの資料を探しに」特に隠すことではないが、大崎に会ったとは言えなかった。あの自己嫌悪が蘇り、怒り泣きのような口調になるのが分かっていたからだ。

「本屋。へー、そうなんだ」

「でさ。そのポスター。映画のポスターだったんだけど。ほら、あの不動産屋が言っていた自主制作の巡回映画じゃないかなって」

「ああ、なんか言っていたね、あの不動産屋」

「彼女が言っていた映画に間違いないと思うんだ。だって、キャッチコピーが〝あなたは本物の死体に耐えられるか？〟だよ？　あと〝阿部定〟という文字もあった。とにかくさ、おどろおどろしいポスターでさ、見ているだけで、吐き気がしてきそうなんだよ。色の使い方が徹底的に悪趣味で。でも、興味はそそられるんだよな。あ、俺だけじゃないよ。地元の子供たちも何人か、熱心に写メを撮っていたっけ。ちょっとした群れができていた。で、その映画、明日の土曜日に、板橋区の公民館で一回だけ上映するみたい。午後の二時からだって。ね、ちょっと行ってみないか？」

「やだ、そんな悪趣味なの。ホラーとか、嫌いだし」

郁恵は顔を歪めると、そのままごろりと背を向けた。

「ポスターの写メ撮ったんだけど、見てみる？」棒に残ったガリガリ君を舌でこそげ落としながら、川尻は郁恵の背中を軽く揺すった。

「いい」しかし、郁恵は体を捻ると、その手を撥ね除けた。

「……本当に、行かない？　明日」

「うん、行かない」

「そう？……じゃ、俺一人で行ってこようかな」

郁恵からのリアクションはなかった。

「よし、明日、行ってくるよ、一人で」

川尻が郁恵の肩に触れようとしたとき、郁恵が、寝言のように言った。

「……今日、何日だっけ？」

「今日？」言われて、川尻は、壁に貼られたカレンダーを見やった。「十一月十九日だけど？」

「ふーん」

そして郁恵はまたごろりと背を向けた。

カレンダーを見ると、〝段ボール〟と書かれている。そうか、明日、引っ越し業者から段ボール箱が届くんだった。

なるほど、それで、郁恵のやつ、機嫌が悪いんだ。

「今は映画どころじゃないって言いたいんだろう？　そうだよな、引っ越し、来週だもんな。でも、大丈夫だよ。明日、業者から段ボール箱が届いたら、すぐに取り掛かるからさ。安心しろよ。俺、追い込みには強いんだ。それまではなかなかエンジンがかからないけどさ、一旦はじめたら、凄いんだよ。だから、安心しろって」

返事はなかった。今度こそ寝てしまったようだ。ほとんど鼾《いびき》に近い寝息が、聞こえてきた。

今日もかよ。こうなると、なにをどうやっても起きないんだよな。仕方ない。毛布だけでもかけておくか。

あれ？

川尻は、郁恵の唇が腫れているのを見つけた。

あれ、ここもだ。

首筋にも同じような腫れがある。

虫刺され？　いや、でも、痒そうな様子はない。

……なんだろう？

28

「だって、このポスターには、ここだって」

ニキビ面の少年が、切羽詰まった表情で、携帯電話を片手に、やる気なさげな中年男相手に声を張り上げている。

板橋区の公民館、受付前には、結構な人が集まっていた。しかしどの顔も戸惑い気味で、少年と中年男のやりとりを見守っている。少年の携帯には、画像が表示されていた。どうやら、例のポスターのようだ。

「ほら、ちゃんと見てよ、このポスター。この公民館で、二時から上映って」

「どれどれ」少年の気迫に圧《お》される形で、中年男はのろのろとディスプレイを覗き込んだ。

「ああ、確かに。……ちょっと待って」

男性は、ようやく重たい腰を上げた。

奥にあるドアを開けると、そこで食事をとっていた女性に声をかける。食事中に邪魔者が入ったことで機嫌を損ねてしまったのか、女性のきぃきぃ声だけが、こちら側に聞こえてきた。

「だから、これ、中止になったのよ。住民から苦情が入ったの。あのポスターはなんだ、本物の死体とはなんだ、公序良俗に著しく反する……って。こっちもびっくりよ。ドキュメンタリー映画だっていうから、会場使用を許可したのに、昨日、いきなりあんなポスターが町中に貼られて。で、主催者に、会場の使用は許可できないって、連絡を入れたの」

少年は、きぃきぃ声の女性の言葉で納得したのか、肩をがっくり落とすと、とぼとぼと帰って行った。その後を追うように、他の少年たちも一斉に散っていく。その顔はどれも、ひどく落胆している。

川尻も、「なんだぁ」と、肩をすぼめた。

なるほど。そういうことか。好奇心旺盛な地元の少年たちを煽るだけ煽って、結局上映中止……という残念なトラブルが、各地で起きているのだろう。そして、ポスターで得られる情報だけで少年たちは想像力をフル稼働させ、尾鰭《おひれ》をつけ、ついには都市伝説に育て上げたのだ。

それにしても、なんで、あの所沢のマンションが関係してくるんだ？

帰りの電車の中、川尻は、携帯電話のディスプレイに例のポスターの画像を表示させた。ポスターは、基本はイラストだが、ところどころ写真もコラージュされている。その写真のひとつが、阿部定。愛人殺害の容疑で逮捕されたときの写真だ。そんな緊張した場面であるにも拘わらず、定は嬉しそうに笑っている。しかも、妙にいろっぽい。

はっきりこれだと特定できる写真はこれひとつで、あとは、街の風景だったり心象風景だったりが、無秩序にちりばめられている。

「あれ？」

風景写真のひとつに、見覚えのある建物を発見した。

「これ、あのマンション」

なんで、あのマンションが？

携帯電話のモード切替ボタンを押して、〝野老澤奇譚〟を検索してみる。すると、二百五十件ほどの情報がピックアップされた。

やっぱり、この映画を実際に見た人はいないらしい。刺激的なポスターで釣られて会場に行ったものの、結局は見られなかった……という体験談ばかりだ。それはどれもここ数年の間に体験したことで、一番古い体験談で、二〇〇二年の暮れ。さらに、ポスターを見た地域は埼玉県に集中している。

どういうことだろうな。

もしかして、そんな映画、存在しないとか？

なら、なんで、ポスターだけが？　誰かの悪戯だろうか？

疑問は尽きなかったが、解けた疑問もあった。

そうか、なるほど。このポスターのせいで、あのマンションが心理的瑕疵物件になるぐらいの噂が出来上がってしまったってことか。

なんだ、そういうことか。

川尻は、ほっと肩の力を抜いた。あの不動産屋に話を聞いたとき、ちょっといやな感じがした。いや、ちょっとどころではない。心がかなり離れた。どんなに優良物件でも、そんないわくつきの部屋では、落ち着いて暮らせない。幽霊の影に怯えながら暮らすなんて。

「よかった。根も葉もない噂で」

それにしても、なんでこのマンションの写真を使ったんだろうな、このポスターを作ったやつは。不動産価値が下がるじゃないか。名誉棄損とか営業妨害とかで、訴えることはできないのだろうか。

……まあ、いいか。

川尻は、携帯電話を折り畳んだ。

噂に根拠がないと分かったとたん、あのマンションの住人になるという事実が、高揚感とともに押し寄せてきた。不動産屋も言っていたが、四十階でとる朝食は、きっと至福の時なのだろう。きっと、世界を征服したような酩酊感を味わうことができるのだ。

でも、その前に、引っ越しだ。引っ越しの準備に本腰を入れなくちゃ。

週明けには、引っ越し業者が下見にやってくる。段ボールも、今頃、届いているだろう。

思ったとおり、アパートに戻ると、引っ越し業者から送られてきた段ボールが玄関先に山と積まれていた。

が、郁恵はいなかった。いつものトートバッグがないから、きっと買い物だろう。

よし。鬼のいぬ間に。

まずは、押し入れの中身から、どうにかしよう。

2LDKのこのアパートには、一間の押し入れが二つと、半間の収納スペースが一つある。どちらもその中身はほとんど嫁の所有物だ。引っ越しが決まった時点で改めて中を確認してみたが、その量の多さに、途端にやる気をなくした。嫁の郁恵は川尻以上にやる気がなさそうで、

「任せたわ」

と言ったきり、それからは押し入れを開けようともしない。

「それにしても、なんだって女は、こんなに荷物が多いんだ？　俺の所有物なんて、仕事用のデスクの収納と衣装ケースひとつでほぼ間に合っているのに。でも、ま、なんとかなるだろう」

しかし、実際に中身を取り出してみると、川尻の想像以上の品々が、押し入れには押し込まれていた。どっかのアニメじゃないが、押し入れは、絶対、異次元と繋がっている。でなきゃ、こんな量、呑み込めるはずがない。

出しても出しても、荷物が減らない。

時計を見ると、もう五時を過ぎようとしていた。窓の外は、すっかり暗い。

夕飯の準備をしなくちゃ。

でも、どうすんだよ、これ。

リビングまで溢れかえった荷物を見ながら、川尻は唸り声のようなため息を吐き出した。とりあえずは、今、出ている荷物だけでも段ボール箱に詰め込んでしまわないと。足の踏み場もない。

「あれ？」

花柄がちりばめられた薄ピンクのクリアファイルが、アルバムの間から滑り落ちた。中身はわら半紙の束。その一枚を引き抜いてみると、いかにも自己主張が強そうな右上がりの癖字が、みっちりと埋められている。それは、見覚えのある字だった。

「ああ、大崎の字だ。……朝雲暮雨《ちょううんぼう》！」

川尻は、声を上げた。

それは、中学三年生のときの、学級新聞だった。編集長は大崎。

っていうか、朝雲暮雨ってなんだよ。いかにも、どっかで覚えたばかりの難しい字を使ってみました、意味は知りません……って感じの四文字熟語だ。それとも、大崎のやつ、意味知ってて、これにしたのか？……たぶん、知ってたんだろうな。しかし、担任からよく、駄目出し喰らわなかったな。あの担任、ばりばりの理数系だったから、もしかしたら知らなかったのかもしれない。確かに、字面からはその意味は想像もつかない。

学級新聞は、全部で七枚。七月号から三月号まで揃っていた。そうか、七月号が発行された六月に、郁恵は転校してきたのだっけ。

七月号を取り出してみると、川尻は思わず赤面した。自分が描いたイラストがでかでかと載っている。それは、転校生案内というコラムで、イラストは、郁恵の似顔絵だった。

「ああ、これか。大崎が言っていたやつは」

でも、このイラストで、本当に郁恵は自分に好意を持つようになったんだろうか。そのイラストは当時ハマっていたヘタウマ系で、その似顔絵はお世辞にもかわいいとはいえない。むしろ、なにか悪意を感じる。

「どっちかというと、このイラストのせいで、俺、嫌われたんじゃないのか？」

うん、そのほうがしっくりいく。だって、郁恵としゃべった記憶がない。たぶん、避けられてたんだ。

「他の女子に頼まれて、お前に手紙を渡すように頼まれたんだよ、俺」

大崎はそんなことを言っていたが、その手紙、本当は抗議の手紙だったんじゃないのか？

「マジで？　俺、ちゃんと、タナベに渡したぜ？」

大崎はこんなことも言っていたが。

タナベ。……田辺のことだ。……そうだそうだ、同じ部活だった、田辺だ。冗談で入った手芸クラブ。部室の片隅で黒二点、肩を寄せ合いながら三年間、黙々と刺繍糸と格闘していた。しかし、なんで、手芸クラブなんて入ったんだろうな、俺たち。そりゃ、あのマンガの影響だよ。暴走族マンガ。ああ、あれか！……そんな話題で盛り上がった、去年の同窓会。田辺は今は紡績会社の部長だ。手芸クラブの三年間もまんざら無駄な時間じゃなかったなと、笑いあった。確か、名刺交換したはずだ。……そうだ。年賀状の名簿に、田辺の名前も入れておいたはずだ。

「おー、川尻じゃないか」

田辺は、中学のときと変わらない人懐っこい声で、電話に出た。

「どうした？」

「あ……、まあ、大したことはないんだけど」

「なんだよ？」

「すごい変な話なんだけど。今さ、引っ越しの準備をしていたらさ、中学校時代の学級新聞が出てきてさ、なんか懐かしくなって」

「学級新聞？　朝雲暮雨？」

「うん、そう、それ」

「今思えば、すっごいタイトルつけたもんだよな、誰がつけたんだろう」

「たぶん、大崎」

「大崎か！　納得」

「でさ、その大崎が言うには、田辺に手紙を預けたっていうんだけど」

「手紙？」

「うん。女子の一人が書いた手紙。直接渡せなくて、他の人に託した手紙みたいなんだけど」

「手紙？……あ、ちょっと待てよ。あったな、そんなこと。ああ、あったあった。女子が、大崎に宛てたラブレターだ」

「え？」

「女子の間をリレーしてきて、俺のところまできたんだよ。大崎に渡してくれって」

「大崎が、田辺に預けたんじゃなくて？」

「違うよ。俺が、大崎に渡したんだよ。なのに、大崎のやつ、本人にラブレターを突き返したんだよ」

まさか、それがきっかけで、郁恵のやつ、学校に来なくなった？

「一度は振ったくせに、そのあとで、こっそり付き合ってたんだよな、あの二人。結構長かったみたいだよ。社会人になってからは同棲してたって聞いた。大崎が売れなかった時代、彼女が生活を支えて――」

それから、どんな話をどのぐらいしたのかは覚えていない。気がつくと、川尻は受話器を握りしめたまま、天井を仰いでいた。

郁恵が好きだったのは、大崎？　しかも、二人は付き合ってた？

いや、でも。冷静に考えると、そのほうが筋道としては納得できる。中学校時代、俺は今で言う〝キモいオタク〟だった。決して女子が好きになるようなタイプではない。一方、大崎は女子によくモテた。だから、転校生が真っ先に好きになるのは大崎であるほうが正しい。

それはそれでいい。大崎がなぜ、その真逆のことを言ったのかは気になるが、まあ、あいつなりの心遣いなんだろう。嘘も方便。それがまるっきりの嘘であったとしても、美しいエピソードがあったほうが、新婚生活に張りが出ると、あいつなりに考えたんだろう。

でも、付き合ってたんだぜ？　その件はどうする？

いや、それだって、過去のことだ。今は、俺のことを好きでいてくれるんだから、それでいいじゃないか。

好き？……郁恵のやつ、本当に俺のこと、好きなんだろうか？　俺と結婚して、本当によかったんだろうか？　最近、笑顔を見てない気がする。

「あれ？　なんだろう」

ダイニングテーブルの下に何かが落ちている。拾い上げてみると、それは細かく折られたA4の紙だった。広げてみると、郁恵の名前が書かれている。

「健康診断の結果だ。……あれ？」

〝要再検査〟の判子が押されている。

心臓が、一瞬、きゅっと縮まった。

再検査？　まさか、なにか重大な病気とか？

そうだ、郁恵のやつ、最近、ずっと疲れている。顔色も悪い。笑顔がなくなったのは、そのせいか？

STSという項目に、印がついている。

STSって？

なにか嫌な予感が全身を巡り、川尻は居ても立ってもいられなくなった。急いでパソコンを立ち上げ、早速検索してみる。

「梅毒？」

なにかの間違いかと思い、もう一度〝STS〟と入力し、改めて検索してみる。

「マジかよ」

川尻の体中から血の気が引いていく。足が、がくがくと震える。

「どういうことだよ」

考えようとするのだが、思考が空回りするばかりだ。梅毒梅毒梅毒梅毒。……そういえば、つい最近も、この言葉を耳にした。どこでだったろう？……大崎だ。

大崎も、梅毒にかかったことがあるって。でも、それは治ったって。いや、もしかしたら、完治はしていないのかもしれない。一度梅毒にかかったら、一生、その痕跡が残り、忘れた頃に発症すると、インターネットには書いてある。……ということは。

ああ、ダメだ。まったく頭が働かない。梅毒梅毒梅毒梅毒――。

29

「おい、俺の話、聞いてるか？」

え？

川尻は、手から滑り落ちそうになった受話器を握りなおした。

電話の相手は、大崎だった。

田辺への電話を切って、しばらくぼんやりしていたら、大崎から電話があった。大崎は、耳寄りな話があると、まず言った。それは、川尻にとっていい話だとも言った。

確かに、その話は、魅力的な内容だった。この話にのらない手はない。いや、絶対のるべきだろう。こんなチャンス、二度とない。

理性では分かっているのだが、感情とはリンクしなかった。

川尻は生返事を繰り返した。それが、大崎には気に入らなかったのか、

「おい、聞いてんのか？」と、声を上げた。

「うん、もちろん、聞いてるよ。すっごいいい話だな。びっくりしすぎて、リアクションまで固まった」

川尻のその場しのぎの言い訳を大崎は素直に信じたようで、

「そうか。なら、明日、大丈夫だな。明日の午後一時、池袋の例の飲茶屋で」

受話器を置いても、川尻の心は相変わらず重く沈んでいた。

時計を見ると、もう二十一時を過ぎていた。部屋の中は押し入れの中身で溢れ、そして、郁恵はまだ、帰っていない。

どこ行ってんだ？

大崎と郁恵が一緒にいる場面がまた浮かび、川尻は頭を振った。田辺の電話を切ってから、ずっとずっとこの場面が消えてくれない。打ち消しても打ち消しても、ゾンビのようにあっ

というまに再生する。

「気にすんな。……いや、気になる。なら、本人に直接訊いてみればいいじゃないか。きっと、大崎は、『なにかの間違いだよ』と笑い飛ばしてくれる。そうだ。明日、訊いてみよう」

しかし、なかなか切り出せなかった。

池袋西口の飲茶屋、注文した品はほぼ揃い、大崎は二杯目のビールを飲み干そうとしている。

大崎の隣にいるのは、さきほど紹介された喜多川書房の編集者、前原涼子。名刺には、「女性ライフ」編集部の副編集長とある。「女性ライフ」といえば、女性週刊誌の最老舗だ。同じような女性週刊誌は他に三誌あるが、発行部数もトップを誇る。なにより、喜多川書房は超大手だ。ここで仕事ができたら、またとないチャンスだ。一気に、メジャーに駆け上がれる。

大崎が言うには、女性ライフに漫画を描いてみないか、ということだった。読者から送られてきた手記を漫画に起こすという企画だ。手記といっても、本当に読者から送られたものではなく、ゴーストライターによるものらしい。

「実は、読者の手記の何本かは、俺が書いてたんだよ、売れない風俗ライターだった頃」

大崎が言うと、前原女史は大きく頷いた。

「先生がお書きになる手記は、本当に素晴らしくて、このコーナーも大変人気があったんですけど。先生がおやめになったとたん、ガタ落ちでして。そこで、てこ入れをしようってことになり、今までは文字だけのコーナーだったんですけど、思い切って、漫画にしてみたらってことになりまして。先生にそのお話をしてみたところ、ぜひ、紹介したい漫画家さんがいるとおっしゃって」

「僕の漫画が載ったら、さらに人気が落ちたりして……」

本来は、ここで「やります！」とオーバーアクションで応えるべきなのに、川尻は下手な自虐で、返した。

前原女史の唇が、あからさまに歪む。

感情がすぐに顔に出る人なんだな。その証拠に、大崎としゃべっているときは笑顔も多いが、こちらに視線を送るときは、途端に表情が硬くなる。本当は、俺のようなマイナーな漫画家なんて興味もなければ会いたくもなかったんだ。なのに、大崎が俺なんかを紹介するもんだから、いやいやここまで来てみたが、思ったとおり、ぱっとしない中年男だ。……などと思っている顔をしている。苦手なタイプだ。身なりや容姿で、人を判断する高飛車な女。この手の女に、どれだけ俺はコケにされ、傷つけられてきたか。いや、この女だけじゃない、世の中の女は、俺みたいな男は遠ざけたいと思っているに違いない。女がよく使う〝生理的〟な問題だ。生理的に、俺は女に毛嫌いされる。〝生理的〟を持ってこられたら抗《あらが》うことができない。俺だって、蛇とミミズが〝生理的〟にダメだ。それがどんなに無害だといわれても、どんなに性格がいいといわれても、ダメなものはダメだ。

郁恵だって、そうなんだ。俺のことを好きなはずない。あるとすれば、同情心だろう。それとも、大崎へのあてつけか。同窓会のとき、大崎はまさに主人公で、みんなに囲まれていた。そんな大崎の気を引こうと、俺を利用したのかもしれない。その場限りの関係にするはずが、あいつは流されるところがあるから、ずるずる結婚まで至ったに違いない。その証拠に、セックスだってほとんどない。この一年、三回きりだ。一回目は、同窓会のあと。お互いに酔っぱらって、なんとなくそんなことになった。きっとあいつは死ぬほど後悔したに違いない。でも、死ぬぐらいなら、自分の過ちを正当化しようと、俺と付き合うことに決めたんだ。そうだ、あいつは、そういうところがある。真面目すぎるんだ。

大崎とのときは、どうだったのだろう。大崎に抱かれるとき、あいつはどんな顔をするんだろう。きっと、至福の表情に違いない。たとえ、梅毒を伝染《うつ》されても。

「梅毒」

ふいに、言葉が飛び出した。川尻は慌てて、口を押さえた。しかし、言葉はしっかり、二人に聞かれてしまった。

「梅毒?」

前原女史が、相変わらず唇を歪めながら言った。

「梅毒。ああ、それ、いいかもしれませんね。今、性病って増えているんですって。今って、会社の健康診断では性病を検査する項目がないから、発見が遅れて、結構深刻なことになっている人が多いとか」

「会社では性病検査しないんですか?」

川尻が訊くと、前原は「ええ、検査しませんよ」と、にこりともしないで、言った。

「どんなときに、検査するもんなんですか?」

「そりゃ、自覚があるときじゃないかしら」

「……そうですか。自覚があるときですか」

「梅毒か」前原女史はしばし箸を止めると、視線をあちこちに動かした。それが川尻の前で止まると、言った。「うん、このお題、いいですよ。やりましょう。梅毒を伝染《うつ》された妻の手記。伝染したのは夫と思いきや、実は浮気相手だった……みたいな感じは――」

「じゃ、俺、そろそろ行かなくちゃ」

大崎が、前原女史の言葉を止めた。

「もうですか？　まだ、お料理、残ってますよ？」前原女史が、すがるように大崎の袖をつまむ。

「うん、新聞社の取材だからね、遅刻はできないんだ」

「では、弊誌の連載小説の件も、前向きにお考えくださいね」

「うん、うん、分かった。じゃ」

言い残すと、大崎は逃げるようにテーブルを離れた。前原女史が、ため息とともに、肩をすぼめる。

大崎がいなくなったテーブルは、やけに大きく感じる。

しばらくは沈黙が続いたが、お茶を飲み干すと、前原女史は、身を乗り出してきた。

「では、梅毒ネタで、プロットをいただけますか？」

「え？」

「ですから、手記マンガ」

「あ、……はい。締め切りは？」

「今月中はきついですか？」

「はぁ、そうですね……」

「ああ、そうか。川尻さん、引っ越しが近いんですよね？」

「え？」

「大崎先生から伺いました。所沢のタワーマンションを買われたとか」

「ええ、まあ」

「その部屋……」前原女史がさらに身を乗り出してきた。「三芳珠美さんが住んでいた部屋なんですって？」

「ああ、なんか、そうみたいですね」

「三芳珠美さんが、そのマンションの三階から転落したことは？」

「ええ、聞きました」

「あの事故、私もよく覚えてますよ。その連絡を受けたの、私なんです。あのときは、本当に驚きました。てっきり亡くなったと思ったら、奇跡的に助かって。……でも、あのときの事故の原因、いまだに分かってないんですよ。誰かに突き落とされたって噂が根強くあるんですけど。警察は、事故死ということで、片付けてしまいました」

「転落したあと、一年は生きていたんですよね？　その人」

「ええ、そう。でも、結局、意識が戻らないまま、亡くなってしまったんですよ。まさに、真相は藪《やぶ》の中」

「前原さんは、事件性があるとお考えですか？」

「ええ。怪しい人が何人かいるんですけど――」

いつのまにか、川尻と前原女史の距離は随分と近くなっている。この前原女史、自分が興味ある話をするときは、相手は誰でもテンションが上がるようだ。……割と、仕事がしやすいタイプかもしれない。

「あ」

前原女史のテンションが、ぐっと下がった。その視線は、ウインドウの外の雑踏に向けられている。

「どうしました?」

「今、なにか、写真を撮られたような気がするんだけど」

「え?」

「ほら、あそこの黒いスーツのおばさん」

「え? どこですか?」

「だから、あそこ」

気がつくと、前原女史の顔が、あと数センチで接触という近さにあった。

いや、唇は掠めたかもしれない。頬に、生温かいチャーシューの匂いが残っている。その匂いを増幅させるかのように、頰の熱が一気に上がる。

「あ、すみません」

川尻は、慌てて体を椅子に戻した。

第五章

フィルムの中の女

四〇一二号室にまつわる〝いわく〟をお知りになりたいのですか？

ええ、お察しのとおり、なかなか買い手がつかなくて、困っているのです。女流小説家の転落事件、老女の幽霊の噂など、いろいろございまして、ご購入を検討されたお客様も、結局は、断念してしまうのです。

それでも、二年前、ようやく、買い手がつきました。が、本契約も終わり、あとは入居するだけ、というときに、事件が起きてしまいまして。

覚えてらっしゃいませんか？　週刊誌が取り上げたりして、結構話題になった事件なのですが。

世間では、『漫画家バラバラ殺人事件』と呼ばれている事件です。

妻が、漫画家である夫を殺害した……という事件。

ええ、そうです、あの事件です。夫を殺害したあと、遺体を切断して、頭部を処分しようと街を徘徊していたときに職務質問にあい、現行犯逮捕された、あの事件です。確か、去年、奥さんの獄中手記が発行され、大変な売れ行きでしたね。奥さんを主人公にした映画も企画されているとか。え？　あんな素人が書いたもののどこがおもしろい？　ええ、おっしゃるとおり、独りよがりな心象描写が続いて、退屈な本でした。なにより、あの手の犯罪手記が売れるというのは、どうなんでしょう。どこか納得がいかないのですが。被害者の遺族のことを思うと。まあ、今回の場合、被害者の遺族でもあるんですが、あの奥さんは。

実は、そのご夫婦が、四〇一二号室をご購入されたのです。が、入居の前に事件が発覚し、契約は白紙に戻されたのです。

ニュースを聞いたときは、本当に驚きました。仲の良いご夫婦だと思ったものですから。ただ、収入は奥さんのほうが多かったようですので、その辺にもなにか原因があったのかもしれません。

手記では、「夫の浮気が許せなかった」とありましたが。あの旦那さん、浮気するような感じではなかったですよ。実際、浮気は、奥さんの誤解だったらしいですね。痛ましい話です。さらに、奥さん、妊娠されていたようで。妊娠判明後の梅毒検査で、陽性が出て、それで、夫の浮気を確信したとか。梅毒を伝染《うつ》されたと思ったんでしょうね。夫の浮気を押さえようと興信所に素行調査を依頼したりして。実は、その興信所、私が紹介したんですよ。その興信所の所長さん、調査に関しては優秀な人なんですが、ちょっとおしゃべりなのが難点で。「私はさそり座の女」っていうのが、言い癖で。「さそり座の女」を意識してか、いつも黒いスーツで。どんな意味があるというんでしょうね。

さそり座といえば、バラバラ殺人の奥さんも、さそり座じゃないかしら。そうですよ、どこかの週刊誌に「夫が私の誕生日を覚えていなかった」っていう奥さんの供述が載っていましたけれど、奥さんが旦那さんを殺害したのって、奥さんの誕生日の三日後だったんですよね。なにか、切ない話です。

ちなみに、奥さん、梅毒ではなかったみたいですよ。奥さんが行ったSTS検査というのは、梅毒以外でも、陽性になることがあるとか。紛らわしい話です。紛らわしいといえば、これもどこかの週刊誌の受け売りなんですが、旦那さんの元同級生という男性が、後に、奥さんが旦那さんに宛てたラブレターを発見したんだとか。中学校時代のラブレターで、その男性、預かっていることをずっと忘れていたみたいですが、今回の事件が起きて、思い出したそうです。改めて実家の納戸を探してみて、見つかったんですって。なんでもこの男性、中学校時代はいろんな女の子から手紙を預かっていたそうで、放置していた手紙も多かったそうです。罪作りな話ですね。

週刊誌には、そのラブレターも載っていましたが、一途な少女の気持ちが切々と綴られていて、なにか、胸がつぶれる思いでした。奥さんは、旦那さんのことが、ずっと好きだったんですね。初恋だったとか。その初恋が実って、結婚して、新居も買って、子供も授かったというのに。

いったい、どこで歯車が狂ってしまったのでしょうか。

ところで、今日は、なにかの取材ですか？……失礼ですが、あなた、もしかして、根岸桜子さんではございませんか？

ああ、やっぱり。

私、一度、あなたと会ったことがあるんです。覚えてないかもしれませんが。国分寺の雑貨屋で行われた自主映画の上映会、そこに、私もいたんです。根岸さん、慌てて帰られましたよね。そのとき、誰かの足を踏みませんでしたか？　それが、私だったんです。

私、実は、あなたのファンなんです。あなたの著作はすべて持っております。でも、ここ十年お見かけしていなかったので、心配していたのです。

ああ、そうですか。お体を壊していたのですか。

薬物中毒？　鎮痛剤の多用？……なるほど、一種の薬物依存症に陥っていたのですね。失礼ですが、なにが原因で？　ああ、偏頭痛。そうですか。偏頭痛は辛いですよね。もう、本当に頭が割れるようなんですよね。うちの母もまさに、偏頭痛に悩まされておりました。

それはそれは、お気の毒な。

でも、今は、完治されたのですね。それはよかった。

それで、今日は……？

もしかして、一九九九年十一月二十二日のことを探っているのですか？

ならば、いいものがございますよ。たぶん、あの日の事故の解明に繋がる、たったひとつの証拠品が。

フィルムです。まだ、現像はしていません。でも、きっと、あなたが知りたがっていた内容が映されています。間違いありません。

もしよろしければ、あなたにそれをお譲りいたします。

それをどうお使いになるかは、あなたの判断にお任せいたします。

だって、私はあなたのファンですから。あなたには、ぜひ、もう一度小説を書いて欲しいのです。そして、復活して欲しいのです。あなたなら、必ず、後世に残る傑作を書くことができます。


あ、余談ですが。

天人五衰《てんにんごすい》というのをご存知ですか？　仏教用語なのですが、天界の住人である天人が死を迎えるときに現れる五つの前兆なのだそうです。その前兆は、地獄に落とされた人間の十六倍の苦しみなんだそうです。

どんな前兆か気になりませんか？……実は、大したことないんですよ、人間から見れば。衣服が汚れるとか、体臭がするとか、腋汗をかくとか、今いる場所が居心地悪いとか、そんな程度なんです。でも、ありとあらゆる楽と欲と快楽を享受している天人にとっては、その程度でも、地獄以上の苦しみなのでしょう。

より恵まれた環境を一度でも経験してしまうと、それが終わるとき、想像を絶する不幸を感じてしまう……ということなんでしょうか——。

30

——西岡様。どうやら、長いスランプから抜け出せそうです。新作のプロット、できました。タイトルは『フィルムの中の女』です。今度の新作では、今まで隠してきたこともすべて公にするつもりです。あなたのことも書くことになるかと思いますが、よろしくお願いします。必ず、傑作にします。

根岸桜子

31

〈二〇一二年三月〉

「今回、再デビューを決意された理由をお聞かせください」

対談相手の質問に、根岸桜子は、ゆっくりと顔を上げた。

新宿のシティーホテル。最上階のこのスイートは、いったいいくらするのだろうか。出版不況が言われはじめて久しいが、内情はそれほど深刻ではないのかもしれない。他のスタッフは割と普通の服装をしているが、〝副編集長〟という肩書を持つ女性編集者は、高価なものを身に着けている。彼女は現場にはあまり興味がないという様子で、携帯電話だけを握り締めて、ことあるごとに中座して、電話をかけている。おかげで、桜子の集中力はだいぶ、殺がれていた。……この女、どこかで見たことがある。どこだったろう？　名刺をもう一度確認すると、前原涼子という名前が印字されている。ああ、喜多川書房の前原女史。前は、文芸部にいたはずだ。なのに、今は、女性週刊誌？

どうして異動になったのかは知らないが、前原女史にとっては不本意な異動だったようだ。彼女は、はなからこの取材をバカにしているふうで、桜子に対してもはじめから見下し目線、あからさまな不機嫌顔だった。きっと、ファッション誌か文芸誌に行きたかったのに不本意な形で女性週刊誌に移されたのだろう、仕事そのものを見下している様子がありありと窺える。

しかし、こういう、自分こそは特別なのだと思い込んでいる人種ほど、下世話なのだ。それは間違いない。私が、そうであるように。でも、違う。この女は、私にはなれない。人を殺すこともできないくせに、愚痴だけは多い、腑抜《ふぬ》けだ。

着信ベルが鳴り、前原女史が席を立つ。また、話の腰を折られた。これで何度目か。

「なんだか、お忙しそうですね。無理に、同席なさらなくてもいいのに」いやみたっぷりに、桜子は言った。

「ええ、まあ、そうですね」対談相手が、社交辞令で、同意する。

対談相手は、大崎伸夫という、風俗ライター上がりのミステリー小説家だ。デビュー作は結構売れたらしいが、その後はあまりぱっとしない。なんで、こんな人を相手に選んだんだろう。大切な、再デビューをアピールする対談だというのに。

桜子は、笑みを浮かべながらも、視線を少し外しながら、大崎に言った。

「で、質問はなんでしたっけ？」

「再デビューの理由です。あなたは、長らく文壇から姿を消していました。そのあなたが、今、なぜ？」

「一言で言えば、小説家としての覚悟です」

「覚悟？」

「私は、一九九九年の事件そのものを封印しようと、逃げました。が、逃げれば逃げるほど、あの事故は追いかけてくる。なら、いっそのこと、あの事故と向き合おうと思ったのです」

「一九九九年の事件と言いますと？」

「一九九九年十一月二十二日、三芳珠美さんがマンションから転落した事件です」

「ああ、あの事件。……結局、三芳珠美さんは亡くなりましたよね。事故の一年後に」

「ええ、そうです。その事件の真相について、私は語らなければならない義務があるのです」

「と、言いますと？」

「私が、三芳珠美を、突き落としたんです」

桜子は、今日はお天気がいいですね、と言うように、さらりと言った。そのせいか、大崎伸夫も前原女史もそしてカメラマンも、特に表情を変えることはなかった。が、数秒が過ぎたあたりから、ただならぬ緊張がじわじわとその場を呑み込んだ。

大崎伸夫の瞼はひきつり、カメラマンの指がシャッターから離れる。

前原女史も携帯を仕舞い込み、身を乗り出してきた。話が核心に迫り、ようやく仕事をする気になったようだ。

「あ、でも、そろそろお時間じゃないんですか？」桜子は言った。

先ほどの電話で、前原女史は次の約束をしていた。

「いえ、時間なら、なんとかなりますから」

前原女史は言った。そして携帯の電源をようやく切ったので、桜子も、じらすのをやめた。

「そうです。三芳珠美を突き落としたのは、私なんです」

桜子は、傍らの西岡健司に目配せした。このインタビューをセッティングした、喜多川書房の編集者だ。西岡は、軽く頷くと、話の続きを促した。

「私、三芳珠美は死んだとばかり思っていました。だって、あんな高さから転落して、手も足も信じられない方向にねじまがっていて、頭は半分つぶれていたものですから。ああ、死んだんだ。私が殺したんだ、と思って、そのまま、無我夢中で逃げ出しました」

場の空気は徐々に緊張していった。しばらくの間を置いて、前原女史は細い目を最大限まで剝き出しにして、言った。

「つまり、あなたは、三芳珠美を殺そうとした？」

前原女史の細い目が最大限まで剝き出しになった。

「そうです。私が、殺そうとしたんです。一九九九年十一月二十二日午後一時半頃、三芳珠美をマンションから突き落としたのは私なんです。今から、その件で、警察に出頭することになっています」

前原女史の頰がこれ以上ないというように紅潮し、唇がだらしなく半開きになった。

「このお話は、他には？」前原女史の顔が、こちらに向けられる。

「おたくが、はじめてです」

「ありがとうございます！」前原女史の顔が醜く崩れる。出世欲に魅せられた顔だ。「ぜひ、うちに手記を寄稿してください。お願いします」

「手記？」

「三芳珠美を殺そうと思った経緯、贖罪の念、それらをあなたの言葉で、ぜひ」

「手記は書かない」西岡が、桜子の代わりに宣言した。「来月発売される小説『フィルムの中の女』が、すべてだ。君は、このインタビュー記事を週刊誌に掲載してくれればいい」

「根岸さんのお話が本当だとしたら……」対談相手の大崎が口を挟んだ。

「私の話が嘘だっていうんですか？」

「いえ、そういうつもりではなくて」

「私、私、嘘なんてついてませんから！」発情期の猫のような桜子の呻き声が、部屋中に響き渡る。

――私がどれほど苦しんできたか、今もどれだけ苦しんでいるか、ちっとも分かってない。あの子を殺そうとしたときの私の気持ち、自分がしたことの罪深さに泣いて泣いて泣いて。私がこの十一年、どんな気持ちで過ごしてきたか、生きているのか死んでいるのかも分からないようなこの十一年！

「すみません、根岸さん、本当にすみません。あなたの苦しみはよく分かります」

前原女史が、大いに同情しているというふうに、大袈裟に、桜子の手を握り締めてきた。

「あなたのお話が真実だということは、百も承知です」

大崎も慌てて、言葉を付け足した。「ただ、少し、不思議に思っただけなんです。三芳珠美の転落事故について、なんで今まで警察はノーマークだったのか……と、思っただけです」

「単純に事件性がないと判断されたんじゃないの？　実際、事故で処理されていたみたいだし」前原女史は、声を荒らげた。「そう、警察は、なんにも分かってないのよ。明らかな事件でない限り、積極的に調べないのが警察よ。でも、私たちは違う。事件の裏にある見えない糸を手繰り寄せるのが、私たちジャーナリストの仕事」

前原女史の鼻から大きな息が吐き出された。

ジャーナリスト。こんなふうに横文字にすると、なにか、この取材そのものが作り物のように思えてくる。放出された桜子の感情は一瞬にして引き、頬の涙も乾いた。場違いなほど盛り上がってしまう者が一人でもいると、残りの人間は冷めてしまうものだ。

「動機は？　なぜ、三芳珠美を殺そうと？」大崎が、ぼそりと、しかしはっきりとした調子で確認した。

「ですから、それは、来月発表される小説で、詳しく触れていますから」西岡が、再び遮った。しかし、大崎は食いついた。

「なぜ、根岸さんは、三芳珠美を殺害しようとしたのですか？」

「ですから」

西岡が身を乗り出したが、それより先に、桜子が言った。

「簡単にいえば、三角関係です」

「三角関係？」

「一九九九年当時、私と西岡さんは不倫関係にありました」

「そう……なんですか？」前原女史が、素っ頓狂な声を出した。「全然、気がつかなかった」

「まあ、当時、周囲に悟られないように、こっそりと会っていたからね、僕たち」

西岡の弁明に、前原女史は、いまだ信じられないという様子で首をかしげる。

「そして、西岡さんは、三芳珠美とも不倫関係にありました」

桜子が言うと、前原女史は今度はうんうんと頷いた。そして、言った。

「それは、うすうす分かっていました。デビュー当時から、そんな噂がありましたし、彼女のエッセイでも触れられてましたから」

「つまり、痴情のもつれが原因で、三芳珠美を殺害しようとしたのですか？」大崎が問うと、桜子は「そればかりではありません」と、小さく応えた。

「同時期にデビューしたのに、三芳珠美には差をつけられるばかり。それが許せなかった。死んでしまえ、と毎日呪っていました」

「つまり、嫉妬――」

「その続きは、新作の『フィルムの中の女』で」西岡が、口を挟んだ。「所沢にある古本屋、すべてはそこから始まったんだ。……壮大な物語だよ。根岸桜子の新作『フィルムの中の女』は、まさに、傑作だ。間違いなく、次のN賞を獲るよ」

西岡が、桜子の手に軽く触れる。それに応えるかのように、桜子は言った。

「では、もう、そろそろいいでしょうか。私、警察に行かなくちゃ」

そして、まるでパーティに行く淑女のように、桜子は優雅に立ち上がった。

32

〈二〇一二年六月〉


N賞の候補が発表された日、根岸桜子は保釈された。

今頃、各メディアは血眼で、根岸桜子の居所を探していることだろう。都内のどこかで、裁判がはじまるまで待機しているのは間違いない。

グローブ出版の奥村マキは、大きくため息をついた。マキの職場でも、朝からこの話題でもちきりだ。

「ね、根岸桜子の居場所、本当に分からないの？」

そんな質問を、もう三十回は浴びている。根岸桜子の担当編集者だったマキに、社内中がなにかしら情報を期待しているのだ。

「根岸桜子は――」

三十一回目の質問が投げかけられたとき、マキは言った。

「根岸桜子のことなら、喜多川書房の人に聞いてください、私はまったく知りません」

奥村マキは乱暴に立ち上がるとホワイトボードに〝パーティ〟とだけ殴り書きし、逃げるように部屋を出た。


Q出版主催のパーティでも、話題の中心は、やはり、根岸桜子のことだった。

「『フィルムの中の女』七十万部突破したらしいよ。来月には、ミリオンらしい」

左後ろから、そんな話し声が聞こえてきた。

「根岸桜子のデビュー作なんて、初版六千部、でも、ほとんどは返本されたのに、今やミリオンセラー作家様だもんな、彼女。この調子じゃ、N賞も獲るんじゃない？」

「だとしたら、N賞はじまって以来の、殺人犯受賞者だ」

「裁判、楽しみだな」

「N賞発表の翌月だよな、確か。初公判」

「そう。八月。まったく、どこまでもできすぎだ」

マキは、サーモンのサンドイッチを摘み上げると、それを持参したタッパーにそっと押し込んだ。タッパーにはすでに、から揚げ、巻き寿司、ローストビーフが詰め込まれている。どれも子供の好物で、今夜もひとり留守番をさせているので、その埋め合わせだ。

「で、三芳珠美の復刻本、どんな調子ですか？」

「うん、先日、遺族に了解を得て、なんとか出版に漕ぎ着けそうだ」

今度は右の後ろからそんな会話が聞こえてきた。

「初版は？」

「二十万部を予定している」

「遺族も喜んでんだろう。なにしろ、三芳珠美の入院費で、相当難儀していたみたいだから」

「しかし、こんな形で三芳珠美の作品までが復活するなんてな。『フィルムの中の女』様さまだな」

「本人もあの世で喜んでいるだろうよ」

「喜んでいるかな？　彼女の性格じゃ、皮肉のひとつも言ってんじゃないかな」

「確かに。毒舌だったもんな、彼女」

視界の端に、なにか赤い乱反射が写り込む。見ると、喜多川書房の前原涼子が立っていた。相変わらずの、肌をざっくりと露出した真っ赤なドレスまがいのワンピース。

一方、自分は、相変わらずの柿色のカットソーにグレーのパンツ、そしてくすんだ桃色のジャケット。さらに、しゃれっけのひとつもない、縁なしメガネ。

このツーショットは、傍目にはどう見えるだろうか。恐らく、使う側と使われる側。しかし、二人は「親友」だった。腐れ縁という名の。

マキは、涼子のデコルテを見つめた。日焼け跡のシミが、痛々しい。今年も、テニスだスキューバーだと、遊びまわったのだろう。……もう、四十路なのに。自分ではまだまだ十代のようなつもりだろうが、その肌は確実に歳を重ね、それをネタに若い子に笑われているのだろう。

それでも、涼子のことが好きだ。欠点といわれている部分も含めて。彼女もまた、自分の欠点をよくよく知っていて、それをおもしろがってくれている。なにしろ、彼女とはもう、中学校時代からの付き合いで、家族よりもお互いの秘密を知っている。自分はそんな親友を利用しようとしている。いや、彼女が自分を利用しているのかもしれない。そう、それも昔からのことだ。だからこそ、自分は涼子のことが好きなのだ。涼子もたぶん、同じだろう。あちらもこちらも、無償の愛だの友情などという甘ったるいものは期待していない。「ビジネスライクな友情ってやつが、一番長持ちするのよ」これは涼子の口癖だ。マキも同感だった。実際、二人が会うのは、いつでも仕事がらみだ。

今日も、マキがここに来たのは涼子に指定されたからだ。「根岸桜子について訊きたいことがある」と申し出ると、このパーティ会場を待ち合わせに指定してきたのだ。このあと、ホテルのラウンジで、二人きりで会うことになっている。

「ごめん、ごめん、遅くなっちゃった」

ラウンジの向こう側から、これ見よがしにショールを翻しながら、涼子が駆け寄ってくる。

「あー、ほんと、まいっちゃう」

まいっちゃう。これは、学生時代からの涼子の口癖だ。時間に追われている自分とか、忙しい自分とか、誰かに振り回されている自分とかを演出するのを、いつでもどんなときでも忘れない。

「まったく、手がかかる女流がいてね」

ソファに座り、カクテルを注文すると、涼子は訊きもしないことを報告しだした。

「新人の女流作家二人を対談させたんだけど。これがまあ、どっちもわがままで。写真の写りが悪いとか、写真の大きさが私のほうが小さいとか。対談の内容よりも、写真のことばかり。挙句の果てに、あの人ばかり贔屓《ひいき》している、ちょっと売れているからって特別扱いしている、公平に平等に扱ってくれないと納得がいかない。……とか言いながら、その本音は、私だけ特別に扱って、ということなんだから、ほんと、いやんなる」

「ああ。それ、よくある」

マキは、うんうんと頷いた。根岸桜子も、写真に関してはうるさかった。あまりに駄目出しが続くので、出版社専属のカメラマンと知人のヘアメイクアーティストやスタイリストを動員して、グラビアなみのポートレートを撮影したものだ。それが気に入ったのか、それからも、根岸桜子は、撮影のたびにヘアメイクをリクエストしてきた。頼めば、ただでやってくれると思っていたようだ。むろん、ただではない。本来、対談やインタビュー記事用に、ヘアメイクやスタイリストはつけないものだ。つけたとしても作家側で用意するものだが、桜子は、すべて出版社側がお膳立てするのが当たり前だと信じていて、今もたぶん、信じているのだろう。それは私の責任でもある。……マキは、当時のことを振り返って、口の中を酸っぱくした。右も左も分からない新人を、散々、甘やかしてしまった。気遣いだと思っていたことが、桜子にとっては毒になってしまった。ただのOLだった桜子の自意識過剰と被害妄想を肥大させてしまったとしたら、私のせいだ。

「もともと、そういう素質があったのよ。だから、小説家になんかなったのよ」

涼子は、唇の端だけで笑いながら、言った。

「まあ、私もたいがい、自意識過剰だけれど、彼女たちには到底かなわないわね。とにかく、あのナルシシズムは手が付けられない。そこらの女優なんかよりも、よっぽど深刻ね。女優はそれなりに上下関係があって鍛えられるけど、小説家は違う。基本、人間関係は編集者だけ。その編集者も、先生、先生と持ち上げる。どんな新人でも。どんなに普通の社会人していた人だって、デビューした途端、あんなにちやほやされたら、そりゃ、おかしくなるわよ。私を見て、私だけを注目して、私にはその価値がある。私は特別なんだから！　そして、ちょっとしたことで、無視されたとか干されたとか棄てられたとか、愚痴を吐く。愚痴だけならいいけれど、本当に病気になっちゃうんだから、たちが悪い」

よほど手がかかる女流小説家を相手にしていたのだろう、涼子の愚痴は延々と続いた。

「で、私に訊きたいことって？」

自分で振っておきながら、与太話はこれでおしまいとばかりに、涼子は話題を変えた。

「うん。だから、根岸桜子の件」

マキが言うと、涼子の両の下瞼が痙攣をはじめた。これは警戒のサインだ。しかしマキは、続けた。

「『フィルムの中の女』に出てくる話、あれ、ノンフィクションなの？　根岸桜子が三芳珠美を殺そうとしたって」

「なんで、私に訊くのよ」

「だって、根岸桜子の独白をはじめに載せたのは、あんたんところの女性誌じゃない。そもそも、あのネタは、誰が持ってきたの？」

「そんなの、自分で調べなさいよ。あんただって、編集者の端くれでしょ」

「また、そうやってバカにする」

「バカになんてしてないわよ」

「うそ。バカにしているくせに。就活で出版社のどこにもひっかからず、結局は契約の編集者でこの業界にしがみついている私を」

「まあね。あんたの劣等感を目の当たりにするたびに、バカだな……と思っている。でも、その劣等感が怖いときもあるよ」

「怖い？」

「そ。劣等感は、エネルギーの元でもあるしね。とんでもないパワーを生み出す。あんたにとって、劣等感はまさに、鬼に金棒」

「言っている意味、分からないんだけど」

「そういう物分かりの悪さが、さらに怖いわ」

「だから、本当に、根岸桜子が三芳珠美を殺そうとしたの？」

「そうなんじゃないの。自分で言っているんだから、疑う余地はないわよ。証拠もあるみたいだし」

「あるの？」

「うん。フィルム。８ミリフィルム」

「８ミリフィルム？」

「うん。犯行時、三芳珠美が撮っていたフィルムみたい。犯行後、根岸桜子がカメラからフィルムを取り出して、保管していたみたいよ」

「なんで、そんなものを今更……」

「そりゃ、返り咲きたかったからでしょ」

「でも、裏で仕切っているのは、あの西岡健司でしょう？　なんか、うさん臭くない？」

西岡健司。その名前を手帳に書き殴りながら、マキは、ちらちらと涼子を窺った。この女は、ときどきとんでもないミスリードをする。この女の言葉を鵜呑《うの》みにしてはいけない。マキは、左に歪んだ涼子の唇を見つめた。

「まあ、西岡は、女性に関しては、信用できないわね。あいつにとっては、女なんて、全部ターゲットよ。見た目はまるでギャグ漫画の脇役なのに、あの薄い胸板に秘めている野望は、劇画タッチのようにメラメラよ」

涼子のわけの分からない比喩に笑いそうになりながらも、マキはペンを握り締めた。

「ね、涼子。冷静になって、答えて」

「私は冷静よ。興奮しているのは、あんたのほうじゃない」

言われて、マキは、軽く咳払いした。

「分かった。私も冷静になる。だから、あんたも、真剣に答えて。……一九九九年十一月二十二日の午後一時半、あなた、どうしてた?」

「一九九九年十一月二十二日?」

「そう。大停電があった日よ」

「大停電?」涼子は腕を組むと、視線を泳がせた。そして、あっと、指を鳴らした。「ああ、あった、あった。大停電。……そうそう、あの日のことはよく覚えている。他のことは忘れても、あの日のことは、しっかり脳みそに刻み付けられている。そのときの光景も、ビデオのようにいつでも再生できるわ。……そうそう、ランチ食べ終わって、お茶飲んでいたら、三芳珠美の転落事故の知らせが入って……」

「そのとき、西岡健司は、会社にいた？」

「え？　ちょっと待って――」涼子は再び腕を組むと、しばらく天を仰いだ。そして、指を鳴らすと、「うん、いた。いたわよ。カフェテラスで、根岸桜子と打ち合わせしていた」

「根岸桜子も、いたの？」

「うん。いたと思う。……あれ？　ちょっと待って」涼子の顔が、見る見る強張っていく。

「うそ。じゃ、根岸桜子には、アリバイがあるってことじゃない。三芳珠美が転落したときには、うちの社にいた。……え、でもでも、『フィルムの中の女』では、十一月二十二日の午後一時半頃、自分が突き落としたって。……どういうこと？」

「だから、作り話なのよ、全部」マキが言うと、涼子の瞼がぴくぴくと痙攣をはじめた。

「じゃ、西岡との三角関係というのも嘘？　根岸桜子は、三芳珠美のマンションには行ってないの？……つまり、どういうこと？」

「だから、捏造《フェイク》なのよ」マキは、メガネのブリッジをくいくい持ち上げた。

「捏造？」涼子の顔が、死人のように固まっている。

「そう、捏造。私、根岸桜子のデビュー時からあの人と付き合っているけれど、彼女は、ときどき現実と夢の区別がつかないところがあった。現実だと思っていたら夢で、作り事だと思っていたら現実だった……なんていうことはザラにあった。まあ、それが、彼女の不思議な作風を支えていたわけだから、容認していたけれど、随分と振り回されたものだわ」

「だから、なんで捏造なんか？　自分がやってもいないのに、殺したなんて」涼子はシミだらけのデコルテを震わせた。

「だから、本を売るため――」

「もう、いい、そこまで！」

涼子は声を上げると、勢いをつけて立ち上がった。

「私は、この話は聞かなかったことにする。だから、あんたも、なかったことにして」

「どうして？」

「だから」涼子は周囲を見回すと、今度は脅迫者のように声を潜めた。「うちの社でも、根岸桜子と三芳珠美の復刻本を本格的に企画している。映画化だって進んでいる。海外出版の話もある。うちの社だけじゃない、他の出版社連帯の、何十億、何百億のプロジェクトなのよ。もう、誰も止められないのよ。この際、嘘とか真実とか、もう関係ないの。『フィルムの中の女』の中の話こそが、重要なのよ」

「そうね。うちの社でも、いくつかプロジェクトが動いている」

「でしょ？　なら……」

「でも、知りたいのよ。なんで、根岸桜子は、自分がやったなんて、嘘をついたのか。やっていないって嘘をつくんなら理解できるわよ。自分の犯罪を隠すために、嘘に嘘を上塗りする。それが本来の犯罪者でしょう？　なのに、なんでやってもいないことを——」

「だから、女流小説家だからよ」

涼子は、吐き出すように言った。「女流小説家にとって、スキャンダルこそがご馳走なのよ、ありふれていない特別な境遇こそが、ステイタスなのよ。できるなら、希代の犯罪者になって、語り継がれたいのよ。それか、切り裂きジャックの被害者になって、その名前を歴史に刻みたいのよ」

「なら、歴史に残る作品を書けばいい」

「はっ」涼子はいかにも下品な笑みを浮かべた。「あんた、この業界に何年いるのよ。この業界にはいない一般の人だって知っているわよ、どんなにヒット作を出したって、賞を獲ったって、話題にされるのはほんのひとときだって。あっというまに絶版になって、忘れ去られるって。文豪と呼ばれている小説家だって、いまだに読まれている作品はほんの一握り。あの太宰治だって、あの夏目漱石だって、絶版になっていない作品はほんの数作よ。ほとんどの作品は人目に触れることもなく倉庫に押し込まれているのよ。これはまだいいほう。何百という作品を生み出しても、一作も後世に残らなかった小説家のほうが圧倒的に多い。でも、青髭はどう？　大久保清はどう？　切り裂きジャックはどう？　犯罪者は、いつまでも人々の記憶に残り、繰り返し繰り返し映像化されて、ついには美化されるわ。根岸桜子の『フィルムの中の女』だって、それがただのフィクションならば、あっというまに風化する。でも、ノンフィクションならば、根岸桜子が死んだ後も、有名女優によって繰り返し映像化されるのよ」

言い終わると、涼子はぐったりとソファに沈み込んだ。そして、カクテルを一気に飲み干した。

「なるほど。人々の記憶に残る犯罪者か……」マキは、呟いた。「でも、犯罪者そのものになりたいわけではないのよ。犯罪者になってでも自分という存在を後世に残したいだけなの。〝犯罪者〟というのは、単なる演出に過ぎないのよ。……つまり、根岸桜子がなりたがっているのは、阿部定のような、〝特別な存在〟なんだと思う」

「阿部……定？」

「そう。『フィルムの中の女』でも、何度も、触れているでしょ、阿部定のことに」

「そう……だったかしら？」

「田中加代」

「ええ、その名前の人物なら、出ていた。古本屋の店番のおばあさんよね？」
「田中加代は、阿部定の偽名なのよ」マキは言うと、ゆっくりと立ち上がった。

33

〈二〇一二年七月〉

大崎伸夫は、N賞受賞の速報をラジオで聞きながら、わけの分からない安堵感に包まれた。最有力候補として挙がっていた『フィルムの中の女』は、落選。

仕掛け人の西岡健司は、さぞや落胆しているであろう。あの西岡という編集者には、一度、作品をコテンパンにこき下ろされたことがある。まだ、ライターをしていた時代、小説を読んでもらったことがあるのだが、あのときの傍若無人な態度は、いまだに忘れられない。あの小男が打ちひしがれているところを想像するとなにか小気味いい。当の根岸桜子はどうだろうか。この結果をどう思うだろうか。

だからといって、書評の原稿を書かなくていい理由にはならない。締め切りは明日だ。大崎は、付箋《ふせん》だらけの『フィルムの中の女』の単行本を今一度開き、そして、キーボードに指を置いた。

――『フィルムの中の女』は、なるほど佳作である。所沢の古本屋からはじまるこの物語は、戦前、戦後の混乱を生きたある女性の一代記ともいえよう。故あって、春を売ることになった人妻の加代。それが理由で離縁された加代は、全国のちょんの間を転々とするも、結局は所沢に戻ってくるのだが、そこも安住の地ではなく、梅毒を発症して死亡する。白眉なのは、町田の田んぼと呼ばれるちょんの間に、実の娘が訪れてくる場面である。軽蔑の眼差しで自分のことを見る娘、その唇が夫にそっくりだと泣き出す場面の筆致には圧倒されるばかりである。娘が帰ったあと、加代が取り出したのは、一枚の写真。かつて隠し撮りして手に入れた、娘のお宮参りの写真であった。これこそ、まさに、真実（ノンフィクション）の勝利である。

が、真実なのは、ここまでである。『フィルムの中の女』には、加代の人生と並行して、二人の女性が登場する。女性はどちらも小説家で、そしてどちらも加代をモデルに小説を書きあげようとしている。その二人を天秤にかける、一人の編集者。それはいつしか壮絶な三角関係へと発展し、ついには、マンションからの転落という事件を引き起こす。言うまでもなく、この二人の小説家というのが、根岸桜子と三芳珠美である。しかし、残念ながら、この小説家の部分は、あまり迫力を感じられない。もっというと、加代の物語とは乖離《かいり》している。この部分をなくして、加代の物語で終始していたならば、まさしく傑作になったであろう。これが、真実とフェイクの違いだろうか。

そう、二人の女流小説家の顚末は、ほとんどがフェイクであろう。

無論、根岸桜子と三芳珠美の確執は、実際にあったことであろう。

が、この二人が編集者をめぐって三角関係であったことも、精神錯乱から桜子が珠美を殺害しようとしたのも、すべてフェイクである——。

ここまで打ち込んで、大崎は、はぁと自己嫌悪のため息を吐き出した。これじゃ、誰も信じない。ただの、嫉妬だと思われるだろう。

が、大崎には確信があった。『フィルムの中の女』のほとんどは、フェイクであると。証拠があるわけではない、言ってみれば、小説家の直感である。小説家ならば、分かるのだ。もっといえば、野心とナルシシズムに毒された小説家ならば、同類の企みが手に取るように分かるのだ。自分もかつて、友人が巻き込まれた事件を素材に小説を書こうとした。いや、書き上げた。が、それはノンフィクションの冠には相応しくない代物だった。友人の不幸を踏み台にステップアップを企む廃油のような我欲が滲み出していた。

自分は、欲の油にまみれた自身の姿におののき、原稿を破棄したが、中には、自ら油を海に流し、そこに身を投げ出す人物もいるのだ。いや、小説家としてみればそちらのほうが正しい姿なのかもしれない。自分のほうが、意気地のないチキン野郎なのだ。

大崎は、カレンダーをみやった。

「明日から、もう八月か」

明日から、裁判がはじまる。傍聴券、手に入るだろうか。週刊誌の編集部に頼んでみようか。

34

〈二〇一二年八月〉

さいたま地裁。根岸桜子の初公判。

快晴の空のもと、傍聴券を求めて定員の十倍以上の希望者が列を作ったが、奥村マキは無事当たり籤《くじ》を引いた。福引にさえ当たったことがないのに、この事件に妙な腐れ縁を感じて、マキは苦笑した。

報道関係のカメラ撮影が終了し、法廷の扉が開かれる。次々と退廷するカメラと入れ替えに、籤運のいい人々が無言で入廷する。マキは、人込みが落ち着くのを待って、最後に法廷に入った。

法廷は、少し寒かった。冷房が効きすぎているのかもしれない。

柵の向こう側、根岸桜子が、二人の刑務官に挟まれて現れた。保釈中ということもあり、お決まりの手錠、腰縄というのはない。足元も定番の拘置所のサンダルではなく、形のいいミントグリーンのミュール。着ている服も襟ぐりが特徴的なジャケットとフレアスカート。ラルフローレンの新作だ。髪もさりげなくを装いながら手の込んだセットが施されている。メイクも完璧だ。たぶん、ヘアメイクとスタイリストが仕上げたのだろう。……とても、被告人とは思えない。しかし、被告人席に座った桜子の顔色は少々、青ざめていた。N賞の結果が、堪《こた》えているのか。

しばらくして壇上に裁判官三人が現れ、起立の号令がかかる。

冒頭陳述は、いよいよ三芳珠美の殺害経過へと移っていった。

一九九九年十一月二十二日正午前、根岸桜子は所沢にある三芳珠美のマンションを訪ねるが、部屋には入れてもらえず、三階のパティオで待たされた。パティオといっても、ちょっと広めのデッキバルコニーに観葉植物とティーテーブルが三セット置いてある程度のスペースで、他に人は誰もいなかった。そこで十分ほど待たされたところで三芳珠美が8ミリカメラを回しながらやってきた。あまりにもしつこくカメラを向ける三芳珠美に苛つき、二人は口論となる。そして、根岸桜子は殺意を持って、三芳珠美を突き落とした。三芳珠美が落ちた場所は一階のごみ置き場横でそこは外からは死角になっており、また、三階にも人影はなく、目撃者はいないと判断した根岸桜子は、カメラからフィルムを取り出し、非常階段を使用して一階まで下り、マンションから逃げ出した——。


裁判所の前で、喜多川書房の前原涼子を見つけた。

「あれ、涼子。いたの？」

「傍聴はできなかったけどね、ここで人間ウォッチングしてた。おかげで、結構なネタを拾ったわよ」

「どんな？」

「三芳珠美の兄が傍聴席にいたみたい。どこかの週刊誌が見つけて、裁判に連れてきたみたいよ。なんでも、独占手記を書かせるとか」

「手記？」

「ま、西岡が裏で仕掛けてんだろうけど。それにしても、他社に情報を持っていくなんて、頭きちゃう」

「他には？」

「え？」

「他には、どんなネタを拾ったの？」

「うん」涼子はマキに顔を近づけると言った。「夕方のニュースに、証拠の8ミリフィルムが流れるみたいよ」

「え？」

マキは、カバンを抱えなおした。

「たぶん、これも西岡の仕業よ。N賞の話題がすっ飛ぶように、このタイミングを狙って、次の手を打ったのよ。落選したときのことも、前もってシナリオ書いていたのね、あの男は。ほんと、抜け目ない」

「ホントに」

「これで、もうどこも疑う余地はないわね」

「え？」

「根岸桜子の犯行だということよ。あなた、疑っていたじゃない。桜子は犯人じゃない、あれはすべてフェイクだって」

「そうよ、フェイクよ。だって、犯行時間には、桜子にはアリバイがある。これは、あなたが証人……と言いたいところだけど、それも冒頭陳述で解消しちゃったわね。桜子はあの日の正午頃に珠美を突き落として、その足で神田の喜多川書房に行った。まあ、かなり慌ただしい移動にはなるけど、不可能じゃない。一方、珠美はそれから放置され、発見されたそのあとに、停電になった。小説とは食い違うけど、まあ、辻褄は合うわね」

「なら、完璧、桜子の犯行じゃない」

「そう……かしら」

「まだ、疑っているの？　なんで？」

その日、十七時からはじまるニュースショーのトップは、涼子が言ったとおり、あのフィルムだった。

「独占入手」というテロップが、画面いっぱいに置かれる。

「このフィルムは、入手状態のまま、ノーカットでご紹介します」

キャスターの宣言どおり、フィルムは、ノーカットのまま流された。約三分。

フィルムは、三芳珠美が自分自身を映したセルフカットからはじまった。なんの引用なのか、詩のようなものを朗読している。

そして、人影が近づいてくる長回しへと繋がれる。人影は段々に近づき、フォーカスは外れたり合ったりを繰り返し、ついにその顔が大写しになった。

……桜子の顔だ。アプリコットピンクのカチューシャが、乱反射している。

マキは、音量を最大限に上げた。

「なんて、個性的な顔。その顔をフィルムに焼き付けてあげる。そら、そら、そら、どアップで撮ってあげるわよ。そら！」

「よして」

「おばさん、怖い顔、もっと、笑ってくださいよ」

「だから、やめて、カメラをこちらに向けないで、撮らないで、やめてってば！」

「遠慮しないでいいんですよ。本当はもっと撮って欲しいんでしょう？　もっともっと目立ちたいんでしょう？　せっかくおしゃれしてきたんですからね、それを撮って欲しいんでしょう？」

「やめて！」

画像が大きく揺れ、長回しはそこで終わった。

一秒より短い黒い間があり、数本の観葉植物が映し出された。例のパティオだろうか。手ブレがひどい。何かアクシデントがあり、慌ててカメラを回したというような。画像は一向に落ち着く様子はなく、ついには落下。地面という支えを得てようやく画像は安定し、低アングルのパティオの様子がしばらく続いて、終わった。

「やっぱり、フェイクだわ！」

ニュースが終わるや否や、マキは涼子に電話をかけた。

「あのフィルム、出鱈目だわ。明らかに、編集されている！　だって、だって、だって」

「ちょっと、マキ、落ち着いてよ、なんなのよ、どういうことなのよ」

「ね、桜子に会わせて、あなた、知っているんでしょ？」

「だから、知らないのよ、それは本当だってば」

「じゃ、探してよ。そして、私と話をさせて。そしたら、あなたに、スクープをあげるから」

「スクープ？」

「私が、根岸桜子の嘘を暴く。それを記事にすればいい」

「暴くって……。証拠はあるの？　推測だけじゃ、お話にならないのよ」

「大丈夫。証拠はある。証拠は、この、私自身。そして、アプリコットピンクのカチューシャ」

35

〈二〇一二年九月〉

埼玉県所沢。高層マンション群を見上げながら、奥村マキは小さなため息を吐き出した。所沢は、来るたびに、風景になにかが付け足されている。

そして今日。マキが向かっているのは、所沢駅にほど近い高層マンションだ。竣工されたときは、超高級賃貸マンションとして、いろんなメディアで紹介されたものだ。大使館並みのセキュリティに二十四時間コンシェルジュサービス、さらにフィットネスルーム、各種スタジオ、スカイラウンジも備えた高級マンション。

アプローチまで来た時点で、その贅沢な空気に呑み込まれそうになる。

さらにグランドエントランスに入ると、軽い眩暈《めまい》を感じた。まさに高級ホテル並み、いや、それ以上の圧倒的な空間。気後れのせいか、足取りが重い。

しかし、同行した週刊誌編集者とカメラマンは慣れた調子で、すたすたと歩みを進めている。

「先週まで、ここに通ってましたから」

そう言ったのは、カメラマン。五十代の男性だ。

「通っていた？」

「そう」応えたのは、前原涼子だった。「ここに住んでいる野球選手夫婦に離婚の噂があってね、張っていたのよ。それにしても、まさかここに根岸桜子が隠されていたなんてね。灯台下暗しとは、まさにこのこと」

「よく、聞き出せたわね」

「ほんと。私もびっくり。ダメモトで訊いてみたら、西岡、あっさり白状したのよ」

コンシェルジュデスクで手続きを済ませたアシスタント編集者が、小走りで戻ってきた。

彼の手には、セキュリティカード。

「四十階のスカイラウンジで、お待ちです」

四十階……。

「じゃ、行きましょうか」涼子はマキに目配せした。「あの西岡だから、きっと、なにか作戦があるのよ。でなきゃ、あんなに簡単に、保釈中の隠れ家を白状したりしない。覚悟しなくちゃね」

そうね。

マキは、ひとつ、深呼吸した。

四十階からの眺望は、看板に偽りなしの素晴らしさだった。西の彼方には富士山、そして東側には西新宿の高層ビル群、その合間を縫うように深緑の森が彩られている。下界にいると慌ただしく雑多な街でしかない風景が、上から見るとひとつのコンセプトに従って作られたアート作品のように見えるのが不思議だ。あと数時間もすれば、この風景に茜《あかね》色の夕暮れが訪れ、そして薄墨の夕闇に呑み込まれる前に艶やかな光の海に変貌するのだ。その様子を思い浮かべていると、扉が開いた。

「お待たせしました」

その声を生で聞くのは何時《いつ》振りだろうと、マキは、指を折った。

「十二年振りですね、根岸桜子先生。覚えてらっしゃいますか？」

マキが言うと、根岸桜子は、小首をかしげた。このしぐさも、変わってない。

「ええ、もちろん。お久しぶりです、奥村マキさん。でも、なんで？　グローブ出版の人が？今日は、喜多川書房発行の雑誌のインタビューだと伺いましたが」桜子は、いかにも怪訝そうに顔を顰《しか》めながら、前原涼子に視線を送った。

「ええ、まあ、そうなんですけど」涼子は慌てて、言い繕った。「彼女、今はグローブ出版に籍を置いてますが、もともとは、フリーランスの編集者兼ライターなんですよ。だから、今日はインタビュアー兼ライターとして、来てもらいました」

「そうなんですか」

ソファに腰を下ろした根岸桜子の顔に、カメラマンが露出計を当てる。桜子の表情に、往年の女優のような笑みが浮かんだ。

「……では、早速、インタビューをはじめましょうか。カメラの準備は大丈夫ですか？」

マキが訊くと、カメラマンが、ＯＫのサインを出した。

そして、照明が根岸桜子に向けられ、マキはボイスレコーダーをテーブルに置いた。

——あなたは、誰も殺してはいませんね。

「どういうことでしょう？」

——先月、テレビで放映されたあのフィルム。あれは、すべてではありませんね？　最後の数コマが切り取られているのではないですか？　最後の数コマはあんなふうには終わらないのでは？　光がかぶるものでは？

「テレビ局が、見苦しいところを編集したのではないですか？」

――そうかもしれません。ただ、最後の数コマが切り取られた可能性もあるということです。
「なんで、そんなことに拘《こだわ》るんですか？」
　――切り取られたとしたら、なぜ、そんなことをしたのか？　そこが気になったんです。
「変なところが気になるんですね」
　――商売柄、一度気になったら、止まりません。それで、先日、8ミリフィルムを現像し
ているところに行ってみたんです。ご存知でしたか？　シングル8《エイト》のフィルムを現像してい
るところは、今、一ヶ所しかないんです。現像依頼された日本全国のフィルムが、そこに集
められます」
「へ……、そうなんですか」
　――現像所の担当者は、あのフィルムのことを覚えていました。全体的に光量の足りない
暗いフィルムだったので、ちゃんと現像されたのか確認してみたということです。
「確認するんですか？　プライバシーの侵害だわ」
　――現像した担当者に、先月放送されたあの番組のビデオを見せてみました。案の定、テ
レビで放送されたあのフィルムは、最後の部分が落とされていると。では、その落とされた
部分には何が映っていたのか？

「その担当者、それを見たというんですか？」

――ええ、でも、なにが映っていたのかは覚えていませんでした。

「だから、はじめから何も映ってなかったのよ」

――いいえ、何かが映っていたのは確かです。

「なにを根拠に」

――いろいろ考えて、ひとつの仮説を導き出しました。そのコマには、真犯人が映っているんじゃないかと。違いますか？

「は？」

――映っていますね？　あなた以外の真犯人が。

「私が犯人です。私が殺したんです。当時、私は夢の中にいた。悪夢の中よ。裁判でも証言したでしょう？　薬物中毒だったって。当時かかっていたお医者さんが証言してくれたでしょう？　だから、私は、抑えることができなかった。珠美さんへの、強い嫉妬心を。そして、あの日、珠美さんのマンションに行った。8ミリフィルムに私が映っていたでしょう？」

――確かに、テレビで放送されたあのフィルムだけを見ると、あの日あなたが珠美さんのマンションを訪ねて、そして珠美さんと口論になり、その果てになにかしらのアクシデントが起きた、というふうに見えます。でも、あれは、編集のトリックです。

「編集？　編集なんかしてないわよ。フィルムを見れば明らかよ、切り貼りなんかしてないわ」

——切り貼りなんかしなくても、編集はできます。シーンごとにフィルムを回したり、止めたりすればいいんです。そうすれば、一本のフィルムに、いろんなシーンが繋がった作品が出来上がります。そういう編集方法があると、聞きました。そして、珠美さんも、そういう編集方法を好んでいたんじゃないですか？

「なにが、言いたいの？」

——あなたが映っていたあの場面は、被写体のアップが続く上に、画面も暗いので時間は特定できないのですが、次のカットのおかげで、それは昼間のパティオで撮られたものだという印象を与える。しかし、このふたつの場面は、まったく違う日、時間に撮られた可能性がある。つまり、あのフィルムに映っていたすべてのカットは、同時系列ではないということです。推測ですが、あなたを映したあと、いったんフィルムは止められ、それから間を置いて、パティオの場面が撮られた。日差しの具合からいって、正午前後に映されたことは間違いないでしょう。そしてなにかしらアクシデントが起こり、珠美さんはカメラをデッキに落としてしまう。そのとき、カメラを覗き込んだ真犯人の顔が映り込んでいた。……違いますか？

「なるほど。そういう見方もありますね。なかなか興味深い推測ですね」

――ただの推測ではありません。あのフィルムに映っているあなたは、少なくとも転落事件が起きる以前に撮られたものです。それは、間違いありません。

「なぜ、そう言い切れるの？」

――覚えてませんか？　一九九九年十一月に、三芳珠美さんと対談するために、あの部屋を訪れたことがありましたよね。はじめは新聞社で行うところが、急に珠美さんの自宅に行くことになった。そのときに、私も同行していたのを、お忘れですか？　あのときあなたはヘアメイクを希望して、私がヘアメイクさんを準備した。三芳珠美さんの部屋で一時間もかけてヘアメイクに専念するあなたのあのときの姿こそが、まさに、あのフィルムの中のあなたです。三芳珠美さんは、みんなを待たせて悠々とヘアメイクをするあなたに苛つき、カメラを回したんです。あのアプリコットピンクのカチューシャは、私が買いに行かされたものです。

「それが、証拠？」

――はい。私のこの記憶が、証拠です。

「分かりました。あのフィルムが切り取られているということは認めましょう。でも、ラストではありません。切り取ったのは、最初の数コマです。なぜなら、ある人の犯行が映されていたからです。犯行といっても、そこにあるものをくすねる程度の、かわいいものです。ほんと、三芳珠美という女は抜け目ないですね。あんなものを撮って、どうするつもりだったのかしら。きっと、エッセイのネタにでもするつもりだったのね。でも、私は、そんなことはいたしません。だって、その人のご家族が、その人の悪癖を知ってしまったら、大変ショックだと思うんですよ。それが、多感なお子様なら、なおさら。私が子供の立場なら、耐えられません。例えば、母親が高価な時計を盗むシーンを見たならば。……、ええ、それが、ローストビーフやサンドイッチならば、許容範囲です。でも、八十万円もする時計ですよ？　もう、れっきとした犯罪です。警察に持っていけば、即逮捕でしょうね。自分の大切な母親が逮捕されたら、お子さんはどう思うでしょうね……？　ねえ、奥村マキさん」

根岸桜子は、おもむろに腰を上げると、ティーテーブルから焼き菓子のひとつを摘みあげた。ティーテーブルには他に、サンドイッチ、プチケーキが並んでいる。

「奥村マキさん。ローストビーフとサーモンのサンドイッチもありますよ、いかがですか？　よかったら、お持ち帰りくださいな、タッパーもありますので。お子さんの好物でしょう？　お子さん、何歳になられました？　もう、大きくなられたんでしょうね」

36

〈二〇一二年一〇月〉

「結局、真実は藪の中ね」

根岸桜子の判決が下された日、前原涼子は喜多川書房のカフェテラスで、小説家の大崎伸夫と会っていた。新連載の打ち合わせだ。

「外野がやいやい言ったところで、本人が犯行を認めている以上、その方向で裁判は進むしかない……ってことですか。なんか、もやもやするけど」

大崎は、コーヒーをすすると、続けた。

「執行猶予三年。まあ、桜子の計算どおりなんだろうね。犯行当時、桜子は薬物に依存していて、心神喪失の状態にあった。だから、執行猶予が必ずつくと、読んでいたんだろうな。結局、彼女は箔をつけて放免されたようなものだ。来月には、彼女の裁判記が出るんだって？　初版、三十万部だって聞いたけど」

「そう」

「今朝のワイドショーに、桜子が出ていたのは見た？」

「ううん」

「振袖着て、ご登場だよ。四十半ば過ぎて振袖なんて、演歌歌手じゃあるまいし」

「そうね」

「レギュラー番組も決まったみたい」

「すごい」

「新居、どこか知ってる？　所沢のタワーマンションだってさ。最上階の一一〇平米。なんと、三芳珠美が住んでいた部屋を買ったんだってさ。いい度胸してんな、まったく」

「へー」

「いやな世の中になったもんだよね。犯罪者という肩書を持つことで、社会的ステータスも上がるなんて。アメリカなんかじゃ、有名人になるために、凶悪犯罪を企む人も多いんだってさ。犯罪者になって、名を売るんだよ。そして手記を書いて、印税と映画化権で口座の残高を数千万単位で殖やす。ほんと、いやだいやだ、そういうの」

「そうね」

「ちょっと、どうしたんだよ、さっきから生返事ばかり」

「え？」ここで、ようやく涼子の視線が大崎に向けられた。「ごめんなさい。ちょっと、気になることがあって」

「なに？」

「私の古い友人で、グローブ出版で契約編集者をしている人がいるんだけど。彼女、先月、根岸桜子にインタビューに行ったところまでは、やる気満々だったのに。桜子の野望を打ち砕いてやる……とかなんとか言って。でも、インタビューが終わると、あっさり引き下がっちゃったのよ。なんか、変なんだよね。根岸桜子も、なんか気になること言ってたのよ。時計がどうのって。とにかく、変なのよ」

「変と言えば、例の所沢のマンション」

「三芳珠美が住んでいて、今度、根岸桜子が住むことになった、あの部屋？」

「そう。実は、俺の知り合いもその部屋に住むことになっていたんだよ」

「そうなの？」涼子の目に、ようやく好奇心の火が灯った。決して品があるとは言えないその好奇心、しかし、大崎は嫌いではなかった。

「ほら、前原さんも会ったことあるでしょ。川尻っていう漫画家」

「川尻？　漫画家？」涼子は腕を組むと、その名前を口の中で数回繰り返した。「あ、もしかして、漫画家バラバラ殺人事件の？」

「そう、その人」

「あの事件、確か、私と打ち合わせした一週間後に発覚したんですよね。ニュース聞いて、全身鳥肌立ちましたよ。だって、プロットをいただく約束をしていた日ですから」

「殺害されたのは、あの打ち合わせの翌日だったみたいだけど」

「じゃ、奥さん、それから一週間かけて、遺体を解体してたってこと？」

「みたいだ」

「やだ、やだ」涼子は、二の腕をさすりながら、思い切り顔を顰めた。「なんで、そんな悲惨なことに」

「嫁さんが書いた手記では、原因は川尻の浮気とあったけど。なんか、腑に落ちないんだよね。川尻は、浮気なんかするタイプじゃないし」

「でも、魔がさしたってことも」

「うーん、考えにくいね。確かに、思い込みは激しいところはあったけど。でも、リスクのあることを自ら進んでやるようなやつじゃないよ。……ああ、思い込みが激しいといえば、あの子の思い込みの激しさは異常だった」

「あの子って？」

「だから、川尻の嫁だよ。中学校のとき、同じクラスだったんだけどさ。あの頃から、なにか思いつめるようなところがあってさ。川尻は気がついてなかったかもしれないけど、よく、川尻のことを尾行していたよ。川尻の家の周りをうろついていたり」

「今で言えば、ストーカーね」

「川尻が他の女子としゃべっていようものなら、その女子にいやがらせしてみたり」

「いやがらせ？」

「教科書を隠すとか、その程度のことなんだけど。でも、そういう小さないやがらせをしょっちゅうしていたな、あの子。いやね、彼女、転校生だったから、どんな子なんだろうって興味あって、いろいろと観察していたんだよね」

「さすが、その頃から人間観察には余念がなかったんですね」

「あの子を観察しているうちに、なんか女そのものが怖くなって。当時は、女性恐怖症だった。女子から告白されても、冷たく突き放したり」

「それって、川尻さんの奥さんのことですか？　中学生のとき同級生で、そのときは振っちゃったけれど、大学のときに再会して、付き合いはじめた……っていう。いつか、エッセイで書かれてましたよね？」

「まあ、俺のことなんかどうでもいいよ」大崎はひとつ咳払いをすると、話を戻した。「俺さ、その川尻の事件をネタに、小説を書こうとしたことがあって、いろいろ調べてた時期があったんだ。あの嫁、興信所を頼んで、川尻の素行調査までしてたんだよな。その話を聞いて、心底ぞっとした」

「素行調査？」

「うん。川尻の浮気調査だよ。つまり、川尻はずっと尾行されていたってこと」

「あ」涼子の口が、餌をねだる鯉のようにまん丸く開いた。「いやだ、うそ」そして、再び、二の腕を激しくさすりだした。

「どうしたの？」

「川尻さんと初めてお会いしたあの飲茶屋で、黒いスーツのおばさんに写真を撮られたんです」

「え？」

「気のせいかと思ったんだけど、……まさか、あれが、興信所の調査員？……っていうことは、私たちの仲を疑って、川尻さんは殺されたってこと？」

涼子の顔は見る見る青ざめ、その目はあっというまに涙で覆われた。

大崎も言葉を失った。しかし、このまま放置したら、この目の前の女はとんでもない行動に出るかもしれない。そう、いきなりテーブルに突っ伏して泣きじゃくるかもしれない。そんなことをされたら、それこそ、変な誤解が生じる。

「だから、問題は、所沢の例のマンションだよ」

大崎が言うと、涼子は、テーブルに落ちかけた頭を、むくりと持ち上げた。

「所沢の……マンション？」

「そう。あの部屋に関わった人間が、少なくとも、二人、不慮の死を遂げている」

「……呪いのマンションとか？」

「あるかもね、呪い」

「まさか！」涼子の表情に、いつもの高飛車な笑みが蘇った。「呪いだなんて、先生はいつからオカルト信者になったんですか。リアルな心理描写に定評のある先生の言葉とも思えない」

「いやいや。〝呪い〟というのは、心理学なんだよ。呪いを仄めかすことによって、人は勝手に〝呪い〟という自己暗示に陥る。つまり、自ら、呪われてしまうんだ」

「自ら……呪われる？」

「呪いに重要なのは、〝呪い〟が存在するというアピール。古来行われてきた呪詛《じゅそ》は、どこかで人目に触れられなくてはならない。犬神の儀式も呪いの藁人形も、儀式そのものは秘密裡《り》に行われたとしても、それが行われたという事実、つまり証拠を残すのが重要なんだ。それによって呪いがアピールされて、心当たりのある人は、自分が呪い殺されるんじゃないかという心理状態に陥る。その心理こそが、〝呪い〟の効果なんだ」

「なるほど」

「俺、川尻の事件を小説にしようと、調べていた時期があったって、さっき話したろう？調べていたのは、まさに、そのマンションについてなんだよ。四〇一二号室は、まさに〝心理的瑕疵物件〟だった」

「心理的瑕疵物件？」涼子が、これ以上ないというほど、身を乗り出してきた。大崎は体を少し逸らすと、続けた。

「殺人や自殺などがあった物件のこと。または、幽霊が出るなどの噂がある物件」

「やだ、そんな部屋、住みたくない」

「そう。部屋そのものには問題はないけれど、『やだ』と思わせる心理的に問題のある物件」

「その部屋は、具体的に、どんな問題が？」

「確かに、住人だった三芳珠美が転落死したが、それは三階の公共スペースでの事故だし、部屋を購入した川尻も死んだが、その部屋で死んだわけではない。法的に言えば、それだけでは〝心理的瑕疵物件〟ではない」

「それでも、なんか、気になりますよね」

「そう。まさに、そこなんだ。『なんか、気になる』という演出なんだよ」

「演出？」

「意図的に、誰かが心理的瑕疵物件を演出しているんじゃないかって。だって、幽霊の噂まであるんだよ。おばあさんの幽霊が出るって」

「いやだ、ますます、そんな部屋、住みたくない」

「だろう？　人にそう思わせるためのネガティブな〝いわく〟が演出されているんだよ、あの部屋には」

「どうして？」

「幽霊や事件を匂わせる噂を流すというのは、一時、地上げ屋がよくやった手口だ。その物件から住人を追い出すため、あるいは、その物件に人が寄り付かないように、変な噂を流すんだ」

「じゃ、所沢のその部屋も、地上げ屋の仕業？　なんか、利権的にややこしい物件ってことなんですか？」

「俺もそう思って、所沢の法務局に行って、登記簿を閲覧してみたんだよ」

大崎は、カバンの中から手帳を取り出した。そしてしばらくぺらぺらページを捲り、それが半分ほど捲られたとき、「ああ、これだ、これ」と、指を止めた。

「四〇一二号室の所有者は、〝ニシオカサチコ〟という人物で――」

「ニシオカサチコ？」涼子の唇が、妙な具合に歪んだ。「どんな字を書くの？」

「え？　字？　これだけど」

大崎は、手帳を涼子に向けた。

「西岡祥子《さちこ》！」

涼子は、カラスに狙われた鼠のように目を見開いた。

「西岡祥子って、まさか」

「知っている人？」

「うちの社の文芸部にいる、西岡健司っていう編集者」

「ああ、根岸桜子の仕掛け人ね」

「そう、その人の奥さんも、西岡祥子っていうのよ」

「え？」

「鬼嫁で、有名な人。西岡さんの浮気がバレるたびに、騒ぎを起こして」

「今、その奥さん、どうしているの？」

後日談

え？　四〇一二号室の元の所有者ですか？　ええ、おっしゃるとおり、かつては西岡祥子が所有しておりました。

登記簿をお調べになったのなら、このマンションが建つ前の地権者についても、ある程度ご存知なのでしょう。そうです。西岡祥子は旧姓、田中祥子。彼女の生家はここ所沢ではちょっとは名の知れた名家でございました。祥子の父である俊哉《としや》は陸軍将校、そして母は料亭の一人娘の加代。二人は仲睦まじい夫婦だったそうですが、戦争がはじまり俊哉は出征、戦後、俊哉は復員してきますが、片脚を失くしていて仕事ができず、家計は加代の双肩にのしかかります。加代は、そして、秘密の商売をはじめてしまいます。そんな中、祥子が生まれました。先天性梅毒児だったそうです。そう、加代は、梅毒にかかった状態で妊娠してしまったため、生まれた子供は生まれながらにして、梅毒に罹患していました。酷い状態だったそうです。全身の皮膚が爛れ、まるでケロイドのようだったと。成長するにつれて、いろんな症状が現れ、特に、ハッチンソン歯という独特な歯並びと難聴には、随分と悩まされたそうです。成長してからはそれらの症状は落ち着きましたが、祥子の突発的な感情の爆発は、まさに、それら身体的コンプレックスからくるものだと思われます。

そんな子供を産んでしまった加代は、秘密の商売も暴かれてしまいます。そして、田中家から追い出され、それからしばらくして俊哉も死亡、祥子は遠縁に養女に出されます。

残されたのは、所沢の田中家です。家を継ぐ者はなく、長らく空家のまま放置されていましたが、再開発をきっかけに、その地権者の捜索がはじまりました。そして、祥子は、突然、所沢のタワーマンションの四〇一二号室を与えられました。

そうなると、気になるのは、母親の行方です。興信所のドアを叩き、祥子は母を探し出しました。

でも、そのあまりに悲惨な境遇に、祥子は打ちのめされた。母は、離縁されてもなお、田中姓を名乗り、町田のちょんの間で売春業を続けている。そんな内容が、報告書には書かれていた。阿部定と偽り、客を取っていたとも。

祥子は、一度町田まで会いに行ってみたそうです。悪夢のような一日だったそうです。探さなければよかった、知らなければよかった、所沢のマンションなんかもういらない、もう、所沢にも行きたくない。祥子は過去をすべて封印するつもりで、せっかくのマンションをずっと放置してしまいました。

そのマンションの一室に、女が住んでいると知ったのは、随分経ってからです。

夫の仕業でした。

西岡健司。

あの部屋に、誰が住んでいたと思いますか？　そうです。三芳珠美です。西岡健司は、妻所有のマンションを、勝手に、愛人でもあった三芳珠美に貸していたのです。

三芳珠美というのは、なんでもネタにする人でした。祥子も、散々ネタにされたものです。おもしろおかしく書き散らして、印税を荒稼ぎしているあの女だけは許せない……と、祥子は日記に書いております。あの女だけは生かしておけないと。日記の数ページにわたり、「みよしたまみ死ね」とぎっしり書かれていました。祥子の憎悪の深さは、計り知れないものでした。

それだけじゃありません。

西岡健司は、祥子の母親の身の上をネタにして、三芳珠美に小説を書かせようとしていました。そう、できるならなかったことにしたいと封印した、母親の汚れたエピソードを、珠美に書かせようとした。そんなことが明らかになったら、もう生きていけない……祥子は、きっとそんなふうに考えたのでしょう。ええ、一般の人ならば、みなそう考えます。封印しておきたい過去をわざわざ掘り起こして人様に晒すなんてこと、並みの神経じゃできませんよ。しかも、他人の過去をですよ？　小説家というのは、なんて恥知らずで、残酷な生き物なんでしょうね。それを助長する西岡健司という男の出世欲にも、吐き気がいたします。

そして、その日。そう、一九九九年十一月二十二日、興信所から届いた報告書には、驚くべき真実が書かれていました。

そうなのです。祥子は、ずっと興信所を使って、夫の素行を調査していました。毎週、報告書が送られてくるのですが、どれもこれも、酷い内容。あの男の愚行が延々と書かれている。でも、その日、送られてきた報告書は、今までの中でも、一番酷いものだった。

それは、田中加代、つまり、祥子の生母と西岡が肉体関係にある事実を記した報告書でした。

そのおぞましい報告書は、祥子の感情を狂わすには十分でした。祥子はその昼、衝動的に街に飛び出し、そして、踏切に進入してしまいました――。

37
「明日、お弁当いらないから」

出掛けに、娘の葵《あおい》が、そんなことを言う。

「どうして？」

「明日は、授業は、午前中で終わり」

「そうなの。じゃ、お昼、用意しておくわね。それとも、どこかに食べに行く？」

「ううん、いい。明日の午後は、映画を見に行くから。お昼は、マックで済ませる」

「そうなの？」

「じゃ、行ってくる」


その夜、娘を塾に送り出すと、西岡祥子は左手首をさすりながら、夫の書斎に入った。明後日、町内会のバザーがある。それに、なにかを出品しなくてはならない。ここに、もらったまま放置してあるお中元やらお歳暮がある。

相変わらずの湿気と埃。鼻がむずむずする。くしゃみが出るかとその体勢を作るが、それは飛び出す直前でひっ込んだ。

森進一の物真似のような顔で前屈みになっている自分の姿がサッシ窓に映って、どっと嫌気が差してきた。なんて、間の抜けた姿。化粧っけのない顔は、我ながら地味だ。本当に、この顔は、なんの特徴もない。地味なおばさん顔。……あ、ヘルペス。また、ヘルペスができている。薬、飲んでおかなくちゃ。いつもの風邪薬を、いつもより多めに。

とびきり大きなくしゃみが飛び出す。その拍子に、部屋の奥でなにかが崩れた。

「あ、日記」

古い日記が、次々と床に落ちる。一番古いので中学生の頃。そして、一番新しいので――。


……、…、………、……、……。

……、…、………、……、……。


電話？　電話が鳴っている。夫かしら？　今、何時？

五時五十五分。朝？

うそ、もうこんな時間。起きなくちゃ。お弁当、作らなくちゃ。あ、今日はお弁当、いらないんだっけ。

なら、あと五分、あと十分、あと——。

電話が鳴っている。出なくちゃ。

「もしもし」

あ、葵。葵が出てくれている。誰からなの？　パパから？　葵、どうしたの？　どうして
そんなに怒っているの？　葵？

葵！

「パパ、あの女のところにいる」

「あの女って？」

「三芳珠美。今、あの女から電話があった」

「そう……」

「あの女、ママが相続したあの部屋に住んでいる。なんで？」

「パパが、貸したのよ」

「信じられない、パパもあの女も！　ママ、どうして黙っているの？　ね、ママ！」

「ママね、もう、怒り疲れたのよ。三芳珠美のエッセイ集にね、ママのことがたくさん書かれているんだけど、ママね、鬼だって。般若だって。……もう、そんなことを言われること

に、疲れたのよ」

「でも、私が許さない！」

「葵、待って、葵！　どこに行くの、葵！」

…………、…、…………………、…………、…………。

…………、…、…………………、…………、…………。

なに？　今のは夢？

何時？　いやだ、もう、お昼すぎている。

祥子は、そろそろと起き上がった。

リビングには誰もいなかった。葵もいない。

夫は、結局、帰ってこなかったようだ。

頭が痛い。薬、飲みすぎてしまったようだ。リビングのソファに体を沈めていると、インターホンが鳴った。宅配便だ。

いつもの茶封筒。でも、いつもより、少し重い。この中身は、きっと今回もわたしを地獄の苦しみに突き落とす。前回もそうだった。前回の報告書には、夫が三芳珠美にあの部屋を無断で貸していることが書かれていた。信じられない。「部屋の管理は僕に任せろよ」と言ってくれたのはただの心遣いではなかったのね。報告書には、さらに、三芳珠美との肉体関係にも触れていた。その内容に耐え切れず、祥子は衝動的に手首を切った。今日は、どんな地獄が待っているのか。

祥子は、一気に封筒の中身を引きずり出した。

なに、これ。

なに、この写真。

夫と絡み合っている女。……ううん、女というには、歳を食いすぎている。

うそ、まさか。

あの人なの？　わたしを、ケロイド状態で産んだ、あの女。

田中加代。

この人が、夫の新しい女？

わたしは、裏切られた。もっとも残酷な方法で。

わたし、頭がおかしくなりそう。というか、おかしくなりたい。そして、わたしを裏切った人たちを、皆殺しにしたい。

絶対、許さない。

許さない、許さない！　今から皆殺しにしてやる、わたしを裏切ったやつを、みんな！

今すぐに、殺してやる！

――

電車？　ここはどこ？　踏切？　あ、電車が来る。どうしよう、逃げなくちゃ、逃げなく

……、…、……………、……、………。

……、…、……………、……、………。

青い空が一瞬過ぎって、そして、暗転した。

なに、今の。この、鮮明な夢はなに？　夢じゃない、これは、〝記憶〟だ。そうだ、わたしが、こんな状態になったあの日の記憶だ。

わたしは、記憶を取り戻そうとしている。

そうだ。わたしは、西岡祥子。夫の健司と娘の葵と三人で暮らしていた。

なのに、なのに。

あ、あそこにあるのは、日記。そうよ、あの日記帳にすべてが書いてある。あれを読めば、すべてが明かされる。だから、誰か、それを開いてみて。お願い、それを開いて。あの日記に、わたしの恨みを焼き付けてある。だから――

……、…、……、……、……。

……、…、……、……、……。

――ママ。大丈夫よ。あの女はもういない。三芳珠美も田中加代も、もういない。ママを苦しめた人たちは、もういないのよ。あの、ママを辱めた看護助手の二人の男も。でも、これが全部じゃない。あいつの息の根を止めなくては、ママは安らかに眠れない。そうでしょう？　ママ。

誰？　そこにいるのは誰？　ね、もっと近くにお寄りなさいな。ね、あなたの声をもっとよく聞きたいの。もっとこっちに来て。

――ううん。もう行かなくちゃ。でも、すぐに戻る。だって、今日はクリスマスイブ。だから。待っててね、ママ。いい夢を見ていてね。


夢？　これは夢なの？

それとも。

もう、なんだか、どうでもよくなっちゃった。わたし、疲れたわ。

そうだ。今日は何日かしら。カレンダーに、×印をつけなくちゃ。

38

〈二〇一二年十二月〉


「なんですかそれ。新しい小説のプロットかなにかですか？」

喜多川書房の西岡が、笑いながら言った。

ここから見ると、彼の睫毛、女の子のように長い。この人、顔だけ見ると、なかなかのハンサムだ。適度に彫りが深くて、ひと昔前の俳優のよう。でも、おでこが広すぎる。最悪なのはどこかの芸人のような天然パーマ。さらに、顔の大きさの割には、体は虚弱だ。この指だって、まるで女の子のように頼りない。私は、その左薬指に、自分の指を絡ませてみた。私の性器を弄んだその指は、なにか苦い匂いがする。

でも、正直、西岡が本気で自分のことを好きでいてくれるのかは分からなかった。

「ずっと前から好きでしたよ。はじめて会ったときから」

西岡の息が、私の乳首に当たる。すでにそこは西岡の唾液で、きらきらと光っている。

そして、男は、私の性器がまだ潤っていることを確認すると、自身の性器を押し当てた。

頼りない指とは裏腹の彼のそこ。私、いったばかりなのに、はじめてのときのように喉を鳴らし、その名を呼ぶ。

……健司。

私だけを見て、私だけを、私だけを！


「あ、今の」

根岸桜子は、腕から、力を抜いた。

「どうしたの？」西岡が、桜子の股間から頭をむくりと持ち上げた。その唇には、陰毛。

「今とまったく同じ状況を、前に夢で見た」

「夢で？」

「西岡さんのことを嫌いだった頃に見た夢」

「僕のこと、嫌いだったの？」

「嫌いというか、苦手？……でも、あなたとこうなる夢はよく見ていたのよ」

「じゃ、運命だったんだな、僕たち」

「運命？　それとも、私、まだ夢の中にいるのかも。十年前のあの夢の中に」

「夢じゃないよ。君は、望むものをすべて手に入れたんだよ」

「望むもの？　まだまだだよ」

そう。こんなものじゃない。私の望むものは。私はもっともっと、みんなから羨ましがられたいの。この部屋だって、まだまだだよ。所沢なんて、所詮は田舎。近いうちに、六本木か青山あたりの高層マンションに移るわ。

そう、私は、もっともっと上に行くの。その手助けをしてくれるわね、西岡さん。ノーとは言わせない。私は、切り札を持っているんだから。三芳珠美が転落するときに撮った、8ミリフィルム。あのラスト数コマに映っていた、真犯人。

あれは、あなたの娘でしょう？　西岡さん。あなたの娘が、三芳珠美を殺したのよ。そう、あなたの娘が、三芳珠美をあのマンションの三階から突き落としたの。あのフィルムには、珠美が突き落とされるまでのやりとりが、しっかり映し出されていた。音声もね。珠美は、はっきりと言っている。自分を突き落とそうとしている相手が、「西岡の娘」だって。あなた、あの日の午前中は、三芳珠美と航空公園に取材に行ったのでしょう？　で、正午前に、別れた。珠美がマンションに戻ると、あなたの娘が待ち伏せしていて。そして……。あのフィルムを、どうしてあの不動産屋が持っていたのかは分からないけれど、はっきりしていることは、ひとつ。やったのは、あなたの娘なのよ。あなたが溺愛している娘が、犯人なのよ。その罪を私が代わりに担ったのだから、あなたは、一生、私に傅《かしず》くしかないの。私のためだけに、身も心も粉《こ》にして働くのよ。あなただって、私といたほうが、得でしょう？　私といたら、私の稼ぎの何十分の一かは分け前が手に入るんですもの。あなたは、お金が必要でしょう？　あのお荷物の、植物状態の奥さんを生かす費用が。

インターホンが鳴っている。誰？　こんな夜に。面倒臭いから、放っておきましょう。
え？　なんの音？
まさか。鍵を、開ける音？
どうして？　どうして、鍵を持っているの？
このマンションのセキュリティは、大使館並みなんじゃないの？
どうして？

誰、誰なのよ。

あなたは、……あなたは。不動産屋。どうしたの、なんなの、なに？

「葵」

西岡がそう、呼んだ気がした。が、桜子の視界は西岡の顔を見る暇もなく、遮断された。

後日談 Ⅱ

ああ、お客様。お察しのとおり、この四〇一二号室は、心理的瑕疵物件でして。……ええ、実は、去年のクリスマスイブ、ここで男女が殺害されたんですよ。

惨殺でした。特に男性が酷かった。滅多切りにされた上、局部を切り落とされていまして。

まさに、平成の阿部定事件。

しかも、犯人は、男性の娘だったんですよ。父親の浮気が許せなかった……ということみたいですが、いやはや。これも、一種のファザコンというやつなんでしょうか？

え？　そもそも、なぜ、この部屋が売りに出されたのかって？

この部屋のもともとの所有者であった西岡祥子さんの入院費を作るためだと聞いています。配偶者でもあり成年後見人でもあった夫の西岡健司さんが、売りに出されたそうです。今思えば、その行為そのものが、娘の西岡葵には許しがたいことだったのでしょうね。彼女は、弊社の社員だったのですが、ありとあらゆる手段を使って、買い手がつかないように工作していたそうです。自らこの部屋の担当になり、購入を検討しているお客様に対して親切面《づら》で、あれやこれやネガティブなことを吹き込んでいたようなんです。まさに、職権乱用。さらに、幽霊の噂を流したり、おどろおどろしい薄気味の悪い変なポスターを町中に貼りまくったり。

おかしいと思ったのですよ、これだけの優良物件が、どうしてなかなか売れないのかと。問い合わせは多かったのですよ。契約寸前まで行ったお客様も数名ございました。ですが、結局は皆様購入を断念されるのです。理由を伺いますと、心理的瑕疵物件には住めないと。その時点では、心理的瑕疵物件ではございませんでしたので、どうしてお客様が口を揃えてそんなことをおっしゃるのか、不思議でございました。

しかし、今回、本当に心理的瑕疵物件になってしまいました。誠に、残念です。……残念といえば、西岡祥子さん。西岡葵の母親ですが、彼女はいまだに植物状態で、病院をたらい回しにされていると聞きます。が、夫と娘以外には親族もなく、これから先、どうなるのか。一人残された祥子さんは、何を思うのでしょうね。……ああ、そうでした。植物状態なのですから、思うことなんかできませんね。なにしろ、意識はないのですから。あるいは、それは、彼女にとって不幸中の幸いなのかもしれません。

ええ、もちろん、お祓いも済んでいますし、壁紙も床もすべて張り替えて、血痕などひとつもございません。

心理的な瑕疵以外は、一切の、瑕疵はございません。

最上階でしかもこの間取り、なのにこの破格のお値段というのは、滅多に出てこない超掘り出し物でございますよ。

どういたしますか?

解　説――それでも書き続ける〜作家としての業と「リアル」〜

長江俊和

ぶっちゃけた話をします。「そんなこと作家が言うたら、あかんやろ」などと怒られるのを覚悟で書きます。本作『あの女』を読んで、色々思うところがありましたので、ごめんなさい。

作品を生み出すということは、並々ならぬ苦労があります。時として地獄を見ます。小説の場合、何百枚もの長編は、一日や二日じゃ書き上がりません。何ヶ月も、何年もかかります。最初はノリノリで書き始めますが、徐々に不安になってきます。これでいいんだろうか。面白いんだろうか。大丈夫なのか。寝ても覚めても、食事していても、風呂に入っていても、（別の）仕事をしていても、小説のことを考えています。アイデアが出ないでイラついて、自室のエアコンを殴り続け、エアコンは壊れ拳が血まみれになったこともありました。作品が傑作になるのなら、地獄に落ちてもいいとさえ思います。先が見えず、苦悩の日々は永遠に終わらないような気がしてきます。なんで自分はこんな苦しみのなかにいるのだろうか。だったら、小説を書くことなんかやめてしまえばいいのに……それでも、書き続けます。

作品が完成し世に出たら、世間の反応が気になります。出版させてもらっただけでありがたいことなのですが、できれば少しでも多くの方に読んで欲しい。そんな思いで足繁く書店に通い、自著の姿を眺めたりします。物陰から、わが子を見守る母の思いです。本の売れ行きは、もちろん気になります。売れなければ次はありません。本が売れるかどうかが、次回作への大きな足がかりとなるからです。書評やブログを読んで一喜一憂します。好意的な意見を目にしたときは、心躍ります。苦労して書いた甲斐があったと涙します。それはプロの書評でも一般の読者の感想でも同じです。パソコンに保存して、お守りのように何度も読み返します。執筆で煮詰まったときには、それを読んで励みにします。

その逆で、否定的な感想を目にしたときは、激しく落ち込みます。「確かにごもっともです」「その点には気がつきませんでした」「なるほど、そう思われる方もいらっしゃるのですね」「参考になりました。今後の創作活動に役立てます」。もっとダークな感情が芽生えるときもあります。「いやいや、そうじゃないんだけど」「この人は、ちゃんと読んでいるのか」「ただ文句言いたいだけだろ」「もう××××××××（自粛）」。

世に放たれた時点で、作品はもう作者一人のものではありません。だから、「どう読むか」「どう受けとるか」は読者の自由です。「ちゃんと読まない」のも自由だと思います。それに全ての読者を満足させる小説などないですし、個性が強い作品ほど大きく評価が分かれるものなのでしょう。それでも辛辣な意見を目の当たりにすると、ぶっちゃけ冷静ではいられません。自分の人格や、長期間に亘った執筆の苦悩や苦労が全否定されたような、暗憺たる思いになります。

表現者としてそんなこと言ってはいかんのよ。小説家の苦労なんて、読者にはなんら関係ありませんよ。そんなことを一々気にしているあなたは、作家の資格なんかない。もちろんわかっています。そういったご意見があることも。

作家になる前は、私も同じでした。映画を見ては、友人と辛辣な意見を言い合い、小説を読んでは評論家を気取り、上から目線で酷評したものです。「俺ならこう撮る」「俺ならこう書く」。それが、作家になろうと思った原動力だったことも否めません。

時折思うことがあります。なんで作る側になったんだろうか。読者として観客として作品を純粋に楽しんでいるだけの方が、幸せだったんじゃないか。でも一旦作家の世界に足を踏み入れた今、もう後戻りはできません。

『あの女』は、そんな地獄に落ちた小説家たちをリアルに描き出しています。物語は、所沢のタワーマンション、最上階の四〇一二号室が主な舞台です。そこに暮らす人気作家、三芳珠美と同時期にデビューした根岸桜子、二人の女性小説家の確執を軸に、この魑魅魍魎《ちみもうりょう》な物語は展開します。

二十代で流行作家の仲間入りを果たした珠美。そんな彼女と対照的に、働きながら作家を続ける三十五歳の桜子は、安アパートで暮らし、本を出しても初版止まり。そんな彼女は、常日頃からこう思っていました。「三芳珠美なんか、いなくなればいい」。桜子の願い通り、珠美は大停電の日、転落事故で病院に運ばれ植物状態となります。担当編集者の西岡は、書けなくなった珠美から桜子に乗り換え、一躍彼女は流行作家への道を歩み出します。

珠美の転落事故の真相は、一体なんなのか？　病院のベッドの上で、意識はあるのに身動きが取れない。その心象風景が、一連の謎を結ぶストーリーの要となり、予想外の真相に驚愕します。精緻に練り上げられた、極上のミステリーです。

代表作『殺人鬼フジコの衝動』のように、「もうこれ以上読みたくないと思うのに、ページをめくらずにはいられない」と賞賛される、イヤミスの女王の真骨頂は、本作でも否応なしに堪能できます。女同士の「嫉妬」「恨み」「確執」「虚栄」、心の奥底に溜まった「ヘドロ」のような感情を描写し、読者を震えさせる。その全編に漂うドロドロ感覚が、最後まで真実を包み隠すミスリードの効果まで果たしているのですから流石です。

　それに本作には、登場人物たちが「作家」であるという地獄が加わるわけです。人に嫉妬されるのがモチベーションで、小説を書き続けているという珠美。「私がN賞を獲れば、死ぬほど悔しがる人がたくさんいるでしょ。だから、欲しいとは思っている」とまで言ってのける底意地の悪さ。さらに不倫関係にあった西岡の家族の話まで、ネタにして書くというしたたかさです。

　桜子の方も、負けてはいません。何の気なしに書いた小説が、賞をとってしまい、作家への道を進んでしまった桜子。それが地獄の始まりでした。何としてでも売れたい、世間に認知されたい。そんな欲求に苛まれます。流行作家と呼ばれたい。人を蹴落としてでも……。

　珠美の事故後、一旦は一線に躍り出るのですが、やがて忘れられた存在になってしまいます。また人気作家として世に出たい。再び小説家としての栄光を摑み取りたい。そんな思いで、桜子がとった行動には度肝を抜かれます（※ネタバレです。未読の方は、ご注意下さい）。なんと彼女は、自ら犯罪を名乗り出るのです。しかも本当は、やってもいない犯罪です。逮捕されてもいいから話題作りをして、作家として返り咲きたい。その行為は、自分を「阿部定」と偽り客をとっていた、娼婦の田中加代となんら変わりありません。

でもそんな桜子の感情は、恐ろしいほどリアルだと思います。どんな手段を使ってでも、這い上がりたい。たとえ地獄に落ちてでも……。それが作家の〝業〟なのです。

本作が醸し出している、このリアル感の正体は、一体なんなのでしょう？　ちょっと推理してみます。本作『あの女』（単行本タイトル『四〇二一号室』）が出版されたのは、二〇一二年の十月です。『殺人鬼フジコの衝動』が文庫化されたのが、その一年半ほど前の二〇一一年五月。この『殺人鬼フジコの衝動』の文庫が大ヒットしたことをきっかけに、真梨幸子さんはベストセラー作家の仲間入りを果たしました。当時の真梨さんのブログには、以下のように記されています。

「殺人鬼フジコの衝動」に重版がかかりました！　重版、重版、重版……。ああ、なんて素敵な響きなのでしょう。「重版」なんて言葉、もう私には関係のないものだと諦めておりました。（二〇一一年五月二五日）

ここだけの話、「真梨幸子」という名前では（売れないので）出版はちょっと無理、ペンネームを変えようか？　という話まで出ました。（中略）おかげさまで「殺人鬼フジコの衝動」が順調で、しばらくは「真梨幸子」で活動できそうです。（中略）デビューしてもう6年になりますが、スタートラインからの一歩が恐ろしく長く、我ながら、よく粘ったな…と思います。というか、もう、他に生きる糧がございませんから、死に物狂いです（笑）（二〇一一年八月二六日）

まさしく〝根岸桜子〟の言葉、そのものではないですか。さらに真梨さんは、美大の映画科出身。〝三芳珠美〟も映画監督を目指していた。珠美と桜子、二人の女性作家には、真梨幸子さん自身の体験が赤裸々に投影されています。本作に満ちあふれている、このひりひりとする感覚は、真梨さんの実体験によるリアリティからくるものでした。だから怖いのです。作家となったなら、そこは修羅。売れなくても地獄、売れても地獄。もう後戻りはできません。

ただ、書き続けるしかないのです。

――小説家・映像作家

この作品はフィクションであり、実在の個人・団体・
マンションとは関係がありません。

【参考文献】
『現代の梅毒』
www.eiken.co.jp/modern_media/backnumber/pdf/MM0802-03.pdf

この作品は二〇一二年十月小社より刊行された
『四〇一二号室』を改題したものです。

あの女《おんな》

真梨幸子《まりゆきこ》

平成27年4月25日　初版発行

発行人――石原正康
編集人――袖山満一子
発行所――株式会社幻冬舎
〒151-0051東京都渋谷区千駄ヶ谷4-9-7
電話　03(5411)6222(営業)
　　　03(5411)6211(編集)
　　振替00120-8-767643
印刷・製本―株式会社 光邦
装丁者――高橋雅之

幻冬舎文庫

ISBN978-4-344-42337-4　C0193　ま-25-2